Lisa Kränzler
Nachhinein

PIPER

Zu diesem Buch

Der Roman »Nachhinein« erzählt von der Entwicklung zweier Mädchen und ihrer schwierigen Freundschaft. Zwischen beiden gibt es einen wesentlichen Unterschied: Das eine wächst gut behütet auf und wird geliebt, darf sogar rebellisch sein, das andere hingegen kommt aus schwierigen sozialen Verhältnissen, wird angegriffen und in ihrer Familie missbraucht. Bald verändert dies auch die Beziehung der Mädchen zueinander, die von kindlicher Liebe, bald auch von Eifersucht und erwachender Sexualität, von Machtspielen und Grausamkeit geprägt wird. Bis die Ereignisse außer Kontrolle geraten …

Lisa Kränzler, geboren 1983, ist bildende Künstlerin und lebt in Freiburg. Sie studierte Malerei an der Staatlichen Akademie der Bildenden Künste in Karlsruhe und war 2010/11 Meisterschülerin bei Prof. Tatjana Doll. Ihr Debütroman »Export A« wurde für den Klaus-Michael Kühne-Preis 2012 und für den Rauriser Literaturpreis 2013 nominiert. Für einen Auszug aus »Nachhinein« erhielt sie den 3sat-Preis des Bachmann-Wettbewerbs in Klagenfurt und wurde für den Preis der Leipziger Buchmesse nominiert.

Lisa Kränzler

Nachhinein

Roman

Piper München Zürich

Mehr über unsere Autoren und Bücher:
www.piper.de

Ungekürzte Taschenbuchausgabe
September 2014
Piper Verlag GmbH, München

Umschlaggestaltung und Artwork: Cornelia Niere, München
Satz: Christian Walter
Gesetzt aus der Stempel Garamond
Papier: Munken Print von Arctic Paper Munkedals AB, Schweden
Druck und Bindung: CPI – Clausen & Bosse, Leck
Printed in Germany ISBN 978-3-492-30455-9

TEIL 1

1.

Unwahrscheinlich, dass sich das Gefühl ihrer frisch gesprossenen, streichholzkopfkurzen Haarspitzen unter meiner Handfläche nach mehr als 24 Jahren noch wiedererwecken lässt …

Glücklicherweise schert sich meine Erinnerung einen Dreck um Wahrscheinlichkeiten und lässt meine kleine, dickliche Hand wieder und wieder über ihren großen, kurzgeschorenen Kinderkopf streichen.

Im Hintergrund grölen gnadenlose Zwergstimmen einen heute harmlos anmutenden Spitznamen: »Igel«.

»Igel-Igel-Igel!«, tönt es aus Kinderkehlen, die so lange am I ziehen, bis ein IHHH draus wird, – wodurch aus dem Igel ein IHHHgel und somit etwas Ekelerregendes wird.

Später hat sie behauptet, ich sei die Einzige gewesen, die sie beim Namen, ihrem richtigen Vornamen, der vielleicht Jasmin, vielleicht Celine, vielleicht Justine lautete, gerufen hat, dass meine Weigerung, es den anderen gleichzutun und ihr einen Tiernamen zu geben, unsere Freundschaft begründet hat.

Ich hingegen halte es für viel wahrscheinlicher, dass mich das pelzige, perserteppichflauschige und dabei doch seltsam störrische Kitzelgefühl, das ihr Haar meiner Handfläche bescherte, geradezu magnetisch angezogen und eine Lust auf mehr in mir ausgelöst hat, mehrmaliges Streichen, mehrmaliges Fühlen, mehrmaliges Genießen, dieser mir bisher unbekannten Oberflächen- und Haarstruktur.

Folglich würde ICH sagen, dass der Grundstein unserer Freundschaft keineswegs meine Enthaltsamkeit in Sachen Hänselei, sondern vielmehr jener Bordstein gewesen ist, der ihr, kurz vor Kindergarteneintritt, den Schädel gespalten hatte.

Ich kenne den Hügel und auch die Stelle genau, an der ebendies geschah und die wir in den darauffolgenden Jahren oft mit roten X-en aus Straßenkreide markierten. Den Unfallhergang, den ich nur aus Erzählungen kenne, und das Bild einer furchtlosen Kamikaze-Jasmin oder Celine oder Justine auf einem klappernden, trotz Stützrädern wenig verkehrssicheren Zweirad, kann ich jederzeit, ohne die geringsten Schwierigkeiten und mit zuverlässiger Kameraschärfe, in mir aufrufen. Das Unfallbild, dessen Existenz ich der erwähnten Weigerung meiner Erinnerung, sich um Wahrscheinlichkeiten zu scheren, verdanke, verteidigt seinen Platz in meinem Bilderspeicher seit unglaublichen 24 Jahren, während andere »live« miterlebte Bilder längst im Trubel der Lebendigkeit verloren gegangen sind. Die Ursachen für diesen Verlust an Bildmaterial sind bislang ungeklärt und meine These, dass die durch Stoffwechselprozesse erzeugte Wärme Gespeichertes langsam zersetzt, dass mein Hitzkopf auch die hartnäckigsten Bildträger einschmilzt und verkocht, verdampft und verflüssigt, ist noch unbewiesen.

Wenn mich, wie jetzt, plötzlich die Erkenntnis überfällt, dass die Zahl der Eindrücke, die den täglich stattfindenden Auslöschungen zum Opfer fallen, undarstellbar ist, dann erschweren Schwindelgefühle, kurze, heftige Erschütterungen des inneren Gleichgewichts, das Weiterleben. Ich schwanke, taumle vorwärts und kralle mich zuletzt, wie immer, an einer der wenigen unzerstörbaren Säulen meiner Erinnerung fest, diesen vereinzelt in der Hirnlandschaft für mich strammstehenden Gewissheiten, die nur von Demenz und Alzheimerscher Krankheit gefressen werden können, und zu denen auch das Bild deines fast fatalen Sturzes gehört.

Die Suche nach anderen Stützen, Krücken oder Geländern verlief bislang erfolglos.

2.

Schädelbasisbruch und bumsen.

Zwei Worte, die ich durch sie gelernt, gehört, begriffen habe, deren Besitzerin sie, Jasmin oder Celine oder Justine, war, ist und bis in alle Zukunft sein wird.

Besonders bemerkenswert: Beide Buchstabenkombinationen erzählen von großen Durchbrüchen, vom Austreten von Blut-, Gehirn-, Gleit- oder Samenflüssigkeiten, von klaffenden und glitschigen Spalten, vom Eindringen und Aufnehmen, Biegen und Brechen, Leben und Tod, vom frontalen Aufprallen und von horizontalen Stößen, vom Bums, vom Krachen und Quietschen, vom Risiko, Hinfallen und Zufällen, vom Erwachsenwerden, von hart auf weich und hart auf hart und von der Allmacht der physikalischen und chemischen Gesetze, denen unser Menschsein von Anfang an unterworfen war, ist und sein wird.

Bumsen …

Ein Wort mit vielen Verwandten, unter denen der »Zeugungsakt« wohl eher zu den entfernten Vettern zählt …

In meiner persönlichen Geschlechtsverkehr-Wortfamilie halten sie sich dennoch an den Händen, sodass der Sprung von »bumsen« nach »Zeugung« meinen Gedanken nur wenig Sportlichkeit abverlangt. Natürlich ist dies noch längst nicht das Ende der von »bumsen« ausgelösten Gedankenverkettung, und normalerweise drängt sich an dieser Stelle der Begriff »Empfängnis« auf, der mich unweigerlich zum »Mutterbauch« und, da mein Aufenthalt dort sich der Erinnerung entzieht, stattdessen zum Gesicht meiner Mutter zurückführt.

Die Gesichter und Bäuche unserer Mütter hätten unterschiedlicher nicht sein können.

Auf der einen Seite der Straße, die vielleicht Hirsch-, vielleicht Reh-, vielleicht Frosch- oder Eulenstraße hieß, Gesicht und Bauch der Akademiker-Mutter, auf der anderen dagegen Züge und Nabel der Arbeiter-Mutter. Hüben Lehrplan, drüben Schichtplan; da Eigenheim, dort Mietwohnung; rechts Standpauke, links Arschvoll. Frischobst und Frischluft und Kompost im Osten, Dosen und Kippen und Ascher im Westen.

Nichtsdestotrotz verbanden unsere so verschiedenen Mütter einige nicht unwesentliche Gemeinsamkeiten: Auf beiden lastete die Herkulesaufgabe der Instandhaltung von Haus, Hof und Familienfrieden, wobei sie ihre chronisch übermüdeten Gesichter stets mit einem tapferen Lächeln schmückten …

Was sie, Jasmin oder Celine oder Justine und mich, das Mädchen, deren Name vielleicht Lotta, vielleicht Luisa, vielleicht Luzia lautet, jedoch am meisten faszinierte, und was uns unserer kindlichen Meinung und Überzeugung nach regelrecht zur Freundschaft, wenn nicht gar Schwesternschaft, verpflichtete, war die Tatsache, dass beide Mütter auf Namen getauft worden waren, deren Ursprünge in der Botanik wurzeln. Sowohl auf der Ost- als auch auf der Westseite der Hirsch- oder Reh-, Frosch- oder Eulenstraße, blühte es auf Briefen, Buchdeckeln und Dokumenten, und wenn unsere Väter Wünsche hatten, riefen sie einen Blumennamen, der vielleicht Iris, vielleicht Margarita, vielleicht Rose oder Susanne lautete.

Die Logik deiner Locken.

Selbstverständlich mussten ihr Locken wachsen.

Bereits wenige Wochen nachdem sie ihren geborstenen Schädel rasiert und zusammengeflickt hatten, also zunächst von störenden, blutverklebten Haarmassen befreit, und diese durch die feingezackte, knotige Linie des sterilen, in der Chirurgie eingezogenen Spezialfadens ersetzt hatten, machte sich die gekräuselte Unregelmäßigkeit bemerkbar, die wohl das Resultat der gewaltigen Erschütterung, des ungeheuren Aufpralls war.

Oft stelle ich mir die noch Monate nach dem Unfall leise zitternden Haarwurzeln vor, jede einzelne durchruckelt von kleinen Nachbeben, die an das große, das verheerende Unglück gemahnen. Eine Tausendschaft haariger Erinnerungsstützen, welche unbedachte Übermütigkeiten und Überstürzungen verhindern wollen. Um auf die permanente Bedrohung der Schädelplatte durch plötzliche, gewaltsam verursachte Erschütterungen rechtzeitig aufmerksam zu machen, senden sie korkenzieherförmige Warnhinweise aus, die über Ohren, Schläfen, Stirn und Augen fallen.

Warnende Wellen.

Ein hellbraunes bis mittelblondes Meer aufgezeichneter Schwingungen, die einen widerspenstigen Nimbus um ihr Gesicht legten. Ein Heiligenschein, unter dem es im Sommer entsetzlich heiß wurde, dessen Widerborstigkeit beim Kämmen die Arbeiter-Mutter zum Fluchen und das Mädchen, ängstlich geduckt unter den Hieben der Bürste, zum Weinen brachte.

3.

Die Kindergärtnerinnen müssen das zukünftige gewellte Strahlen vorhergesehen haben, als sie die Kleine mit dem Stoppelkopf der Sonnengruppe (»rote Gruppe«) zuteilten.

Mich dagegen steckten sie in die sogenannte Mondgruppe (»gelbe Gruppe«), was mich etwas betroffen machte, als ich herausfand, dass der Mond in Wirklichkeit eine Art Almosenempfänger der Sonne ist, ein passiv Angestrahlter ohne leuchtende Wirkkraft.

Waren wir, die »Gelben«, lediglich kurzbeinige Mitläufer?

Eine Bande Abglanz?

Oder sollten wir, die wir allesamt aus gutbürgerlichen oder neureichen Familien stammten, uns so früh wie möglich in der Kunst des Understatements üben und den Anderen, den Arbeiter- und Ausländerkindern, großherzig und uneigennützig den Vortritt in unserem katholischen Kindergarten-Sonnensystem überlassen, sie einmal im Zentrum, im Mittelpunkt stehen lassen, bevor sie in unseren gutgehenden mittelständischen Betrieben als kleine und kleinste Rädchen arbeiten würden?

Wer will, wenn es um Namen, Farben und Gruppenzusammenstellungen geht, an Willkür oder Zufälle glauben?

Ich nicht.

Die Zuweisung ihres Stoppelkopfes zur Sonnengruppe war genauso wenig zufällig, wie die Besetzung der Rollen unseres, im letzten Kindergartenjahr aufgeführten, Theaterstücks.

Das Schauspiel, eigentlich mehr Musical und Tanz als Theaterstück, das wir Ende Juli vor Müttern, deren Fingerkuppen noch zerstochen vom Nähen der Kostüme waren, Geschwistern und vereinzelten, wahrscheinlich arbeitslosen, Vätern aufführten, hieß »Safari«.

IHHHgel / Stoppelkopf / JasminCelineJustine übernahm den Part einer »Wilden« oder, korrekter ausgedrückt, einer »Stammeskriegerin«. Ich hingegen wurde von den Erzieherinnen ermutigt, die Rolle des »Safari-Guides« zu übernehmen, was mich zum einzigen Kind mit Sprechrolle, Lampenfieber und Auswendiglernzwang machte …

Während Stoppelkopf sich also nach belieben WILD und ungestüm gebärden durfte, musste ich einen unhandlichen, gefährlich scharfkantigen Jeep aus Pappkarton über die Bühne schleppen und nebenbei Verse rezitieren:

»… aus dem großen, blauen NIIIIILE
kommen jetzt die KROKODIIIIILE!!«,

brüllte ich die Zuschauer voller Stolz an. Um den Zuschauern außerdem die bestmögliche Sicht auf meine neue, extra für diesen Anlass erstandene Oberbekleidung zu ermöglichen, galt es, den hellblonden Jungen, der den männlichen Safari-Guide verkörpern sollte, mit Hilfe des Ellbogens möglichst weit vom Jeepfenster abzudrängen. Bei dem meiner Meinung nach äußerst sehenswerten Kleidungsstück handelte es sich um eine fingerhutfarbene, also dunkelviolette Bluse, deren Stoff sich nach einem kurzen Weg von fünf Knöpfen in »zwei Zipfel zum Knoten« teilte und dank dieser Besonderheit ungehinderte Sicht auf meinen Nabel ermöglichte. Jene handbreite Nacktheit empfand ich als überaus spektakulär, und ich übertreibe nicht, wenn ich sage, dass bauchfreie Tops für mich der Inbegriff von Sexiness waren.

Da ist es! Das Reizwort mit vier Buchstaben, hier mit kesser -ness-Endung zum Substantiv geformt. Schamlos quetscht es sich zwischen modale Präposition und Hilfsverb: DAS Wort, das in allen Vokabeln, die ein X in sich tragen, von nun an immer mitklang.

Sexy.

Darunter verstand ich das schlängelnde, geschmeidige, katzenhafte Körpergefühl, das sich einstellte, wenn ich die glatten, sanft geschwungenen Hautlandschaften meines Körpers abfuhr, und das durch die Berührung ausgelöste Bedürfnis nach mehr Fingern, fremden Fingern.

Es, Eh, Ix, Ypsilon.

Mysteriöses Erwachsenenwort, das irgendwie mit der Entdeckung der Vollkommenheit der eigenen Form und dem Vorsatz, diese mit mehr als zwei Händen zu erforschen, zusammenhängen musste.

Aber das ist nicht, nein, das KANN unmöglich alles sein …

Die Ahnung, dass das, was ich fühlte und mit dem X-Wort verband, nur einen Teil seiner Möglichkeiten erfasste und meine Erfahrungen lediglich Andeutungen und Hinweise auf die tatsächliche, ausgewachsene Bedeutung des Wortes VERKÖRPERTEN, verstärkte sich mit jedem gelebten Jahr. Irgendwo in den verwinkelten Tiefen zukünftiger Abgründe, fernab vom Scheinwerferlicht der Selbstdarstellung, lauerte noch mehr: ein dunkles, leicht bösartiges, immer durstiges Carnivor-Mehr, das sich alles und jeden einverleiben würde; ein nimmersattes Kriechtier, das sich im Blutrausch vor lauter Fleischeslust den Kiefer ausrenken und eines Tages an den Knochensplittern seiner gierig verschlungenen Beute ersticken würde. Solch ein Tier spürte ich unter meinen Haut- und Muskelschichten heranwachsen und auf den Moment seiner Entfesselung warten.

Doch zurück zur Safari.

Ich erinnere mich, dass der Anblick der übrigen, unter plumpen Tiermasken aus Pappmaschee versteckten Kinder unsexy war und mich abstieß.

Die Mädchen und Knaben mit den grauen Fladen an den Ohren, die sich umständlich verrenken und die Elefantennase mittels ihrer Arme darstellen mussten, empfand ich als besonders unattraktiv. Auch die Darsteller der Riesenschlange, insbesondere die Füllsel, die weder das Kopf- noch das Schwanzende der Schlange verkörperten, hatten nicht den Hauch einer Chance, sich meine Sympathien zu erspielen.

Ich muss allerdings zugeben, dass ich den ein oder anderen neidischen Blick auf JasminCelineJustines kurzes Kriegerinnen-Baströckchen geworfen habe …

Nicht unwahrscheinlich, dass mein begehrliches Schielen in Richtung Mini-Bastrock die bittere, zum Ausspucken reizende »Man-kann-nicht-alles-haben«-Sprechblase aus dem Mund einer Erzieherin in mein Gesicht platzen ließ, womit sie mir zu verstehen geben wollte, dass man sich wohl oder übel für eine der beiden Daseinsvarianten entscheiden müsse, da der Reiz eines verwilderten, nackten Arsches und die Kultiviertheit vorgetragener Verse nicht zusammengehen.

»Nicht alles haben …«

Wie hätte mir, dem kleinen, bauchfrei Gedichte rezitierenden, von einem ausgeklügelten Triebsystem gesteuerten und zu diesem Zeitpunkt problemfreien Zweibeiner, dieser Satz je plausibel erscheinen können?

»Man kann nicht …«

Der Unsinn der Erwachsenen.

Ich kämpfte meine Neidgefühle mit der nüchternen Feststellung nieder, dass das Baströckchen ohnehin hinter den tarnfarbenen Jeeptüren verschwunden und somit für das Publikum unsichtbar geblieben wäre. Meinen nackten Bauch dagegen sah jeder. Die Wahl zwischen Nacktheit oder Kultur erübrigte sich.

Um die scheinbare Unbeschwertheit der Krieger, Schlangen,

Elefanten und Krokodile – von ein paar läppischen Refrains abgesehen zur Sprachlosigkeit verdammt – hatte ich meine plump kostümierten Kameraden nie beneidet.

Die Vorstellung verlief ganz nach meinem Geschmack.

Mein blonder Co-Moderator überließ mir, nachdem er bereits in den ersten Spielminuten seinen Text verpatzt hatte, bereitwillig Fensterplatz und Moderation. Mit hochrotem Kopf verzog er sich in den Fond des Pappjeeps und betätigte sich fortan schweigend als Heckantrieb unseres 4-Feet-Drives.

Das lag ihm bedeutend besser, fand ich, und vergaß ihn.

4.

Meine Becken- und Schambeinknochen dort, wo das Glück der Erde liegt.

Stolz spanne ich Rücken und Bauch an, halte mich gerade und fest, hier oben.

Ich sitze in deinem Hohlkreuz, die Unterschenkel, vorantreibend oder zurückhaltend, gegen deine schon zaghaft gerundeten Hüften gepresst. Rechts und links umwickeln meine schwitzigen Fäuste schwarze Schnürsenkelzügel, die mit dem Gürtel, den ich dir, eng wie ein Kropfband, um den Hals gelegt habe, verknotet sind. Damit deine wiehernden Laute, diese Folge kurzer, abgehackter Töne, die in hoher Tonlage beginnen und in der Tiefe enden, klar und schallend bleiben, lenke ich vornehmlich mit einer Kombination aus Schenkeldruck, Zisch- und Schnalzlauten. Ich greife in deine gelockte Mähne, raune Richtungswechsel, feuere dich mit jubelnden »HÜAH-HÜAH«-Rufen an.

Widerspenstige Launen, die ich mit zügelndem Ruck züchtige, sind zum Glück selten. Denn der seufzende, ein wenig dumpfe, wie ein ersticktes Husten klingende Abwürgeton, den du im Moment der Maßregelung von dir gibst, klingt unangenehm unfein. Ein solches Geräusch ziemt sich nicht für edle Tiere.

»HÜAH! HÜAH, mein Ross!«

Wir galoppieren über grüne Teppichlandschaften, rasten im Schatten der Eckbank. Du steckst die Nase in deinen, mit Cornflakes gefüllten, Futterbeutel.

»Ja ... Friss schön! Bist ein braves Mädchen!« Lobend tätschle ich dein jeansblaues Hinterteil.

Dann wird es Zeit für ein wenig Sprungtraining.

Mithilfe einiger mühselig vom Stoß aus dem Garten gehievter Holzscheite, an deren Nässe der Teppich wie Löschpapier saugt, errichte ich einen komplizierten Parcours aus Steil-, Hoch- und Weitsprüngen. Die Oberflächen der nach Regen, Harz und Fäulnis duftenden Tannenholzblöcke sind Minenfelder aus Spreißeln, Mäusekacke und Kellerasseln.

Ich wische mir die harzigen Hände an einem Sitzkissen ab.

Beginn der Trainingsstunde.

Deine Sprünge sind nicht die eines Reittiers … Die langen, kräftigen Hinterläufe, mit denen du dich abstößt, und die kürzeren, huflosen Vorderbeine lassen dich wie einen fetten Feldhasen mit kupierten Ohren aussehen. Irgendwie schwerfällig.

Kaum ein Hindernis, das du nicht umreißt.

Dir hinterherzuräumen, ist langweilig.

Im Schritt und im Trab, wenn sich der Vorder- und darauf der entgegengesetzte Hinterlauf auf die immer gleiche Weise heben und senken, gefällst du mir besser.

Plötzlich weiß ich, was dir fehlt.

»Warte, ich hol kurz was!«

Bald darauf bin ich zurück.

Ich, der Schmied.

Mutters Küchenschürze schlackert mir um die Beine. Mit dem Kartoffelstampfer in der Linken und einem 3000er edding in der Rechten, nähere ich mich breitbeinig dem Tier, das es zu beschlagen gilt.

Bereitwillig lässt du dir Handflächen und Fußsohlen mit wasserfesten, nach Lösungsmittel stinkenden Hufeisen verzieren. Zur Sicherheit wird jeder neue, U-förmige Pferdeschuh mit kurzen, präzisen Kartoffelstampfer-Hammerschlägen doppelt und dreifach festgeklopft.

Der schweigsame, schmerbäuchige Schmied, dieser ungehobelte

Klotz von einem Mann, der Menschen meidet und die Gesellschaft der Tiere vorzieht, ist's zufrieden.

Nach Feierabend wird er ins Wirtshaus marschieren, wo ihm die dralle brünette Bedienung wie jeden Abend sein Herrengedeck serviert.

Im Frühjahr wäre noch Zeit für eine Prügelei in der Schankstube, einen Ausritt oder eine kurze, tierärztliche Untersuchung deiner kleinen, milchweiß glänzenden Füllenzähne gewesen.

Aber leider ist es Herbst, und bei Sonnenuntergang musst du zu Hause sein.

5.

Über den Rosensträuchern wabert eine süßliche Wolke Lockstoff. In jeder Blüte ein Brummen.

Es ist ein besonderer Tag.

Heute werden wir das Ritual vollziehen, den heiligen Akt, der uns endgültig und für alle Zeiten in ewiger Schwesternschaft aneinanderschweißen wird.

Unsere Augen spiegeln einander ernste, feierliche Mienen.

Der Dorn will mit Bedacht gewählt sein.

Ich entscheide mich schließlich für einen, der mir besonders blutdurstig erscheint: Einer bräunlich gefärbten Haifischflosse gleich ragt er aus der Mitte eines daumendicken Zweigs. Kleine Dörnchen folgen ihm im Gänsemarsch.

Mit chirurgischer Präzision amputiere ich das spitzgezackte Ding.

Was nun?

Ratlos sehen wir einander an.

Ein schneller, gnadenloser Streich mit dem scharfen Dorn ins Finger- oder Handflächenfleisch würde zweifelsohne den ersehnten Blutstropfen aus seiner violetten Abgeschlossenheit ans Licht sprudeln lassen …

Der Gedanke an Selbstverletzung ruft einen plötzlichen, heftigen Widerwillen in mir wach. Ich knabbere nicht an Nägeln, kratze nicht an Schnakenstichen, mag meine Krallen, liebe meine Unversehrtheit.

Um die Verletzung zu vermeiden, suche ich meine Arme nach alten Wunden ab. Unweit vom Ellbogen werde ich tatsächlich fündig und beginne, mit dem Dorn an dem alten, schon im Abfallen begriffenen Wundschorf herumzuschaben.

Ein kurzer Seitenblick zeigt mir, dass du dich für eine ähnliche Methode entschieden hast. Genug Auswahl hast du ja.

Nicht lange, und die zerbissene Nagelhaut deines rechten Daumens blutet übermütig drauflos.

Bei mir dagegen: Nichts.

Unter der Kruste hat sich bereits neue, helle, heile Haut gebildet.

Erwartungsvolle Blicke von rechts.

Ich schabe verbissen weiter.

Am Ende meines Kratzers stoße ich auf ein paar Millimeter nässendes Rosa, welches ich so lange bearbeite, bis es sich den Anschein gibt, ein kleines Bluten zu sein.

Das muss ausreichen.

Ich beeile mich, deinen Daumen gegen meinen Unterarm zu pressen. In dieser, etwas merkwürdigen Position verweilen wir sodann mehrere Minuten.

Ob der rote, schmierige Fleck, der, als du schließlich deine Hand zurückziehst, meinen Kratzer wie ein Ausrufezeichen aussehen lässt, von dir oder mir oder uns beiden stammt, ist nicht mehr festzustellen.

Um jeden Verdacht auf Blutsbetrug im Keim zu ersticken, wies ich mehrmals eifrig darauf hin, dass meine Haut, egal ob unversehrt oder verwundet, dein Blut ohnehin »wie Wasser« an-, auf- und eingesaugt habe. Zur Bekräftigung entrollte ich den Gartenschlauch und ließ einige Wassertropfen auf meinen Handrücken fallen.

30 Sekunden später schallte ein triumphierendes »Siehst du!? Alles weg!!« durch den Garten.

Der Beweis meiner Redlich- und Weißwestigkeit war mindestens genauso wichtig wie die Erhaltung meiner Unversehrtheit. Zu lügen bedeutete, meinen Namen mit unschönen Schleifspuren zu besudeln, wie man sie aus den Kloschüsseln öffentlicher Toiletten kennt.

Die Rufnamen von Gewohnheitslügnern stellte ich mir äußerst schäbig, mit abblätterndem Lack und bräunlichen, wie Schimmelpilz wuchernden Rostwolken vor. Hatte man die Glanzschicht, welche die Namen aller Wahrheitsliebenden schützend umhüllt, einmal verloren, musste auch das Innere anfangen zu bröckeln und irgendwann unweigerlich zu Staub zerfallen.

Ich war mir sicher, dass der Zerfall oder Verlust des Wortes, das von Geburt an das eigene Ich benennt, Ende, Auslöschung und Tod bedeuten mussten.

Um meine These auf ihre Wahrheit hin zu überprüfen, unternahm ich, vor dem großen Spiegel im Elternschlafzimmer sitzend, einen Selbstversuch: Zunächst formte ich mithilfe eines Füllfederhalters und einigen sorgfältig geschwungenen Schreibschriftschlaufen meinen Vornamen. Anschließend näherte ich mich mit dem Tintenkiller dem letzten Vokal, den ich für das Buchstaben-Pendant meiner Füße hielt.

Mit Adleraugen beobachtete ich mein Spiegelbild, während der Killer die Linie löschte – und obwohl ich keine Veränderung meines Abbilds und auch beim Abtasten keinerlei Ich-Schwund entdecken konnte, traute ich mich nicht über das A hinaus.

Als die Schlafenszeit heranrückte, entschied ich, dass mein nächtliches Ich unmöglich hinten-ohne ins Traumland entlassen werden durfte, nutzte die Schreibfunktion des Tintenkillers und reanimierte meine weibliche Endung. (Sie war blau, atmete aber.)

6.

Mir waren Worte immer ernst.

Wahrscheinlich konnte ich es deshalb nicht ertragen, wenn JasminCelineJustine mit einem knappen »Ich muss aufs Klo« aus dem Spielzimmer lief, dann unten heimlich die Schuhe anzog und grußlos nach Hause verschwand, während ich auf dem Teppich saß und sehnsüchtig ihre Rückkehr erwartete.

Nachdem sich dies ein- oder zweimal ereignet hatte, machte ich es mir zur Gewohnheit, die Geräusche, die sie beim Gang zum Klo verursachte, aufmerksam zu prüfen. Sobald ich irgendwelche Unregelmäßigkeiten feststellte, schlich ich zur Treppe und spähte durch das Geländer nach unten.

Eines Tages war es so weit: Schon den ganzen Nachmittag hatte eine gewisse Missstimmung zwischen uns geherrscht. Halbherzig und lustlos waren verschiedene Spiele angefangen und abgebrochen worden, und ich glaube, ich habe einige ihrer Alternativvorschläge recht rigoros abgelehnt …

Schließlich der Moment des vorgetäuschten Klogangs!

Meiner Vorahnung folgend näherte ich mich, geduckt wie ein Kater auf der Pirsch, dem Treppengeländer.

Da hockte sie! Die Verräterin! Klaubte ihr Schuhwerk aus dem bunten, ledrigen Haufen vor der Garderobe und begann, sich die Schnürsenkel zuzubinden.

In meinen Schläfen pumpte und pochte es, als hätte sich mein Herz durch die Halsschlagader bis in meinen Kopf gequetscht.

Drei, vier waghalsige Treppensprünge und schon stand ich, die Hände in die Hüften gestemmt, vor JasminCelineJustines zum Gehen verschnürten Füßen.

Wütend, zornig, die Kieferknochen so hart, dass sich die Worte nur zischend durch Zähne und Lippen pressen ließen, fuhr ich sie an: »Willste wieder abhauen?«

Keine Antwort. Stattdessen feindseliges Schweigen.

Mit schlitzigen Augen, die linke Oberlippenhälfte verächtlich Richtung Nase gezogen, spie ich ihr ein letztes »Feige Sau!« ins Gesicht, bevor ich auf dem Absatz kehrtmachte und triumphierend zurück ins Spielzimmer marschierte.

Mich würde keiner bescheißen, mich nicht!

Dinge, die dich nicht berühren.

Mein Klavier.

Strenggenommen ist es gar nicht MEIN Klavier.

Ursprünglich war es im Besitz meiner Urgroßmutter, die das gute Stück, nachdem sich ihre Schwerhörigkeit mit zunehmendem Alter in absolute, undurchdringliche Taubheit verwandelt hatte, meiner Mutter vererbte.

Zu dem Zeitpunkt, als ich auf dem hellhölzern-glänzenden Instrument mit den elfenbein- und lakritzfarbenen Tasten die ersten Töne anschlug, hatte meine Mutter jene mir gänzlich unbekannte Großmutter längst beerdigt und ihr eigenes Klavierspiel, bis auf ein holpriges »Für Elise«, fast vollständig verlernt.

Das Klavier hatte seinen festen Platz auf der mit grünem Teppich ausgelegten Galerie, die nicht »Galerie« sondern »Spielzimmer« hieß, als ich zum ersten Mal auf den lederbezogenen Hocker kletterte, den Deckel anhob und den Zeigefinger auf einer zufällig ausgewählten Taste niedergehen ließ. Mit jenem ersten Anschlag erhielt das Spielzimmer einen fünf Buchstaben starken Zuschlag und wurde kurzzeitig als »Musikspielzimmer« bezeichnet, ein Ausdruck, der wegen seiner Spitzfindigkeit nicht sehr lange verwendet wurde und schnell aus dem aktiven Sprachgebrauch der Familie verschwand. Seitdem nennen wir die Galerie (schlicht, einfach und architektonisch korrekt) wieder »Galerie«.

Auf dem über dem Wohnzimmer thronenden Balkon, zu dem sich der direkt unter dem Dach verlaufende Galeriegang verbreitert, stand und steht es also: mein Klavier.

Ich verbringe viele Stunden vor dem breiten, 88 Zähne starken Maul, welches meinem eigenen Mundwerk nicht unähnlich sieht.

Mein Milchzahngebiss unterscheidet sich von den Klavierzähnen darin, dass meine »schwarzen Tasten« Leerstellen, löchrige Unterbrechungen im Weiß sind, während im Klaviergebiss die schwarzglänzenden Streifen ein ganzes Stück über die Ebene der sorgfältig aneinandergereihten weißen Tasten herausragen.

Natürlich weisen das Piano und ich noch eine ganze Reihe weiterer unterschiedlicher Eigenarten auf. Anstelle der vielen kleinen Hämmerchen, von denen ich weiß, dass sie sich im Bauch des Klaviers befinden, und deren Aufgabe es ist, unermüdlich gegen gespannte Saiten zu schlagen, besitze ich nur ein einziges, feuchtrosa Zungending, das meine Töne auf dem Weg nach draußen zu Worten formt.

Was ich nicht verstehe, ist diese Sache mit den sogenannten Stimmbändern …

Wenn ich beim Sprechen die Hand an die Kehle lege, spüre ich das leichte, summende Schwingen jener Bänder, die meine Saiten sind. Das Rätsel, wie meine Zunge, dieses rosarote, fleischige Hämmerchen, das doch so weit vom Kehlkopf entfernt hinter zwei Zahnreihen liegt, diese Bänder zum Schwingen bringt, bleibt unlösbar, solange sich mein Korpus nicht wie der meines hellhölzernen Instruments aufklappen und beim Tönen beobachten lässt.

Aber vielleicht muss man gar nicht alles wissen.

Jedenfalls liebe ich das Klavier, habe es vom ersten Ton an geliebt.

Ich halte es für weitaus klüger als die Menschen. Immerhin besteht sein Alphabet aus 52 dicken und 36 schmalen Buchstaben, während das Alphabet, welches wir in der Schule lernen, nur 26 zu bieten hat. Hinzu kommt, dass sich die im Klassenraum der 1a gelernten Zeichen nur sehr mühsam, und manchmal ohne Sinn zu ergeben, zusammenfügen lassen. Auf dem Klavier dagegen kann man ALLES aneinanderreihen, ist alles Musik …

Anfangs habe ich mich nicht getraut, die Stimmen weit auseinanderliegender Tasten miteinander zu vergleichen. Ich war mir nicht sicher, ob sich nicht die piepsigen, hohen Stimmchen der rechten Seite vor dem unheimlichen, tiefen Grollen des linken Klaviaturendes fürchten würden.

Allerdings wurde mir schnell klar, dass sie alle, die hellen wie die dunklen, verschwägert, verschwistert und verwandt sind; dass sie einen großen Clan bilden, zu dessen Anführerin ich werde, sobald ich meinen Platz auf dem Hocker einnehme.

In meiner Experimentierphase, bevor mich meine Eltern zu Frau Lichtel in den Unterricht schickten, nutzte ich jede elternfreie Minute, um die verschiedensten Griffe auszutesten: den Einfinger-Griff, den Zwei-, Drei- und Zehnfinger-Griff, den Faust-, flache Hand- und Unterarm-Griff und schließlich sogar den Kinn-, Gesichts-, Zungen- und Nasen-Griff.

Um herauszufinden, welche Laute mein Körper und die Gemeinschaft aller Oktaven miteinander produzieren würden, kletterte ich vom Hocker auf die Tasten und legte mich seitlich auf die Klaviatur, was einen massiven, wunderbar mächtigen Klang erzeugte. Aufgespannt zwischen dem höchsten und tiefsten Ton, hob ich die

Hüfte und ließ meine knochige Seite wieder und wieder mit Karacho auf die Tasten niedersausen.

Frau Lichtel war für derartige Vor- und Anschläge leider nicht sehr empfänglich. Sie bestand darauf, dass ausschließlich mit den Fingern gespielt wurde.

Auch die Abfolge der verschiedenen Töne war nicht länger frei von mir wählbar, sondern wurde von einem speziellen Lesebuch vorgegeben, dessen linierte Seiten mit unregelmäßigen Punktemustern bedruckt waren.

Jeder einzelne der schwarzen, langstieligen Punkte, die wie Kirschen zwischen den fünf horizontal und parallel verlaufenden Linien klebten, symbolisierte eine weiße oder schwarze Taste.

Das Übersehen eines einzigen Punktes galt bereits als »Fehler«. Selbiges galt für das Verfehlen einer Taste.

Ob sich die fehlerhafte Variante, die verspielte Note, eleganter, lustiger, schräger, schiefer oder einfach nur interessanter anhörte als die vom Buch befohlene Variante, spielte dabei keine Rolle.

Hohle, gefüllte, mit Balken zu Gruppen zusammengefasste oder mit Fähnchen versehene Notenköpfe zu deuten, langweilte mich, und die herzlose Kategorisierung der Musik durch ein vollkommen fantasieloses Notensystem missfiel mir enorm.

Um den fade schmeckenden, mit den Augen zu erntenden schwarzen Kirschen zu entgehen, nahm ich die Stücke auf, indem ich Frau Lichtels vorspielende Finger beobachtete und anschließend deren Bewegungsabläufe imitierte.

Während der Klavierstunden boten sich mir zwei Perspektiven: die Vogelperspektive, von der aus ich die über schwarz-weiße Felder rasenden Lichtelschen Hände begleitete, sowie die des kleinen Froschs, schräg am Notenbuch vorbei, Richtung Regal, wo sich mein Blick zwischen den emporgereckten Rüsseln Hunderter Porzellanelefanten verfing.

Bald kannte ich sowohl Frau Lichtels altersgefleckte Handrücken, die verästelten Wege ihrer von den Handgelenken zu den Knöcheln führenden Adern, das Schimmern ihrer langen, perlmuttfarbenen Fingernägel und den Schliff des kleinen, in der Mitte ihres weißgoldenen Eherings versenkten Brillanten, als auch jedes einzelne Tier der nach Größe und Farbe sortierten Dickhäutersammlung bis ins letzte Detail.

Eine weitere negative Begleiterscheinung des freitagnachmittäglichen Unterrichts war der lange, steil ansteigende Weg zu Frau Lichtels Haus …

Notensystem, Altweiberhände, Porzellankitsch, anstrengender Fußweg – die Klavierstunde entpuppte sich als lästige Pflicht und ärgerliche Zeitverschwendung.

Wie gerne hätte ich jene Stunde, um die mich der Unterricht beraubte, für meine große Leidenschaft genutzt, die Geschichten und Märchen meiner Hörspielkassetten am Klavier zu begleiten, was die Erzählungen – meiner Meinung nach – vervollkommnete.

7.

»Es waren einmal drei kleine Schweinchen …«

VOM C AUS EIN, ZWEI OKTAVEN NACH RECHTS. DREI DREIKLÄNGE. QUIETSCHIG.

»die wohnten mit ihren Eltern in einem kleinen Haus«

WOHNEN IST MITTE. VATERSCHWEIN SYMPATHISCH TIEF, MUTTERSCHWEIN ETWAS HELLER.

»aber je größer die Schweinchen wurden …«

LAUTER WERDENDE DREIKLÄNGE.

»desto kleiner schien das Haus zu werden«

VARIATION DES WOHNTHEMAS: ZAGHAFTE, HOHE, KURZ ANGESCHLAGENE PLING-PLINGS.

»Es wird Zeit, dass ihr euer Leben selbst in die Hand nehmt!«

AUFBRUCHSTIMMUNG. FINGER RASEN DURCH MEHRERE OKTAVEN RICHTUNG FERNE UND FREIHEIT.

»Das erste Schweinchen baute sich ein Haus aus Stroh …«

PIANISSIMO. ZARTE, PIKSENDE HALBE ALS HALME. RAUSCHEN IN RITZEN. LUFTIGE PAUSEN.

»Das zweite Schweinchen baute sich ein Haus aus Ästen und Zweigen …«

VARIATION DES WOHNTHEMAS. MEZZOFORTE. BEGLEITENDES KLOPFEN AUFS HELLHÖLZERNE GEHÄUSE.

»Das Haus des dritten aber war aus Stein.«

STABILER FÜNFKLANG. TON AUF TON WIE STEIN AUF STEIN.

Einsatz Wolfsstimme.

DUNKLES, KNURRENDES GROLLEN. LINKE HAND.

Sein Husten und Pusten.

DRAMATISCHE HALLEFFEKTE. RECHTES PEDAL.

»Nein, oh nein! Bei den Borsten auf meinem Rücken, ich lass dich nicht ein, ich kenn deine Tücken!«

SCHRILLE PANIK. STACCATO-GEQUIETSCHE. DAS »NEIN!« EIN FAUSTSCHLAG IN DIE TASTEN.

ZWEIMAL DAS GLEICHE SPIEL: EINSTÜRZENDE HÄUSER UND FLIEHENDE SCHWEINCHEN. LINKE HAND WOLF-, RECHTE HAND SCHWEINCHENBEINE. RASENDSCHNELLE FINGER. BEIDHÄNDIGES NÄGELGEKLAPPER (WOLFSKRALLEN, SCHWEINEHUFE).

DER WOLF AUF DEM DACH DES STEINHAUSES, DEN SCHWEINCHEN SO NAH WIE NIE …

»Was sollen wir bloß tun?«

GESPANNTES TRILLERN.

Der Wolf gleitet durch den Schornstein.

EINE RUTSCHFAHRT ÜBER ALLE TASTEN BIS ZUM »PLATSCH!«, EIN HÄNDEKLATSCHEN ALS LANDUNG IM SUPPENTOPF.

»Er heulte einmal laut auf –«

VIEL FIS. FORTISSIMO.

»dann hörte man nichts mehr von ihm.«

FINGER WEG VON DEN TASTEN.

BESTÜRZTES UND ERLEICHTERTES SCHWEIGEN.

Finaler Freudentanz der Schweinchen.

TRILLERNDE DREIKLÄNGE UND AUSGELASSENE QUIETSCHER.

Ende.

BEFRIEDIGTES GRUNZGESCHRÄUSCH AUS TIEFSTER KEHLE (OPTIONAL).

Das war gut.

Ich drücke die Stopptaste und nicke lobend Richtung Klavier. Wir verstehen uns auch ohne Noten, das Piano und ich. Ja, unsere Kommunikation verläuft in der Tat absolut reibungslos, stimmig und störungsfrei und mein Bedürfnis nach dieser bislang ungekannten Klarheit wächst von Woche zu Woche.

Inzwischen freue ich mich schon morgens auf den Nachmittag, wenn wir gemeinsam leise, laute, schöne, schrille oder schräge Tongehäuse für jedes erdenkliche Gefühl errichten …

Der einzige Makel, den ich an der Musik entdecke, ist der, dass sie an das viel zu große, viel zu schwere Instrument gefesselt ist und ich sie nur in Gedanken mitnehmen kann.

Ich wünschte, es gäbe ein Klavier für die Hosentasche.

Mit den winzigen, fühlerfeinen Fingern, die mir im Moment des Erscheinens meines Hosentaschenpianos wachsen würden, wäre das Treffen der einzelnen Miniaturtasten nicht weiter schwer.

Fortan könnte ich jeden meiner Schritte mit den herrlichsten Melodien unterlegen, und es wäre nur eine Frage der Zeit, bis sich die Kinder wie beim Rattenfänger an meine Fersen heften würden.

Jene bunte Schar, die meine Kompositionen einmal jubelnd und mit Rosenblättern werfend empfangen wird, vielleicht versteckt sie sich bereits heute, ängstlich und andächtig lauschend, in meinem Schatten und ich bräuchte mich nur umzuwenden, um –

Die Schreie aus dem unteren Stockwerk klingen eher bedrohlich als fröhlich.

Es ist die Stimme meiner Mutter.

Ich soll mit dem Lärm aufhören und anständig üben.

8.

Sechs Kätzchen.

Ein ganzer Wurf, Fellknäul um Fellknäul an der Scheunenwand zerschmettert.

Nur das siebte nicht.

Der Bauer macht das nicht zum ersten Mal. Er hat Übung, das sieht man genau.

Mein Blick folgt seiner schwieligen Pranke in den Katzenkorb. Dicke Finger zwicken ein Nackenfell, ziehen und zerren dran.

In der Luft strampelt was.

Jetzt holt er aus. Nicht weit, nur weit genug.

Der vom Misten, Ernten, Hieven und Halten gestählte Arm schleudert das maunzende Wurfgeschoss auf einer pfeilschnellen Geraden gegen die ziegel- und katzenblutrote Wand.

Im Korb kneifen die Todgeweihten ihre klebrigen Äuglein zusammen, als könnten sie's nicht mit ansehen.

Die Angst ist blind und getigert, flauschig und kurzschwänzig, schwarz und weiß.

Das erste vierbeinige Geschoss, vielleicht ein Brüder-, vielleicht ein Schwesterchen, prallt von der Wandfläche zurück in den Raum, hüpft über den Betonboden wie flache Kiesel über den Dorfweiher.

Dann liegt es still.

Manchmal, wenn sich die Bauernstiefel aus schwarzem, abwaschbaren Gummi nicht sicher sind, wenn's unterm Pelz verdächtig zuckt, dann fackelt der Absatz nicht lange. Ein einzelnes, wütendes Aufstampfen genügt. Schon ist's geschehen.

Aus dem geknackten Schädelchen tritt Hirn wie Brät aus einer geplatzten Wurst. In die Rillen des Profils quillt eine blutige, mit Knochensplittern versetzte Masse.

Der komplexe Vorgang aus Greifen, Werfen und Treten erfordert volle Konzentration.

Mein Einschleichen bleibt unbemerkt.

Ich warte auf den nächsten Wurf und während er hingeht, nachsieht, nachtritt, greife ich zu und rette dich, wie einst die Pharaonentochter den Moses, aus dem Körbchen.

Natürlich kann ich dich, die du anderthalb Jahre älter, größer und schwerer bist als ich, nicht den ganzen Weg von Sulpach bis nach Hause tragen. Wir könnten Rollen tauschen … Aber das willst du nicht.

»Katzen können von Geburt an laufen!«, sagst du und ich glaube dir.

Wir machen uns auf den Heimweg. Du bist ein zutrauliches Katzentier und folgst mir bis ins obere Stockbett.

Jetzt liegst du da, eng zusammengerollt, ein dichtes Paket aus Gliedern, den Kopf in meinen Schoß gebettet und willst gestreichelt werden.

Meine Hände gleiten über Baumwolle und Jeans. Ich kann deine Muskeln, Gelenke und Rippen durch den Stoff fühlen. Deine Beschaffenheit interessiert mich, ich mache meine Entdeckungen: Jede weiche Stelle wird irgendwann hart. Man muss nur fest genug drücken.

Dass nichts, was fleischig und flauschig ist, so bleibt, weiß ich bereits, und muss an die aufgebahrte Alte denken, die ich an der Hand meiner schwarz gekleideten, weinenden Mutter in ihrer gepolsterten Kiste liegen gesehen habe. Tot. Alles Fleisch aufgebraucht.

Unter der dünnen, gelblichen Haut schimmerte es knochenhart, als hätte man knittrige Seidentücher über ihr Skelett gebreitet.

Die Gebeine drängen Jahr für Jahr weiter an die Oberfläche. Pausbacken verschwinden, Ellbogen werden spitz. Aus Wachsen wird Erwachsen, wird Alt und schließlich, kurz bevor Rippen und scharfkantige Kiefer die letzte Hautschicht durchbrechen, stirbt man. Ja.

Aber du nicht. Du noch lange nicht.

Inzwischen sind meine Hände in deinem Gesicht angekommen, aus dem in regelmäßigen Abständen Miau- und Schnurrlaute zu mir aufsteigen. Die Haut da ist ganz zart. Vorsichtig fahre ich Konturen ab: überall Rundungen. Zwei Wangenkugeln, die sich beim Lächeln wie Polster unter Augenschlitze schieben und Wimpern auffangen. Ein Nasenknubbel. Der Wulst, auf dem deine Brauen liegen.

Trockene Stellen schicken meine Finger weiter zu klebrigen. Zum Haaransatz hin wird es feucht, ein bisschen schwitzig. Ich kann dich riechen. Es ist die vertraute Mischung aus kaltem Rauch und Schweiß, die eigentlich mehr stinkt als riecht.

Ich bin zu sehr bei der Sache. Die Sanftheit deiner nackten Kätzchenhaut entzündet ein Jucken in meinen Fingerspitzen. Vom Wischen und Streichen werde ich wund. Unsere Hautmäntel, streichelnd zerschlissen, liegen Fleisch auf Fleisch.

Plötzlich, tief eingetunkt in deine Züge, von Tausend Poren angesaugt, spüre ich, wie sich die Rillenlandschaft meiner Handflächen einebnet. Feingezeichnete Fingerlinien verschmelzen. Ich bin nicht länger identifizierbar anhand meiner Abdrücke.

Und immer wieder dein fiepsiges Katzenstimmchen, dein süßes Miau, das durch mein Muschelohr in den Hals fließt und weiterströmt, abwärts die Seiten entlang, bis tief hinein in die Hüfte. Ein Klang wie streifende Federkiele. Gerubbel und Getaste, das mich wie Feuer- und Katzenzungen, mal flammend, mal schokoladigschmelzend ableckt, das ziept und zieht und mir ein unerträglich drängendes Pipigefühl zwischen die Beine pflanzt.

Sehnsucht nach einer Kante, einer Härte überfällt mich.

Auf der Suche nach Widerstand verspanne ich die Nackenmuskeln, beuge und biege Kopf und Schläfe zur Schulter, bis alle Sehnen zum Zerreißen straff sind.

Mit Händen, die gern Fäuste wären, knete ich deine Bäckchen wie Teig; zwicke, grabsche, drücke und wünsche, ich könnte das verfluchte Weichmacher-Elixier aus deiner Haut pressen. Das Gemaunze wird lauter. Jetzt protestierst du.

Hör auf dich zu wehren!

Du bist mein Kätzchen! »Meins, meins, meins«, kreische ich und reiße an deinen Locken. Wo sind die Bauernstiefel, mit denen ich dich aus dem Bett treten und deiner Schmiegsamkeit ein Ende bereiten kann?

Bis runter auf den Teppich will ich dich stoßen. Will eine raue Zunge werden, die dich mit gieriger Sorgfalt von den Fasern schleckt.

Es darf nichts übrig bleiben. Nicht das Geringste.

Zuletzt gelingt es mir dann doch, die Hände unter den Hintern zu sperren, wo sie, unschädlich und plattgemacht, festsitzen. Die Hitze ist vorüber, der Hochofen wieder Hochbett. Beinah wären wir verschmolzen.

Doch jetzt bist du du und ich ich.

Kein Kätzchen, kein Schmelz und keine Bauernstiefel weit und breit. Nur ein paar rote Flecken auf deinen Wangen.

9.

Den ganzen Tag in Häcksel-, Mulch- und Strohresten unter den Sträuchern gelegen, die Beine im eigenen, die Köpfe im Nachbargarten.

Über unseren Gürteln krallen sich gefährlich stachelige Brombeerranken an dünne Drähte. An den Zweigen nahe unserer Sandalen, Schienbeine und schmutzigen, unter zerfransten Jeansrändern hervorragenden Knie, sind die Früchte noch hell. Nur ganz oben, an vorderster Sonnenfront, errötet etwas.

Jenseits der Grundstücksgrenze, wo sich die Büsche bereits unter kiloschweren Beerenlasten zu bogenförmigen Spalieren verbiegen, reißen wir unsere Mäuler auf, unter Ästen, die krumm sind wie die Wirbelsäulen dickbusiger Mädchen.

Hunderte glatte, durchscheinende Kugeln harren der Ernte. Leuchtend rot sind sie, zart geädert und zum Platzen vollgestopft mit winzigen Samen, die ich zwischen den Schneidezähnen halbiere.

Da sind wir also.

Unter reingrünen, grobgesägten Schattenspendern.

Durch Lücken im Blattwerk quetscht sich der stahlblaue Himmel.

Wie Fische öffnen und schließen wir die verschmierten Münder. Der Bewegungsablauf ist stets der gleiche: Zunächst den im Nacken liegenden Kopf so anheben, dass die Rebe in den Mundschlund taucht. Ober- und Unterlippe schlagen hinter der letzten Beere zusammen. Dann, vorsichtig, den Hinterkopf zurück aufs Mulchkissen ablegen. Dabei mit den Zähnen kugelige Beute machen. Das Süße, Saure, Fruchtige vom Stängel trennen und mit nach unten ziehen.

Manchmal, wenn die Johannisreihe zu lang geraten ist, muss man gegen die guten Sitten des Schlaraffenlands verstoßen und die Hände zu Hilfe nehmen.

Unser System, zuerst, hellwach und mit scharf gespitzten Ohren, den Risikobereich Nachbargarten abzuernten, danach die Him- und Brombeeren im Grenzland und erst zuletzt die kümmerlichen Rötungen des eigenen Grund und Bodens, hat sich über die Jahre bewährt.

Nur ein einziges Mal, mitten im schönsten Raubzug, tauchte der kahle, missvergnügte Anrainer zwischen den Büschen auf. In heller Panik flohen wir über Beete und Rasen und erreichten die schützende Küche, noch ehe er uns mit dem Spaten zu nahe treten konnte.

Inzwischen sieht man den Alten nur noch selten. Vielleicht macht ihm sein Bein zu schaffen. Sein Hinken trug damals wesentlich zum Gelingen unserer Flucht bei …

Aber da sich seine guten Eigenschaften – da sind JasminCeline-Justine und ich uns einig – ohnehin auf den Besitz jener besonderen Sorte Johannisbeeren beschränken, die wir, in Unkenntnis des korrekten Namens und aufgrund ihrer besonders großen Früchte, »Riesen-Ribes« getauft haben, nehmen wir seine Abwesenheit weniger besorgt, als vielmehr mit gleichgültigem Schulterzucken zur Kenntnis. Uns fehlt, da wir vollauf mit uns selbst beschäftigt sind, einfach die Zeit, um uns um den Verbleib alter, kahler Kerle zu kümmern.

Unsere unter der Sommersonne wachsenden Körper schicken uns pflücken. Ihr Energiebedarf scheint unendlich. Kein noch so stachliger Fraßschutz kann uns abhalten. Lediglich die von Schmetterlingsraupen bekrabbelten oder wurmzerfressenen Exemplare werden verschont.

Ich glaube, es war an einem jener anstrengenden Erntetage kurz vor deinem Geburtstag. Vielleicht war's ein Feiertag, vielleicht nur Wochenende.

Die Sonne tauchte hinter der Spielstraße ins Wäldchen. Es folgten Abendrot und Abendbrot und noch lange kein Abschied.

Ich muss schon geschlafen haben, als es von oben knarzte und deine Füße auf der Bettleiter erschienen. Im Zimmer war's sommerlich dämmrig. Trotzdem hätte ich geschlossene, hinter dichten, schützenden Lidern verborgene Augen den offenen, allen schauerlich-bizarren Schattenformen hilflos ausgelieferten, vorgezogen …

Jetzt ist es zu spät. Der von der Mutter beim Zubettgehen empfangene Segen, der mich vor den Gefahren der Nacht bewahrt, ist verflogen.

Aufwachen bedeutet sich ausliefern.

Durch dein Geknarze wird mir das Wachsein aufgezwungen, und ich werde verzweifelt und wütend zugleich. Einige kurze, unentschiedene Augenblicke lang wiege ich meine Optionen ab: Liegenbleiben? Allein, inmitten der Schattenarmee? Oder doch lieber aufstehen, dir nachfolgen und Rücken an Rücken gegen das Dunkel kämpfen?

Noch bevor deine Hand die Türklinke umfassen kann, stehe ich neben dir.

»Was ist?«, frage ich die schwarze, mit weiß leuchtenden Flecken besprenkelte Fläche, die dein Gesicht sein muss.

Keine Antwort.

Gemeinsam huschen wir ins Bad. Auf ein leises Klick meiner Hand hin, springt uns das Gelb der Fliesen an. Um überhaupt irgendetwas sehen zu können, fixiere ich das braune, von beigefarbenen Fugen durchschnittene Blumenmuster. Es dauert eine ganze

Weile, bis meine Pupillen zusammenschrumpfen und Blendwerk zu Steingut wird.

Neugierig lasse ich meinen frisch adaptierten und inzwischen vollkommen wachen Blick deine nackten Beine entlanggleiten. Aus der Faust, die neben dem Saum deines Nachthemds baumelt, ragt ein Stück zerknüllte Unterhose.

»Was – «

Der erste Tropfen schneidet mir das Wort ab. Zwischen deine Füße platschen hellrote Tropfen.

Als hätte dein Körper die fruchtige Vortagshitze in kleine, innerliche Wölkchen verwandelt, regnet es auf die Keramik.

Erst mit dem nächsten Blinzeln begreife ich, dass das Blut ist. Wichtigtuerisches Blut. Damit scheinst du immer wieder auftrumpfen zu müssen …

Dann ragt auch schon die Gestalt meiner müden Mutter hinter mir auf. Dein Tröpfeln muss sie aus dem Schlaf gerissen haben. Ohne große Worte zu machen, holt sie eine dicke Binde aus der Frauenschublade unter dem Waschbecken. Das Geräusch, mit dem sie den Schutzstreifen abzieht, lässt mich an mein verschollenes Stickeralbum denken.

Nachdem der durchscheinende Streifen mit lautem Geknister im Müll verschwunden ist, verklebt Mutter die Binde mit dem Stoff deiner Unterhose. Interessiert beobachte ich dich beim Einstieg in die Beinlöcher. Hastige Hände ziehen die frisch ausgepolsterte Baumwollunterbekleidung mit den rosa Streifen Richtung Bauchnabel. Die Fliesenblumen warten indes vergebens – es hat sich ausgetropft.

Angeekelt und fasziniert zugleich stelle ich mir vor, wie du die daumendicke, butterweiße Schicht mit Marmeladenröte besudelst.

Wir werden zurück ins Bett geschickt.

Aber das Einschlafen will mir nicht recht gelingen … Die Zusammenhänge zwischen der Frauenschublade, den Früchten, deinen blutroten Nagelhäuten und Schnakenstichen und, nicht zuletzt, dem längst verjährten Schädelbruch, dem blutigsten aller Unfälle, halten mich wach.

Kann es sein, dass sich das Beinaheentzweigehen deines Kopfes noch heute auswirkt? Befürchtet dein Körper erneute Brüche? Will er weiterem Unheil zuvorkommen und schnellstens Frau werden, bevor — ?

Ich habe die Verschwörerblicke, die Mutter und du getauscht haben, genau gesehen. Auf windelartigen Auslaufschutz angewiesen zu sein, scheint Nähe zu schaffen, und lässt offenbar zu, dass Frauen unterschiedlichsten Alters und Herkunft sich auf Augenhöhe begegnen. Hinter jeder Waschraum- und Toilettentür, deren Piktogramm ein A-linienförmiges, knielanges Kleid trägt, trifft sich eine verständnisvoll dreinblickende Schwesternschaft, eine Gemeinschaft, die nickt und seufzt und wattiges Material austauscht. Ich beobachte das schon länger.

Hätten wir uns das unangenehme Ritzritual ersparen können? Es scheint, als verschwistere jenes gemeinsame Tropfen weitaus zuverlässiger – vorausgesetzt, man kann's.

Ich bin nicht gut im Bluten. Ich weiß auch, warum: Will man Blutrot sehen, so braucht man zunächst eine Wunde, etwas Klaffendes, einen Spalt. Seit ich mich zum letzten Mal vor dem Schlafzimmerspiegel auf derlei Spuren hin untersucht habe, sind noch keine zwei Wochen vergangen. An jenem Nachmittag bin ich mit nacktem Hintern und M-förmig aufgestellten Beinen ganz nah ans Spiegelglas gerutscht, konnte aber beim besten Willen nichts wundenartiges an mir entdecken.

Zwei kleine, von einer Falte geteilte Wülste, dahinter das Kackloch. Weiter nichts.

Der Zeige- und auch die anderen Finger ließen sich, jeweils einzeln, ein Stückchen zwischen und in jenen Faltenspalt schieben, was sich an den Fingerkuppen so anfühlte, als betaste man die feuchtglatten Innenseiten der Lippen.

Schmerzen hatte ich dabei keine. Der Spalt verhielt sich überhaupt nicht wie eine anständige, offene Wunde. Nach mehreren sinnlos verstocherten und verpulten Minuten musste ich akzeptieren, dass bei mir schlichtweg keinerlei Verwundung vorlag.

Ich bin zu gesund.

Mein Körper schließt, heilt und wächst vollautomatisch, will weder Wunden, noch weitere Löcher.

Ob meine Eltern davon wissen?

Wenn ich, nach dem Orangensafttrinken, das ich nicht recht vertrage, »unten« wund war und mich im Badezimmer, Knie neben den Schultern, Po nach oben gestreckt, auf die Fußmatte legte, um mich von meiner Mutter mit Bepanthen eincremen zu lassen, müsste ihr doch aufgefallen sein, dass da was nicht stimmt …?

Vielleicht findet sie's nicht weiter schlimm. Vielleicht ist sie froh, dass sie mich nie bluten sehen muss …

Letzten Endes ist die Tatsache, dass ich unversehrt, intakt, wohlauf und wohlbehalten bin, dass ich vor lauter Heil und Segen nur so strotze und mein Körper den durchschnittlichen weiblichen Körper an Ganz- und Gesundheit übertrifft, doch ein Grund zur Freude …

In der Tat fühle ich jetzt, wo ich langsam Richtung Traumreich drifte, eine Art grimmiges Triumphieren in mir aufsteigen.

Meinetwegen kann die Frauenschublade geschlossen bleiben, denkt es noch trotzig hinter meiner Stirn. Dann schlafe ich ein.

Wenige Stunden später bricht im Garten der allmorgendliche Lärm los.

Das Vogelorchester legt sich mächtig ins Zeug.

Barocke Singblasen quellen durchs gekippte Fenster. Alles altbekannte Melodien. Ticksen und Schnickern, Tschilpen und Keckern, dazwischen die Schlagzeugschläge des Buntspechts. Zizi-Bäh und Zizi-Dü, Wid-Wid und Wäd-Wäd, und in den Pausen das weichgeflötete Diüüü des dickbauchigen Dompfaffs, von dem ich genau weiß, wie er klingt, weil er mein Lieblingsvogel ist. Er singt so wunderbar tieftraurig, dass man ihm besonders, noch vor allen anderen, Gehör schenken muss. Für meine Mutter klingt er »melancholisch«; mein Vater sagt, er hat »den Blues« … Was immer er hat, ich höre ihn gern, und wenn er eines Morgens, nach dem Konzert, mit seiner schwarzen Kappe in den Krallen bettelnd auf dem Fenstersims säße, bekäme er all mein gespartes Kleingeld. Ganz bestimmt.

Draußen singen sie weiter wie verrückt, und ich bin wach, wach, wach. Wie gerne würde ich aufstehen und die Vögel am Klavier begleiten … Aber da ich weiß, dass die Konsequenz eines frühmorgendlichen Klavierkonzerts äußerst übelgelaunte Eltern sind, halte ich meine Hände im Zaum.

Um dennoch nicht ganz untätig sein zu müssen, decken die noch immer blutende JasminCelineJustine und ich den Frühstückstisch.

Die unversehrte Rahmschicht auf der gestern Abend in Sulpach abgemolkenen Milch macht mich glücklich.

Einer spontanen Eingebung folgend unterteile ich den Esstisch in Bluter und Nichtbluter, in Frauen und Nichtfrauen. Die Frauenseite wird marmeladen-, beeren- und salamirot. Um die Teller der Gegenseite scharen sich Butter, Milch und Käse. Dieser nichtroten Seite, an der später mein Vater und ich Platz nehmen werden, würden außerdem noch das Brot und die Haferflocken zustehen. Aber ich will nicht allzu streng sein und errichte stattdessen einen Mittelstreifen aus Getreide, von dem beide Seiten zehren dürfen.

Mit gekreuzten Beinen setze ich mich auf den Stuhl meines Vaters, betrachte mein Werk und denke, dass es eigentlich keinen Grund gibt, sich hier nicht wohlzufühlen, auf der Gegen- und Butterseite.

10.

In einer kleinen Gemeinde in Süddeutschland, auf der Westseite einer Straße mit Tiernamen, steht ein Mehrfamilienhaus. Die Wohnung im Erdgeschoss ist dunkel. Bläuliche Rauchschwaden vernebeln das Fernsehlicht.

Das Mädchen ist zu müde, um ins Bett zu gehen. Sie wartet und weiß nicht recht, auf was.

23.21 Uhr.

Das Knattern eines Mofas. Vertraute Geräusche im Hof. Zwei Schlüssellöcher noch, dann ist er da.

Als der Schlüssel den Schlitz zum dritten Mal verfehlt, weiß sie, dass es kein guter Abend werden wird. Und dennoch: Ein kleines Hoffen lässt ihre Schritte zögern.

Noch bevor sie die Tür zum Kinderzimmer erreicht, poltert der Vater in den Gang.

Sie schnüffelt. Es ist die bekannte, gefährliche Mischung aus Schnaps und altem Fett, die der Vater mit nach Hause bringt; der Geruch, der auch dem Bruder anhaftete, in den Wochen vor dessen Auszug. Seit der Bruder fort ist, hat sie das Zimmer für sich. Das hat den Vorteil, dass sie sich nicht, wie früher, schlafend stellen muss, während er seine Freundin bumste. Trotzdem vermisst sie ihn manchmal.

Vorsichtshalber wird sie noch ein Weilchen aufbleiben. Vielleicht braucht der Vater noch Zigaretten. Dass er bloß nicht die Mutter weckt. Sie hat ja morgen Frühschicht …

Kaum dass er im ockerfarbenen Plüsch des Sofas versunken ist und die Stiefel aufgeschnürt hat, will er schon was. Einen Wein soll sie ihm aufmachen. Irgendwo in der Küche müsse einer stehen. Sie macht sich auf die Suche. Die Minuten verstreichen. Da ist kein Wein. Nicht im Kühlschrank und auch nicht bei den Getränkekisten.

Im Wohnzimmer wird es laut. Wo bleibt sie denn?

Ihre Finger verharren unentschlossen am Rand des Geschenkkorbs, von dem sie weiß, dass er für eine Arbeitskollegin der Mutter bestimmt ist. Wenn sie jetzt mit leeren Händen zum Sofa zurückkehrt, wird er ihr eine knallen. Bleibt sie noch länger, wird er in die Küche kommen, wird den Korb und die Flasche sehen, die neben der Schokolade im Geflochtenen liegt, und ihr erst recht eine knallen, weil sie sich nicht beeilt hat.

Das Gebrüll wird lauter.

Sie reißt die Flasche aus dem Korb und läuft ins Wohnzimmer. Zum Glück ist es eine mit Schraubverschluss. Es macht ihn böse, wenn sie die Korken nicht anständig rauskriegt.

Ein Glas muss sie ihm nicht hinstellen, das weiß sie. Nach den ersten Schlucken wirkt er beinahe friedlich. Wenn er sein Gesicht entspannt, sieht man, wie ähnlich sich Vater und Tochter sind: dieselben schlitzigen Äuglein, dieselben Locken, nur sind seine bereits angegraut, während ihre in hellbraunen bis mittelblonden Kringeln auf die Schultern rieseln.

Zehn Stunden in der Papierfabrik schuften. Tonnen von Kartonpappe herstellen. Messwerte ablesen, Maschinenteile austauschen, Kühl- und Schmierstoffe nachfüllen …

Sie versteht, dass das anstrengend ist, und sie versteht auch, dass er jetzt Hunger hat.

Brote kann sie eigentlich ganz gut schmieren. Seit die Mutter die Brotschneidemaschine gekauft hat, gibt es keine misslungenen Scheiben mehr. Aber der Vater will kein Brot. Er will Leberkäse.

Sie weiß nicht, wie Leberkäse geht.

23.45 Uhr.

Er packt sie am Arm, schleift sie in die Küche. So. Jetzt wird er ihr zeigen, wie man Leberkäse brät. Von der Mutter lernt sie's ja nicht.

Plötzlich fühlt sie sich müde. Todmüde. Während er die Pfanne aus dem Schrank nimmt, fallen ihr die Augen zu. Vorsichtig fragt sie, ob sie ins Bett gehen darf. Er kann ihr das doch morgen zeigen –

Noch bevor sie die Arme vors Gesicht reißen kann, kracht die Pfanne gegen die Küchenwand. Glatt Gekacheltes zerbirst unter gusseiserner Schwärze.

Sie will also nicht, was? Gut, dann zeigt er ihr's eben nicht! Soll sie selber sehen, wie sie's lernt! Aber damit eins klar ist: Wenn morgen Abend kein Leberkäse auf dem Tisch steht, wird er sie windelweich prügeln!

Die Mutter erscheint in der Küchentür. »Geh ins Bett«, zischt sie und schiebt die Kleine in den Gang.

»Einen Scheiß muss sie, hierbleiben soll sie«, brüllt der Vater zwischen zwei Schlucken.

Bleiben oder Bett? Verzweifelt tritt sie von einem Bein aufs andere, weiß nicht, wohin mit sich.

»Ach, zum Teufel, soll sie doch abhauen! Soll sie sich ins Bett verpissen, die taube Nuss. Hohl im Kopf, das ist sie!«

Die Mutter erkennt die Weinflasche aus dem Geschenkkorb wieder.

Na und? Es ist seine Wohnung! Hier trinkt er, was er will! Ist nicht seine Schuld, dass sonst nichts im Haus ist!

Behutsam schließt das Mädchen die Zimmertür. Das Geschrei wird dumpf.

Sie legt sich ins Bett des Bruders. Gut, dass er es nicht mitgenommen hat. Sie riecht die Reste seines Rasierwassers.

In der Küche klatscht es. Einmal. Zweimal. Dreimal.

Sie hört das Wimmern ihrer Mutter.
00.30 Uhr.
Draußen ist nur noch der Fernseher zu hören.
Die Bruderbettwäsche bekommt salzige, feuchtwarme Flecken.
Der Schnakenstich blutet wieder.

11.

Ich sitze auf dem lederbezogenen Hocker und denke mit den Fingern. Da, wo die Klavierschule stehen sollte, kleben zwei mit Tesafilm befestigte Zeichnungen.

»Zeichne deinen Nebensitzer«, lautete der Arbeitsauftrag.

Da ich meine Schulbank nur äußerst ungern und nur in den Fächern, für die wir das Klassenzimmer verlassen müssen, mit jemanden teile, müsste man mich, strenggenommen, von dieser Aufgabe entbinden.

Aus Erfahrung weiß ich jedoch, dass Argumente, welche Sinn und Zweck der Hausaufgaben in Frage stellen, sowohl von Lehrern als auch von Müttern rigoros abgeschmettert werden. Ob die vorgebrachten Einwände dabei durchaus vernünftig und einleuchtend sind, spielt keine Rolle. Die als »immer offen« angepriesenen Erwachsenenohren bleiben diesbezüglich absolut taub.

Bäuchlings auf dem Perserteppich liegend habe ich also den kompletten Nachmittag mit dem Zeichnen zweier Porträts zugebracht. Die Auswahl der Modelle fiel mir ziemlich leicht. Noch bevor ich mein Buntstiftarsenal vollständig im dunkelblauen Bereich des Teppichs aufgereiht hatte, wusste ich, dass nur zwei meiner Klassenkameraden infrage kommen, nämlich: »Der Ägypter« und »Die Kopie«.

Aber dazu später mehr.

Im Allgemeinen gefällt mir die absurde Idee, dass sich eine in Farbe, Form und allen anderen Teilen permanent verändernde Welt, mittels einer Anhäufung dicker, dünner, verdichteter oder vereinzelter Striche auf ein Papier bannen lässt. Die kleine Enttäuschung, das Scheitern, das mit jedem meiner Versuche einhergeht, stören mich nicht, denn solange der Stift über die Fläche fährt, ist alles Hoffnung und alles möglich. Überdies beobachte ich seit einiger Zeit, dass zwischen Zeichnen und Klavierspielen eine Verwandtschaft besteht …

Ob man nun Klang- oder Holzfarben benutzt – die Gesinnung, das Grundgefühl, mit der man an »die Sache« herangeht, muss in beiden Fällen ein starkes, oder besser, das stärkste, das absolut intensivste und hingebungsvollste sein. Halbherzig- und Halblebigkeit führen in beiden Feldern nicht etwa bis zur Hälfte des Wegs, sondern schlichtweg nirgendwohin.

Wir nähern uns dem, oben auf später verschobenen, »mehr«. Ein paar Sätze in Sachen Technik müssen allerdings noch sein …

Zunächst müssen die Buntstifte (die »Farbtöne«), einer neben dem anderen, meine geliebte Klaviatur imitierend, vor mir in Reih und Glied liegen.

In meinem Kopf hat jeder Farbton einen Klang und jeder Klang einen Farbton.

Die Struktur dieser Ordnung überzieht Ohren und Augäpfel mit einem Netz, das kristallklare Klänge und Farben filtert.

Seit es diese Ordnung für mich gibt, muss sie auch sein.

Bevor mein Werkzeug nicht sortiert ist, rühre ich keinen Finger.

Vielleicht sollte ich an dieser Stelle hinzufügen, dass dies früher anders war, dass mich erst das Klavier so streng gemacht hat …

Am schönsten wäre es natürlich, Stift und Taste als Paar beieinander, beziehungsweise aufeinander liegen zu sehen … Der Nachteil dieser realen, sicht- und tastbaren Verbindung ist der, dass ich mich für jede neue Farbe vom Teppich aufrappeln und zum Klavier laufen muss. Die Melodie, welche ich zeichnend erzeuge, wird dadurch unnötig in die Länge gezogen, klingt unschön eintönig und, durch den großen zeitlichen Abstand der einzelnen Töne, seltsam abgehackt, wohingegen die erdachte Verbindung der Farb- und Tonelemente, jene reine Kopfkomposition, weitaus besser und flüssiger funktioniert ... Auch lässt das Komponieren im Kopf, das Eingreifen in den Kreislauf aus Farbe und Klang, mehr Spontaneität zu. Ich brauche nichts weiter zu tun, als am Ufer des ewig strömenden Sehflusses zu stehen und mir die schillerndsten Farbforellen herauszufischen. Der Farbfisch an sich ist übrigens stumm. Sein Auftauchen jedoch wird zum Anstoß für jenes Singen in mir, zu dem er das Maul öffnet und schließt, als sänge er Playback ...

Sehen erzeugt Singen. Der Ton entsteht also zunächst HINTER und dann, mit winziger Verzögerung – der Zeit, die meine Hand benötigt, um den Stift aufs Blatt zu setzen und eine Spur zu hinterlassen –, VOR den Augen. Auf diese Weise kann ich, wenn ich die aufzeichnende Hand verlangsame, sogar eine Art Kanon spielen/zeichnen, der selbst einfache Melodien wunderbar komplex klingen lässt.

Bei diesem raffinierten Doppelspiel muss ich oft an den Regenbogen denken, der sein Territorium auf dem Feld hinter unserem Haus hat.

Wenn ihm danach ist, vervielfältigt er sich.

Für wenige, flüchtige Augenblicke stehen dann ein Forte- und ein Pianissimo-Bogen am Himmel und leuchten synchron.

Wir haben »später« erreicht. Es folgt nun das »mehr«.

Als Erstes zeichne ich den Ägypter.

Er ist blond. Das kommt daher, dass er kein wirklicher Ägypter ist. Aber immerhin hat er fünf ganze Jahre und bis kurz vor der Einschulung in Kairo gelebt.

Das Haus, welches die Familie des Ägypters hier in Deutschland bewohnt, ist von oben bis unten mit ägyptischen Mitbringseln angefüllt. Wo man hinschaut Vasen, Schriftrollen, Teppiche, kleine Statuen und Bilder.

An den Wänden hängen zudem zahlreiche gerahmte Fotografien, die den Vater Hände schüttelnd inmitten einiger »echter« Ägypter zeigen, von denen die meisten lange, nachthemdartige Gewänder am Körper und weiße, mit schwarzen Kordeln befestigte Tücher um die Köpfe tragen.

Der Vater des Ägypters ist Archäologe. Deshalb darf die Mehrzahl der im Haus herumstehenden und -hängenden Sachen, besonders jedoch alles, was nach Scherben aussieht, unter gar keinen Umständen berührt werden.

Ich bin, trotz Berührverbot, sehr gerne dort.

Die Mädchen, die Becher, Früchte oder Spiegel tragend über die Schriftrollen tanzen, sehen mir, wie mir mein blonder Freund bestätigt, alle ein bisschen ähnlich. Mag sein, dass mein Haar nicht ganz so schwarz und meine Nase nicht gar so spitz ist – die Form der Augen jedoch stimmt perfekt.

Die zweitbeste Eigenschaft des Ägypters, neben seinem Ägyptersein, ist sein Saxofon. Seit seine Hände groß genug dafür sind, spielt er dieses Instrument, und weil sich für mich »Saxofon« wie »Sexofon« anhört und ich den Zusammenklang nie ganz aus dem Kopf kriege, muss ich immer ein bisschen grinsen, wenn er mir vorspielt. Glücklicherweise verübelt er mir meine Albernheiten nicht, im Gegenteil: Wenn die Atempausen es zulassen, befreit er sich vom Mundstück und grinst zurück.

Fluchs ziehe ich Linien. Schnelle Striche formen ein sonnen- und saharagelbes Oval, lassen Haare und Ohren wachsen; Ein Gesicht mit krokodilgrünen Augen und einer Haut, hellrosa und glänzend wie glasierter Ton, entsteht.

Am längsten beschäftigen mich Lippen und Mund, jene geheimnisvollen, korallenfarbenen Hieroglyphen, von denen nur wir beide wissen, worüber sie sich amüsieren … (Sexofon!)

Der neue Papierbogen ist für »die Kopie« bestimmt.

Natürlich hat »die Kopie« in Wirklichkeit auch einen Namen. Janine oder Jacqueline oder irgendeinen der anderen auf »-ine« endenden Namen, die meine Eltern allesamt geschmacklos finden, was mich im Falle von JasminCelineJustine ein bisschen traurig, beim Gedanken an jene Janine oder Jacqueline jedoch überaus heiter stimmt.

»Kopie« nenne ich sie übrigens deshalb, weil ärgerlicherweise viele meiner Klassenkameraden und ein Großteil unserer Lehrer der Meinung sind, dass wir einander ähneln und uns, was ich besonders hasse, zuweilen sogar verwechseln.

Mittels dieser Zeichnung gedenke ich, unsere Verschiedenheit auf besonders klare und deutliche Weise herauszustellen, um so, hoffentlich, den unerfreulichen Sehfehler meiner Mitmenschen zu korrigieren. Spätestens, wenn sie dieses Porträt sehen, müssen ihnen die Schuppen von den Augen fallen – so mein Vorsatz.

Für ihre Haare wähle ich ein besonders kackiges Mittel- bis Hellbraun.

Hundescheißfarbe, denke ich grimmig, während ich lange, dünne Strähnenstriche übers Papier ziehe.

Falls jemand in der Klasse mein Haar zeichnen wollte, müsste er dagegen entweder einen ebenholzfarbenen Stift zur Hand haben oder sich für Schwarz entscheiden. (Erster, wesentlicher und eigentlich unübersehbarer Unterschied!)

Weiter zu den Augen.

Gewissenhaft zeichne ich zwei große Mandelformen, die ich, da keiner meiner Stifte bitterschokoladendunkle Spuren hinterlässt, kurzerhand schwarz ausmale.

Meine eigenen Augen kennen keine Bitterkeit.

Der Langnese-Honig, den meine Mutter, da sie strikt gegen Plastikverpackungen ist, nur in Not- und Ausnahmefällen einkauft, kommt meiner Iris farblich am nächsten. So ganz genau lässt sich meine Augenfarbe allerdings nicht bestimmen, da sie, je nachdem ob ich krank, traurig oder fröhlich bin, zu wechseln scheint ... Die alte, in meinem Schmuckkästchen verstaubende Zahnkette mit ihren verschiedenfarbigen Bernsteinkugeln, könnte die Palette meiner launischen Regenbogenhaut noch am ehesten abdecken.

Ich bezweifle allerdings, dass die hiesigen Schreibwarengeschäfte die Farben »Zahnkette« oder »Langnese-Honig« im Sortiment haben. Das wäre mir mit Sicherheit aufgefallen.

Aber wahrscheinlich hat mich sowieso niemand gezeichnet, und wenn doch, so hat derjenige bestimmt fälschlicherweise Braun benutzt – nicht weil es passte, sondern weil die Farbe Gelb unerklärlicherweise ausschließlich für Sonnen, Blondinen und das Innere von Gänseblümchen benutzt wird.

Ich sollte mich also lieber darauf konzentrieren, Janine oder Jacquelines Nase, die eher nach unten zeigt, ihre Lippen, die kaum vorhanden, und ihre Zähne, die klein und spitz sind, aufs Papier zu bringen.

Es sei erwähnt, dass meine Nase eher nach oben zeigt, meine Lippen voll und meine Zähne eher groß als klein sind.

Ich strecke die Arme aus, betrachte das fertige Porträt der Kopie und schüttle den Kopf über die Blindheit der Leute. Ähnlichkeit. Pah.

Unsere einzigen Gemeinsamkeiten, von der Form der Augen einmal abgesehen, bestehen darin, dass wir das Haar lang tragen und die Abende im selben Turnverein verbringen.

Der Turnverein. Hier beginnt die nächste Reihe unserer Gegensätze.

Ich turne, weil ich, wie meine Mutter sagt, »zu viel Energie« habe. Außerdem befürchtet sie, dass ich vom vielen Klavierspielen einen krummen Rücken bekommen könnte.

Janine oder Jacquelines Motiv, aktives Turnvereinsmitglied zu sein, hängt weder mit einem Überschuss an Energie, noch mit ihrer Wirbelsäulengesundheit zusammen. Janine oder Jacqueline ist aufgrund des Ehrgeizes ihrer Stöckelschuhe und Leopardenprint liebenden Mutter hier, die ihre Freizeit offensichtlich leidenschaftlich gerne auf dem Bänkchen neben dem Geräteraum verbringt, von wo aus sie ihre Tochter mit lauter Stimme anfeuert.

Ehrlich gesagt bin ich ziemlich froh, dass meiner Mutter für Derartiges sowohl die Zeit als auch die Dreistigkeit fehlen.

Wenn ich mich, anstatt mich brav warmzulaufen, hinter den schmutziggelben Schweizerkäsebergen aus Schaumgummi verstecke, so muss ich keine allzu großen Ängste ausstehen, da unsere Trainerin solch kleine Schummeleien, im Gegensatz zu Janine oder Jacquelines Leopardenmutter, mit Humor nimmt. Faulenzerei im Rücken riesiger, rückfedernder Würfel – ein Privileg, von dem Janine oder Jacqueline nur träumen kann.

Ein einziges Mal habe ich bei Janine oder Jacqueline übernachtet. Zu jener Zeit versuchten ihre Eltern, die mein Vater, der sonst kein Wort zuviel verliert, in diesem wenig schmeichelhaften Tonfall als »Neureiche« bezeichnete, auf ziemlich penetrante Art, sich mit meinen Eltern zu befreunden.

Offenbar übte das »von« in unserem Nachnamen eine unwiderstehliche Anziehungskraft auf sie aus …

Das Abendessen meines ersten und letzten Übernachtungsausflugs in die Kitschhöhle der Leopardenmutter entwickelte sich zu einem unangenehmen Verhör, welches, aus Sicht der Leopardin, überaus unbefriedigend verlief.

Meine Eltern sprechen nicht gerne von der Vergangenheit und meinen Großvater, der die Leopardin so brennend interessierte, habe ich nie gekannt. So konnte ich von den vielen, mit Speise- und Speichelspritzern gespickten Fragen, die sie auf mich abfeuerte, kaum eine beantworten. Selbst wenn ich mehr über die »von Brauns« gewusst hätte, so hätten mich die drei fetten, nahrungssuchenden Perserkatzen, die ständig auf den Tisch und zwischen die Teller sprangen, von einer längeren Berichterstattung abgehalten. Das Katzentrio, welches massenweise Haare und einen durchdringenden Pissegeruch über die Stockwerke verteilte, erzeugte bei mir einen heftigen, in aufstoßenden Wellen gegen meine Kehle schwappenden Brechreiz.

Die einzige Information, die ich, aus Höflichkeit und um die Leopardin nicht zu sehr zu enttäuschen, hervorwürgen konnte, war die, dass der Großteil meiner Familie seit Langem in den USA lebt.

Ich sitze auf dem lederbezogenen Hocker.

Da, wo die Klavierschule stehen sollte, kleben zwei mit Tesafilm befestigte Zeichnungen. Augen wandeln auf Buntstiftpfaden. Finger, die eben noch in jenen maunzenden Höhen, welche der Leopardin und ihrem leisetretenden Gefolge entsprechen, klimperten, kehren zurück in menschlichere Gefilde und erwecken andere, in Bauchlage ersonnene, Melodien zum Leben.

Voller Stolz präsentiere ich die neuen Stücke. Das Publikum lauscht gebannt. Um Störungen zu vermeiden und der Pianistin das größte Maß an Konzentration zu ermöglichen, hat es sich unsichtbar gemacht. Kaum dass die letzten Takte des Adagios »Die Kopie« verklungen sind, toben Beifallsstürme durch die Galerie.

Eben will ich vom Leder rutschen und mich, wie es mir zur Gewohnheit geworden ist, tief und mit bescheiden gesenkten Lidern vor meinen Zuhörern verbeugen, als sich ein lautes Räuspern zwischen die Klatscher drängt. Irritiert wende ich mich dem Geräusch zu, dessen Verursacher mein Vater ist.

Irgendwie hat er sich durch das Dickicht seines Arbeitszimmerdschungels bis auf die grüne Teppichlichtung der Galerie vorgekämpft. Er beendet sein Geräuspere und spricht:

»Das kannte ich noch gar nicht …«

»Ist auch ganz neu. Hier: »›Der Ägypter‹ und ›Die Kopie‹ …« Ich halte ihm die Porträtpartituren vor die Nase.

»Aha …und was ist mit der Leopardin?«

»Welche Leo- ach so! Das ist die Mutter von der Kopie!«

»Soso … Die Mutter …« Er macht eine kleine, nachdenkliche Pause.

»Es gab mal einen berühmten Pianisten, der hat auch so vor sich hingemurmelt beim Spielen … Er hieß Gould. Glenn Gould.«

Andächtig wiederhole ich die weiche, anschmiegsame Buchstabenkombination. Glääännn Gooouuuuuld – das lässt sich ziehen wie Kaugummi.

»Komm, ich zeig dir was!«

Die Hand meines Vaters führt mich vor das große Regal mit den Schallplatten. Zielsicher fährt er mit dem Finger zwischen die dünnen Rücken, zieht eine der quadratisch verpackten Scheiben heraus und drückt sie mir in die Hand.

In der oberen Hälfte des Plattencovers türmen sich fettgedruckte »GLENN GOULD«-Schriftzüge in Gold und Schwarz. Der zehnmal wiederholte Name des Pianisten verbindet dabei den weiß glänzenden Hintergrund der oberen Hälfte mit dem Schwarz-Weiß der Fotografie in der unteren Quadrathälfte.

Das Foto ist körnig, ein bisschen verwischt … Es zeigt einen jungen Mann, dessen überbelichtetes Hemd hell leuchtet. Eine dunkle, etwas aufmüpfige Haarlocke, die er, da er beide Hände am Klavier hat, nicht zurückstreichen kann, fällt ihm über die Stirn ins Gesicht. Sein Mund ist leicht geöffnet, fast so, als würde er singen. Am auffälligsten aber ist seine Haltung, die Art, wie er den Rücken krümmt und sich weit, sehr weit zur Klaviatur hinabbeugt.

Vielleicht geht es ihm wie mir, mutmaße ich, und er würde am liebsten in die Tasten hineinkriechen …

»Beethoven: Sonata No. 30 in E Major, Op. 109, Sonata No. 32 in Flat Major, Op. 110 Sonata No. 32 in C Minor, Op. 111«, steht da, dicht über seinem krummen Rücken.

Mein Vater legt die Platte auf.

Die Nadel durchwandert gerilltes Schwarz. Das Klavier erfüllt den Raum.

Wir lauschen, bis es draußen dunkel und drinnen still wird.

12.

Ich presse den quadratischen, schmutzigweißen Klingelknopf, bis meine Fingerspitze fast vollständig in der Wand verschwindet. Tiefer geht nicht.

Drinnen schrillt es.

Der Finger piekt und triezt den Knopf beharrlich.

Dreimal.

Viermal.

Als ich zum fünften Stich ansetze, knarzt deine Stimme aus der Sprechanlage, und mein Körper beantwortet das Knarzen mit dieser routinierten Bewegungsabfolge, mit der ich meinen Mund dem Lautsprecher nähere. Es folgt der immer gleiche Spruch:

»Ich bin's, LottaLuisaLuzia. Kommst du raus?«

Kurze Schweigepause.

»Hmmm … Mein Bruder ist grade da … Komm erst mal rein! Ich werfe mich gegen die surrende Tür und nutze den Hausgang für ein paar letzte, rauchfreie Atemzüge.

Es kostet mich einige Überwindung, mich selbst über die Schwelle zu schubsen und ins Brackwasser deiner Wohnung einzutauchen. Am liebsten würde ich die Luft anhalten, Mund, Nase und Augen fest verschließen, dich bei der Hand nehmen und schnellstens ins Freie flüchten.

Ich tue nichts von alledem.

Stattdessen lasse ich mich hereinwinken und taste mich durch den Schattensumpf des fensterlosen Vorraums bis ins Wohnzimmer. Zwielichtige, im Morast des Halbdunkels versunkene Gegenstände schielen mir nach.

Ich halte mich kerzengerade. Nur keine Furcht zeigen! Überall lauert und kauert was. Böswilliges verschleiert sich blau. Hinter der angelehnten Schlafzimmertür schnarcht es bedrohlich.

Dich zu besuchen gleicht meinen von Panik begleiteten Versuchen, im Häckler Weiher zu schwimmen … Die Vorstellung des Seegrunds, der Abertausenden Schlingfänge, Schlangenleiber und Glitschfische, die sich unter mir tummeln mögen und nach meinen Füßen greifen …

Das Nicht-Wissen und Alles-Ahnen, das jeden zitternden Muskel zur Eile antreibt.

Das Schaudern.

Die inbrünstigen Stoßgebete, kurz bevor sich die Wasseroberfläche über dem Scheitel schließt, und ich, mit rasendem Hasenherz, die feigen Lider hochstemme, um endlich einen ersten, bangen Blick durch die Gläser der Taucherbrille zu werfen – und nichts zu sehen.

Nichts als grün-braune Fluten.

Das Wasser hält sich stets bedeckt; denkt nicht daran, seine Gefahren zu offenbaren.

Alles lauert. Genau wie hier …

Ich bin dir also nachgefolgt. Schnurstracks auf das bunte Irrlicht zu.

Dein Bruder, halb versunken in den ockerfarbenen Sofamassen, zielt mit der Fernbedienung auf den Bildschirm und lässt ihn die Farbe wechseln.

Ich erkenne den Hinterhalt und bleibe stehen, meide die plüschigen Sitzflächen. Innerlich schüttle ich den Kopf über die Zutraulichkeit, mit der du dich den Polstern näherst, die sich, kaum dass du dich gesetzt hast, an dir festsaugen.

Misstrauisch schiebe ich ein winziges Stück Pobacke auf den Rand einer Lehne. Die plüschigen Couch-Tentakel jagen mir kleine Gänsehautschauer über Rücken und Unterarme.

Auf der Suche nach Ablenkung wende ich mein Gesicht den bewegten Bildern zu.

Die Glotze präsentiert ein rechteckiges Schildchen mit geheimnisvollen Schriftzeichen. Ich lese den Namen »Paula Abdul« und darunter »Opposites Attract«.

»Abdul« ... Das klingt nach »Tausendundeine Nacht«. Fliegende Teppiche sausen an meinem inneren Auge vorüber, auf denen Scheherazade, Sindbad, Aladin, König Salomon, Ali Baba und vierzig, nach Gold, Weihrauch und Myrrhe duftende Räuber sitzen ... Bevor ich ihnen nachwinken kann, wechselt das Fernsehbild.

Eine dunkelhaarige junge Frau mit leuchtendrotem Lippenstift taucht auf. Sie singt, lächelt und zwinkert keck in die Kamera. Wann immer sie den Kopf auch nur ein wenig zur Seite neigt, streifen riesige, funkelnde Ohrringe ihre nackten Schultern.

Offensichtlich animiert meine Anwesenheit deinen Bruder zum Sprechen.

Er stellt die obligatorische Frage nach der Schule. Ich kann seine Stimme nicht ausstehen und antworte, ohne den Blick vom TV abzuwenden.

Die Sängerin mit den gigantischen Ohrhängern hat inzwischen Gesellschaft bekommen. Ein brauner Zeichentrickkater, dessen Zuhause die zerbeulten Mülltonnen irgendeines schäbigen Hinterhofs sind, macht ihr singend und tanzend den Hof.

Da schießt ein langer Bruderarm aus dem Plüsch. Für Sekunden schwebt die Fernbedienung über ungekämmten Locken, dann klopft das harte Plastik rhythmisch gegen deine Stirn.

Dass ich keine schulischen Probleme hätte, sei ja klar ... Aber die hier, sagt er und klopft weiter, die ist ’ne hohle Nuss!

Paula Abdul trägt jetzt ein kurzes, trägerloses Kleid. Der Kater berührt ihre Schulter mit dem Zeigefinger und verbrennt sich dabei.

Sein rot angeschwollener Finger pulsiert im Takt. Der Kater pustet panisch.

Die Bruderstimme fragt mich, ob ich wisse, dass du die Klasse wiederholen musst. Mit erstaunten Augenbrauen wende ich mich um.

Nein, das wusste ich nicht.

Vor der Backsteinmauer des Hinterhofs stehen zwei ausgebaute Autositze. Der Kater wirft Paula, die ihr Kleid gegen eine glänzende Lederjacke und hautenge Jeans getauscht hat, auf die Sitze und hält ihre Arme fest. Sein Gesicht kommt ihrem ganz nah.

Du sitzt derweil auffallend still, den Blick starr auf den überquellenden Aschenbecher gerichtet.

»Ja … jetzt kriegt sie die Gosch nicht auf …« Michael, Daniel, Raffael oder wie auch immer dein Bruder heißen mag, zieht ärgerlich die Brauen zusammen. Er steckt sich eine Zigarette unter das dünne Oberlippenbärtchen und verlangt nach Feuer.

Ein silberner Ghettoblaster stößt gelbe, blaue und pinkfarbene Noten aus. Das ungleiche Paar tanzt zwischen Fabrikschornsteinen. Der Katzenschwanz fährt unter den Saum des Minikleids und lässt es hochfliegen …

MichaelDanielRaffael rutscht in deine Sofahälfte und legt den Arm um dich. Er parkt die Zigarette im Aschenbecher, zwinkert mir zu und zieht am Ausschnitt deines T-Shirts. Mit gierigen Augen schielt er in den Kragen. »So … Hier wächst ja schon was«, lacht er und zwickt dir in die Brustwarzen.

Indessen schlängelt der Katzenschwanz auf Paulas Dekolleté zu. Sie bemerkt es und bestraft den Vorstoß mit einem energischen Klapps.

Du bestrafst niemanden. Rührst dich kaum.

»Immerhin zwei gute Eigenschaften, he?« grölt der Bruder, während seine Hände weitergrabschen und deine Wangen sich krebsrot verfärben.

Mir wird schlecht. Mein Körper protestiert gegen das flache Atmen und die Luft, die von Sekunde zu Sekunde zähflüssiger zu werden scheint.

Das Brudergeschwätz überzieht den Raum mit öligen Schlieren.

Ich muss an Tankerunglücke und elend verendende Seevögel denken, die in schwarzer Schlacke strampeln.

Sexy Paula und ihr sonnenbebrillter Katerfreund haben längst das Weite gesucht.

Mir reicht's. Ich springe auf, schnappe mir deinen Ellbogen und ziehe dich aus dem Ocker.

»Wir müssen jetzt gehen!«, erkläre ich und scheuche dich durch die Zimmer ins Freie.

Später, zwischen zwei köstlichen Atemzügen, rümpfe ich die Nase über meinem T-Shirt und hoffe, dass die Mischung aus Scham und Rauch, die von meinen Schultern zu mir aufsteigt, beim Waschen wieder rausgeht.

13.

Tausche schlanke Klavierschule, weiß wie das Porzellan einer gewissen Elefantensammlung, gegen stämmiges Gesangbuch, dessen roter Plastikeinband mit der Pfarrernase um die Wette leuchtet.

Bin wieder mal zum Ministrieren eingeteilt.

Schnell, schnell, Schuhe an, Jacke zu und rauf auf diesen Hügel, den ich auch freitags auf dem Weg zum Klavierunterricht zu erklimmen habe. Warum muss ausgerechnet meine Freizeit mit Aktivitäten angefüllt sein, bei denen geschwiegen, stillgesessen und die Hände in vorgegebene Formen gepresst werden müssen, in denen jedes gefaltete, verschränkte oder anschlagende Fingerchen einen festen, unabänderlichen Platz zugewiesen bekommt?

Den Scheitel des Kirchen- und Klavierhügels bildet eine graue, etwa zwanzig Meter lange Röhre, die wir »das Tunnel« (gesprochen: *Tunell,* E und letzte Silbe akzentuiert) nennen. Über dem Tunneldach rauscht und braust der Verkehr der Bundesstraße (B30). Angeblich verstecken sich dort, im Schutze der graffitibekritzelten Dunkelheit, Kinderschänder und Trenchcoatträger, welche ihre nackten Leiber bevorzugt unschuldigen Ministrantenfrischlingen vor die Nase halten.

Ich selbst bin bislang allerdings keinem dieser zeigefreudigen Gesellen begegnet. Der Ägypter auch nicht. Klar. Schließlich weiß jeder, dass es die Perversen ausschließlich auf Mädchen abgesehen haben. Jungs passiert nie was. Vor Janine oder Jacqueline dagegen wurde, wenn man ihren Berichten glauben darf, schon der ein oder andere Mantel aufgerissen … Nur mich, die ich jeden Sonntag aufs Höchste gespannt durch den Tunnel schleiche, innerlich voll und ganz auf Angriff, Nacktheit und Belästigung eingestellt, mich will scheinbar keiner traumatisieren, was jeden unbelästigt überstandenen Gang durch das röhrenförmige Dunkel zu einer kleinen Enttäuschung macht.

Man kann von Glück sagen, dass die ägyptischen und von Braunschen Kirchendienstpläne so viele gemeinsame Termine aufweisen – eine Tatsache, welche das Leid halbiert, diese sterbenslangweilige, absolut ereignislose Wegstrecke zurücklegen zu müssen.

Auch heute richten wir uns nach den Anweisungen des Amtsblatts. Gemeinsam pilgern wir den Berg hinauf, passieren Kloster und Sehbehindertenschule und knirschen schließlich über den kiesigen Vorplatz der Pfarrkirche St. Johannes auf die Sakristei zu.

Die Werkhalle Gottes ist ein langgestreckter, schlichter, beinahe schmuckloser Bau mit hohem Giebel und steilem, hellroten Dach. Ihr Westgiebel trägt, anstelle eines stattlichen Kirchturms, einen putzigen, sechseckigen »Dachreiter«. Das stumpfkurze Türmchen mit der Zwiebelhaube macht seinem Namen alle Ehre. Verbissen klammert es sich am Gebäude fest; wild entschlossen, das weiße, längliche Ding zuzureiten und zu zähmen, auf dass es weiterhin brav einer Kirche ähnle.

Natürlich beachten wir die Architektur unserer altehrwürdigen Kirche, deren Anblick uns längst zur Gewohnheit geworden ist, kaum noch. Vielleicht spähen wir kurz hinauf zur Uhr, lesen, dass wir wie üblich zu spät sind, und eilen weiter.

Eine der wenigen Annehmlichkeiten des Ministrantendaseins besteht darin, dass man sich das Aufwuchten des zentnerschweren Portals ersparen und durch die Hintertür ins Haus Gottes schlüpfen kann.

Wer immer die Türen jenes spitzflügeligen Haupttors gegossen hat, muss sich verrechnet haben. Offenbar wurden Nullen vertauscht, vergessen, versehentlich hinzuaddiert, mit dem Ergebnis, dass die ursprünglich noch standhafte Kirchenmauer dem massiven Druck des zu schwer geratenen Tores eines Tages nicht länger standhalten konnte. Ganze sechs Stufen tief rutschte es ins Mauerwerk, wo es bis heute sitzt; stets bereit, gnadenlos zuzufallen. Eine Gefahr für Kinder und Gebrechliche …

Der Ägypter und ich durchstöbern die muffigen Sakristeischränke nach Gewändern, welche die Grasflecken auf unseren Hosen verdecken, ohne dabei zur Stolperfalle zu werden. Ein falscher Tritt auf den Kuttensaum, ein ungeschicktes Stolpern und schon geht ein Leuchter zu Bruch. Ganz zu schweigen von der Gefahr, das reichbestickte Messgewand des Dekans, das man bestimmt nicht in der Waschmaschine waschen kann, mit Messwein zu bekleckern. Nein. Stolpern ist nicht drin.

Die Mesnerin überprüft die Gewandlängen, als hinge ihr Seelenheil davon ab. Selbstverständlich müssen auch die Holzkreuze, die uns an langen, hellen Kordeln von den Hälsen baumeln, richtig sitzen; dürfen weder Hundehalsband, noch Bauchnabellänge haben, wobei ein zu tief hängendes, unkeuschen Hüftregionen gefährlich nahekommendes Kreuz den größten Fauxpas bedeutet.

Irgendwann, gegen Ende des üblichen Ankleidechaos, formieren wir uns zum Einmarsch und preschen, begleitet von dröhnenden Orgelklängen, auf die Gemeinde zu: milchgesichtige, rot-weiße Knappen, welche dem, im schräg einfallenden Licht hell glitzernden, dekanschen Brokatbauch auf seinem Weg zum Altar hin nachfolgen.

Normalerweise sitzen wir uns gegenüber, mein ägyptischer Freund und ich. In seinem Rücken räkeln sich die Gebeine von Donatus und Bonifatius in ihren Glassärgen. Mir sitzt das Pestkreuz im Nacken.

Zwischen uns schwimmt die blumengeschmückte Altarinsel.

Der Dekan pendelt geschäftig zwischen den rostroten Altar- und Amboblöcken aus Sandstein hin und her. Er sieht nicht, dass wir an den Kordeln drehen und die Kreuze kopfstehen lassen … Nur die unruhigen Augen der Mesnerin, wachsam, als gehörten sie Personenschützern beim Staatsakt, unternehmen ihre Kontrollgänge durch die Reihen und bemerken alles. Gestikulierend und unter drohendem Zischeln verlangt sie die sofortige Beendigung des Unfugs, sonst …!

Starrt man sich gegenseitig viele Gottesdienste lang in die Augen, lernt man auch die zartesten mimischen Andeutungen richtig zu interpretieren.

So kann es geschehen, dass, wenn man auf den Stufen der Altarinsel niederknien und das Abendmahl einläuten soll, plötzlich kleine, durch Kopfnicken vereinbarte Änderungen im Klingelrhythmus die liturgische Routine gehörig aufmischen – was den Dekan und die alten Weiber in den vorderen Reihen stets zuverlässig in Rage versetzt.

Zuweilen kam es vor, dass unsere kichernde und fratzenschneidende Anwesenheit nicht länger geduldet wurde. Dann wurden wir von der Mesnerin durch ein Seitenschiff, vorbei an der eleganten Volkspatronin Margaretha, die »den Teufel wie einen Hund an die Leine gelegt hat«, und der mystisch verzückten, mit Wundmalen begnadeten »guten Beth von Reute«, auf den kiesigen Vorhof abgeführt, wo wir das Ende des Gottesdienstes abwarten mussten.

Den Rest der Messe, von der kaum ein Wort durch die meterdicken Mauern in den Hof drang, verbrachten wir damit, uns die Äpfel aus dem angrenzenden Klostergarten zu teilen. Feierlich reckten wir die Arme gen Himmel, riefen gemeinsam ein verzücktes »Tut-dies-zu-meinem-Gedächtnis!« und bissen kräftig zu.

Wenn dann endlich die Orgelklänge des Schlusslieds erklangen, wünschte ich mir stets den Mut, kurzerhand mit gerafften Gewändern den Altar zu besteigen und ausgelassen Can-Can zu tanzen. Natürlich würde der Organist die veränderte Lage blitzschnell erfassen, sein behäbiges Spiel einstellen und meine fliegenden nackten Beine mit rasenden Melodien im 2/4-Takt untermalen. Alle Rock und Kutte tragenden Kirchgänger, selbstverständlich auch der Dekan, würden begeistert meinem Beispiel folgen und eine lange, schenkelschleudernde und hüftschwingende Reihe bilden.

Der gepeinigte, leidende Gottesknecht, der mir seit Jahren vom Pestkreuz aus über die Schultern guckte, dieser gottverlassene, von Kopf bis Fuß entstellte, mit Bluttropfen übersäte Schmerzensmann, wäre plötzlich vergessen. Seine Beulen, Striemen und Wunden, die scharfkantigen Rippen und verzerrten Züge nichts als eine verblassende Erinnerung im Sfumato der Vergangenheit.

Ich war mir sicher: Wer sich nach Seelenheil und einem von Grund auf gereinigten Geist sehnt, muss selbstvergessen die Beine werfen!

Leider konnte sich der Ägypter nicht sonderlich fürs Can-Can-Tanzen begeistern.

Er wollte es nicht mal versuchen.

Nicht mal im Tunnel, wo's außer den Kinderschändern und Trenchcoatträgern bestimmt niemand gesehen hätte.

14.

21.12.1990

Ich schiebe den Sofatisch gegen die nagellackrote Brockhauswand und klettere von dort ins Regal. Der Buchstabe B befindet sich gefährlich weit oben, aber bei maximaler Muskel- und Sehnendehnung, voll ausgestreckt, das Körpergewicht auf der Spitze aller Zehen balancierend, reicht es grade so, um an den Band zu gelangen. Mein rechter, mittlerer Fingernagel bekommt das Randstück eines Rückens zu fassen. Ich ziehe, bis der Wälzer wackelt, kippt und aus der Schutzhülle direkt in meine Arme flutscht.

Der Abstieg mit Marschgepäck gestaltet sich weitaus schwieriger als gedacht, aber ich bin zäh. Unbeirrt, die Bücherbeute fest zwischen Rippen, Achsel und Oberarm verkeilt, kraxle ich abwärts zur Talstation Sofa.

Das Übernachtungsverhör im Leopardenkitschhaus hat seine Spuren hinterlassen. Jede Frage eine kleine, scharfe Absatzdelle in meinem Kopfparkett. Völlig gedankenlos ist sie drauflos marschiert, die Leopardin in ihren Stöckelschuhen.

Meine schöne, glatte, absolut zweifelsfreie Vergangenheit: Ruiniert.

Und die Eltern?

Reden nichts, verraten nichts, vertrösten mit schwachen Andeutungen.

Das Gros meiner Vorfahren scheint in die warnenden, roten Tücher des Tabus gehüllt. Warum, bleibt unklar.

Ich bettle nicht gerne um Antworten. Zum Glück gibt es die Brockhauswand, für die gilt: Lesen oder Lücke, Wissen oder Nicht-Wissen, Auflisten oder Auslassen. Verschweigen kann sie nichts.

Beim Anblick der Bücher muss ich plötzlich an das alljährliche »Nikolaus-Turnen« denken …

Irgendein verkleidetes Turnvereinsmitglied älteren Semesters stolziert an den Sprossenwänden entlang und verteilt Mandarinen, den gebückten, schwer beladenen Knecht Ruprecht im Schlepp … Selbstverständlich öffnet der Verkleidete auch dann und wann das goldene Buch, woraufhin die kleinen und kleinsten Turner sich vor Ruprechts Rute ängstlich in ihren grellen Trikots verkriechen und vor Schreck erbleichen. Dabei besteht das »Buch« lediglich aus einem, von einer handwerklich geschickten Mutter mit Goldpapier umwickelten Einband ohne Seiten …

Vorsichtig fahre ich mit dem Daumen den Goldschnitt des Lexikons ab. Wenn es tatsächlich ein »Buch des Wissens« gibt, dann muss es dieses hier sein. Die Tatsache, dass es nicht nur einen, sondern 30 Bände und eine ganze Wohnzimmerwand braucht, um seine Weisheit zu fassen, bestärkt mich in der Hoffnung, dass es nicht nur wissend, sondern vielleicht sogar allwissend sein könnte. Entschlossen schlage ich den Deckel zurück.

So, Buch, nun kannst du beweisen, wie viel Schläue tatsächlich in dir steckt!

Bl… Bo… Bp… Bra… halt! Da ist es: Braun.

Die Farbenlehre überspringe ich.

Auf den nächsten Seiten sind eine ganze Reihe Brauns aufgelistet. Doch keiner der Politiker, Wissenschaftler, Schriftsteller oder Schauspieler bringt mich auch nur in die Nähe der Antwort, nach der ich suche.

Mein Vertrauen in die Enzyklopädie schrumpft und schrumpelt wie ein alter Luftballon. Fast hätte ich aufgegeben, als sich mein Blick plötzlich in folgendem Absatz verhakt:

»Wernher von, egt. W. Magnus Maximilian Freiherr von Braun. Amerikan. Raketenkonstrukteur dt. Herkunft. * Wirsitz 23.03.1912, gest. Alexandria 16.06.1977. Entwickelte seit 1932 im Auftrag des Heereswaffenamtes Flüssigkeitsraketen und wurde 1937 techn. Direktor an der Heeresversuchsanstalt in Peenemünde (seitdem Mitgl. NSDAP); leitete in der Versuchsanstalt (nach deren Zerstörung 1943 Fortführung im KZ Mittelbau Dora bei Nordhausen) die Entwicklung der Flüssigkeitsrakete A4 (später V2), die er ab 1945 in den USA (seit 1955 als amerik. Staatsbürger) fortsetzte; trieb 1959–72 als leitender Mitarbeiter der NASA (u.a. Direktor des Raumfahrtzentrums in Huntsville, Ala.) die Entwicklung großer Trägerraketen für das amerikanische Raumfahrtprogramm voran, u.a. der Jupiter-C-Rakete, mit der 1958 der Erdsatellit Explorer 1 auf seine Bahn gebracht wurde, und der im Apollo-Programm eingesetzten Saturn-Raketen.«

HA!

Triumphierend throne ich in meinem gepolsterten, lederbezogenen Adlerhorst des Wissens.

Irgendwo, weit unter mir, winkende Eltern und, in noch tieferen Tiefen, eine winzige Leopardin.

Jetzt ist nicht die Zeit für Siegesfeiern, ermahne ich mich und spurte, so viele Treppen wie möglich auf einmal nehmend, auf die Galerie. Bauch und Gesicht in den Teppich vorm Klavier gedrückt, taste ich unter dem Instrument nach meinem, streng geheimen, karierten, DIN-A6-Notizblock.

Zurück im Wohnzimmer übertrage ich den Lexikoneintrag mit der Hingabe eines mittelalterlichen Mönchs. Kein Punkt, kein Strich, kein Komma und keine Klammer entgehen mir.

15.

28.12.1990

Der Krawattenmann liest einen Text ab. Sein Vortrag ist unendlich langweilig.

Die Sendung besteht im Wesentlichen aus der endlosen Wiederholung ähnlicher Bilder: Männer in Anzügen. Männer in Uniformen. Frauen und Kinder vor staubtrockenen oder überfluteten Landschaften. Löchrige Ruinen im Wechsel mit spiegelglänzenden Fassaden. Gestikulierende Menschen hinter Stehpulten, Fäuste schüttelnde im Pulk. Irgendjemand geht auf die Straße. Manche mit Trillerpfeifen. Alle fordern etwas. Die Zickzacklinie, die den Geldwert darstellt, macht was sie will. Flaggen und Plakate in Primärfarben. Jemand bekennt sich. Man klagt an. Gruppen, die sich den Anschein von Wichtigkeit geben wollen, verkürzen ihre Namen auf wenige, prägnante Buchstaben. Die Kürzel erscheinen links neben dem Krawattenmann, der an seinen freien Tagen von einer strengfrisierten Dame in einem etwas altmodischen Kostüm vertreten wird.

Die Augen meiner Eltern kleben am Bildschirm. Kein Wort und keine Geste darf ihnen entgehen, schließlich haben sie den Fernseher eigens für diese 15-minütige, täglich ausgestrahlte Sendung angeschafft.

Wer vor 20 oder nach 20:15 Uhr schon oder noch immer fernschaut, ist ein Prolet. So viel steht fest.

Plötzlich verdunkelt sich das Zimmer. Vor uns flimmert diesige, gekörnte Nachtschwärze. Im Dunkeln rührt und regt sich was; das Bild scheint aus Abertausenden Ameisenleibern zusammengesetzt.

Schatten, von denen keiner weiß, wer sie geworfen hat, zerbrechen die Fläche in Felder. Graue, braune und bläuliche Landstriche zeichnen sich ab. Obschon ich weder Menschen noch Häuser sehe, fühle ich ihre Anwesenheit irgendwo inmitten des düsteren Brodelns.

Ohne Vorwarnung zerbirst die dunkle Kruste.

Leuchtendgrüne Lavaströme sprudeln aus der Bildmitte.

Neonstickerfarbene Sterne blühen auf.

In allen Ecken funkelt, kracht und saust was. Kometen ziehen Schweife. Es bleiben Kurven stehen: Nachtansichten eines Regenbogens in grün.

Als der Krawattenmann das Wort »Rakete« erwähnt, werde ich hellhörig. Vorsichtig schiele ich nach den Elterngesichtern.

Ihre Bestürzung bestätigt mich.

Der Brockhaus hat nicht gelogen. Ihre bedrückten Gesichter sind mir Beweis genug. Sie und ich, wir sind die Nachfahren des Raketenbauers!

Die besorgte Falte auf meines Vaters Stirn; seine hoffnungslos absinkenden Schultern beim Anblick des froschgrünen Feuerwerks, zeigen es deutlich: Sein Erbe ist ihm eine Last. Er will weder Kriegstreiber, noch Abkömmling eines solchen sein.

Mir ist danach, die kurzen Arme tröstend um seine volle Breite zu schlingen. Er kann doch nichts dafür …

Mein Widerwillen gegen die Zunge des Krawattenmanns, die am »Krieg« lutscht, bis er keine Bedeutung mehr hat, wächst.

Was können wir von Brauns dafür, dass man unsere Erfindungen zweckentfremdet?

Raketen gehören in höchste Höhen und fernste Fernen, nicht auf diesen kleinen, beengten Erdball, denke ich und umarme meinen Vater ein zweites Mal.

Mit dem Wetterbericht glätten sich die Mienen. Zum Jahreswechsel soll es Schnee geben. Schön.

16.

31.12.1990

Meiner Mutter kommt kein einziges Körnchen Schwarzpulver ins Haus.

Somit werden auch dieses Jahr, von unserem Grundstück auf der Ostseite der Hirsch- oder Reh-, Frosch- oder Eulenstraße aus, keinerlei effekthascherische Funkenschweife gen Himmel streben.

Den Grund ihrer Abneigung zu kennen, erleichtert den Verzicht ungemein.

17.

Wieder Wonnemonat. Sonnig, mit hohem, hellgrünen Gras, in welches wir ein Labyrinth aus Gängen schlagen.

Ich mache mich fest, rage kerzengerade aus dem Grün auf, bevor ich mich fallen lasse. Erst lösen sich Zehen, dann der Mittelfuß. Schon schwebe ich schräg in der Luft, unter den Fersen zwei kleine Kuhlen. Mit aller Schwerkraft zieht der Erdboden an meinem Rücken. Ich leiste keinerlei Gegenwehr, lasse Hände und Arme lässig baumeln. Sie müssen mich nicht stützen, nichts abfangen, nichts verhindern. Die gräserne Matratze federt und fängt und sorgt für einen weichen Fall. Was entsteht, ist Mulde, Kerbe, Grube, ist Rinne, Senke, Graben, ist Weg und Pfad und Flur in der Flur, ist unser Straßennetz durch Wuchs und Wiesen.

Die Korridore durchs Grünland haben meine oder deine oder seine Breite und führen über mehrere Leibeslängen zu den »Zimmern«, jenen rundlichen Flächen im Feld, welche wir mit unseren Nudelholzkörpern aus- und plattwalzen.

Bäuchlings auf dem pistaziengrünen Laken liegend zähle ich seine bunten Sprenkel. Völlig verfleckt, das Ding.

Neben mir reißen gelbe Löwenzähne die Mäuler auf. Ihr Brüllen schlägt Hahnenfüße in die Flucht. Im Publikum rote Klatscher und kornblumenblaue Mädchenaugen.

Wer sich auf den Rücken rollt, kann mit den Augen die Schäfchen am Himmel streicheln und zugleich, mit blinden Fingern, eine Schafgarbe zwischen den Blüten kraulen.

Leute, die vorüberspazieren ahnen nichts von mir und Jasmin-CelineJustine oder mir und dem Ägypter oder uns allen dreien. Die Vögel allein kennen unser Versteck. Sie lassen sich auf Bäumen und Zäunen nieder, trillern und tratschen alles aus, verraten uns täglich, halten nichts zurück. Doch vergebens. Keiner versteht ihr Gepfeife.

Wir bleiben im Verborgenen. Verschluckt von Abertausenden Halmen.

So manches, was wir in die lebenden Heuhaufen tragen, verschwindet für immer.

Wie Schneeflöckchen, das debil grinsende Plastikpony mit den violetten, zweiwimprigen Augen. Das Wort Plastik macht den Hinweis darauf, dass Schneeflöckchen selbstverständlich in deinem Besitz war, fast überflüssig …

Schneeflöckchen besaß jene typische Quietscheenten-Haptik, allerdings ohne Ventil und also ohne Sound. Sie war ein stummes, aus einem Kopf- und einem Körperteil zusammengesetztes Stück elastischer Kunststoff mit kämmbarer Mähne und Schwanz. Ihre Farbe war Pink. Pink mit viel Milch. Zwar stand sie mit allen vier Beinstümpfen (einigermaßen) fest auf der Erde, ließ sich jedoch bereitwillig von Würfen und Tritten bis hoch hinauf in die Kirschbaumwipfel katapultieren.

Ich habe Schneeflöckchen vom ersten Moment an gehasst.

Die anbiedernde Art, mit welcher sie ihr nach Streicheleinheiten hechelndes Kinn anhob und dabei ihre Kehle darbot, erweckten in mir das Bedürfnis, die Fingernägel in die Nahtstelle zwischen Kopf und Rumpf zu schieben, um das eine vom anderen zu trennen.

Ihr süßliches Betteln um Zuneigung rief in mir diese besondere Ungeduld hervor, die zwischen den Beinen juckt und in den Fingern kribbelt.

Druck, der nach Entladung verlangt. Elektrische Impulse, die in Fäusten zusammenfließen, welche auf den Schädel des verdammten Scheißflöckchens niedergehen wollen wie Bolzenschüsse.

Aber da mir das Tier nun mal nicht gehörte, blieb mir nur das ewige Streichen, Drücken und Umfassen; das Nachfahren ihrer Konturen und das von JasminCelineJustine nur selten gestattete Hinaufschleudern des rosa Viehs in kirschrot getupfte Lüfte …

Einmal jedoch – wir waren im Feld, es war ein Schleudertag – endete Schneeflöckchens Flugkurve zu früh. Ehe sie die rettende Plattform des zweiten, von JasminCelineJustine ins Gras gewalzten, Zimmers erreichen konnte, schoss sie aus der Heiterkeit des Himmels hernieder. Ihr tragischer Absturz über jenen unergründlich grünen Tiefen, die niemand je befahren hatte, traf uns vollkommen unvorbereitet. JasminCelineJustine stand noch eine ganze Weile, die Arme in Erwartung des Flöckchenfalls weit ausgebreitet, den Blick starr ins Blaue gerichtet. Besorgte Rufe schallten von Zimmer zu Zimmer. Bange Stimmen über hochhalmiger See.

Wir beschlossen sofort den Beginn einer großen Suchaktion.

Am Ende jenes Nachmittags gab es keine Grassträhne mehr, die unsere grünlich verfärbten Finger nicht durchkämmt hätten.

Schneeflöckchen blieb verschwunden.

Der Gedanke, dass bald die ersten Nacktschnecken über ihren taubenetzten Leib kriechen würden, machte mich froh. Das Mähdrescher-Schicksal dagegen wäre mir, hätte JasminCelineJustine nicht voller Sorge darauf hingewiesen, gar nicht in den Sinn gekommen. Doch nun sah ich Schneeflöckchen in dem gewaltigen, mit Eisenzähnen bestückten Dreschermaul verschwinden. Ein paar Flocken Häcksel, welche den Kühen nicht bekommen – mehr würde nicht von ihr übrigbleiben.

Der Anblick von Mähmaschinen und Heuballen bog mir in den folgenden Monaten stets die Mundwinkel nach oben. Ein Ärgernis hatte sich auf wunderbare Weise von selbst beseitigt. So war mir das am liebsten.

18.

Sommer '92.

JasminCelineJustine sitzt krummrückig da und spielt mit den Fingern. Diese haben die bescheidene Auswahl zwischen Steuerkreuz, zwei Funktions-, vier Aktions- und zwei Schultertasten.

Ihr rechter Daumen rutscht über die runden Knöpfe, tippt farbige Codes. Auf rot-rot folgt grün-blau, auf grün-blau ein gelb-gelb-grün. Dann wieder rot. Oder rot-rot. Das graugetönte Instrument mit den bunten Druckpunkten ähnelt einem kurzen, dickbauchigen Telefonhörer, um dessen an Sprech- und Hörmuschel erinnernde Rundungen sich Handflächen schmiegen.

Der Sound enttäuscht. Der Apparat bringt kaum einen vollen Klang zustande. Es bleibt bei leisem Geklicke. Nur der Rhythmus ändert sich. Unmöglich, eine ästhetische Erfahrung im Spiel mit den tausendfach wiederholten Farbkombinationen der Aktionstasten zu machen. Die Schludrigkeit, mit der sie die Daumen über Flächen und Erhabenheiten glitschen lässt, verwischt die Unterschiede zwischen den gedrückten Punkt- und Pfeilformen, macht sie ununterscheidbar. Ihr Anschlag ist alles andere als sauber, ist vielmehr ein einziges Geschmier.

Die stationäre Spielkonsole verzeiht das. Keine Frau Lichtel weit und breit, die zu formvollendetem Umgang mit dem »Controller« aufrufen würde. Controller, so lautet der Name des Hörers, in den keiner spricht; jener fette, gräuliche Knochen mit vierfarbiger Blindenschrift, dessen Wortschatz sich auf eine Handvoll Befehle beschränkt.

VOR!RÜCK!HOCH!RUNTER!HIT!HIT!HIT!

RÜCK!VOR!RUNTER!HOCH!HIT!HIT!HIT!

Ein paar hingeworfene Brocken Imperative. Kurze, geklickte Aufforderungen einsilbiger Hände. Gespräche, die Monologe bleiben, denn weder der leidenschaftlichste Fingerdruck, noch hitzige Reibereien vermögen den Controller dauerhaft zu erwärmen. Er bleibt Plastik; bleibt hart.

Der eigentliche Ort des Geschehens, des Interesses, der Faszination, liegt ein ganzes Stück weiter weg. JasminCelineJustines Augen wühlen sich wie Hundeschnauzen in die grelle, vollgestopfte Bildschirmwelt. Hier, versunken und umschlossen von blitzenden Rasterpunkten, ist sie Teil einer gnadenlosen Kämpfertruppe, für die Schonung, Mitleid und andere Halbheiten nicht existieren müssen.

Ein Leben ist ein Balken; ist rot und voll oder leer und gelb, und alle beginnen sie ihre Kämpfe mit gleich viel Röte in jenem Lebenskraftmesser, der wie ein Reagenzglas, eine waagerecht schwebende Blutprobe über der Landschaft hängt. Ist der Gegner stark, so haftet er egelartig am Balken, saugt sich mit Signalfarbenem voll, zieht es ab, macht dich alle, wie zuckergeile Kinder ihre Slush-Puppys mit Himbeergeschmack …

Wie leicht lassen sich doch Schläge, K.o.s und ein paar verpixelte Schrammen ertragen, wie sorglos durchquert man Hunderte von überlegenen Gegnern wimmelnde Täler, wenn man weiß, dass nichts endgültig ist.

Endlich unendliche Chancen!

Myriaden von Möglichkeiten die, außer unbezahlten Stromrechnungen und technischen Defekten, nichts gefährden kann.

Was den Überfluss an Repetitionsmöglichkeiten angeht, sind sich Super Nintendo Entertainment System und Klavier durchaus ähnlich. Immerwährendes Üben zeigt bei diesem wie jenem Wirkung, erhöht Trefferquote und Fingerfertigkeit.

Darüber hinaus warten die stationären Spielkonsolen, egal ob aus Holz oder Plastik, brav zu Hause, wo sie Versagen, Verluste, Verbesserungen und Erfolge stoisch hin- und entgegennehmen. Dessen kann man sicher sein.

JasminCelineJustine und ich sind Singleplayer.

In all den Jahren drückt sie keine meiner 88 und ich keine ihrer 9 Tasten. Jede für sich macht, konzentriert und in der Stille der Vereinzelung, eigenhändig ihre Entdeckungen auf der Erfindung eines Unbekannten.

Wonach wir suchen und was wir finden, sitzt auf entgegengesetzten Polen. Während JasminCelineJustine auf der Suche nach Gesellschaft, Zerstreuung und Vergessen jener skrupellosen Kämpfergemeinschaft beitritt, strebe ich einem Punkt entgegen, den ich in den tiefsten Schichten meines Selbst vermute. Nichts und niemanden will ich treffen als diesen Punkt, der die Überraschung, die Neuerung ermöglicht. Was ich spielend ans Tageslicht befördere, klingt für mich allein. Ich spüre keinerlei Sehnsucht nach Zugehörigkeit zur Außenwelt oder irgendwelchen anderen, virtuellen Welten.

Künstlichkeit und Berechenbarkeit, die größten aller Langweiler, manifestieren sich in meinen Augen in allem, was Nintendo zu bieten hat. Daher mein Desinteresse.

In meiner Abneigung übersehe ich die Versenkungsmöglichkeit, die dir dein neues Instrument bietet.

Rückblickend lässt sich sagen, dass kein anderes Ereignis unser Zusammenspiel mehr beeinflusst und verändert hat, als die Veröffentlichung der SNES.

Wie ich das finden soll, weiß ich bis heute nicht.

19.

»Liebe LottaLuisaLuzia!

Ich hätte ein paar Spielanfänge für K.K. na du weißt schon! Vielleicht gefallen sie Dir, vielleicht auch nicht. Wenn nicht, dann musst Du Dir was anderes einfallen lassen!

Nun zu den Spielanfängen: Da hätten wir einmal:

Du unterhältst Dich mit Chun Li und Ryu und ihr bemerkt nicht, daß Sagat und Bison Euch umbringen wollen. Ich bemerke es und spring dazwischen; ich liege im Koma, überlebe aber.

Unsere Väter begegnen sich zufällig wieder und wir lernen uns kennen.

Ich remple Dich ausversehen an; Du guckst mich komisch an und ich kriege Panik weil ich weiß daß Du ein StreetFighter bist und mich umbringen kannst. Und versuche wegzurennen, aber Du hältst mich fest.

Ich lerne Dich kennen weil meine Klassenkameradin uns bekannt macht.

Ich gucke dir bei einem Turnier zu. Du gewinnst, brauchst aber einen Arzt. Der kommt und kommt nicht, ich verarzte Dich.

Du hast ein Turnier gewonnen. Dich nervt es jetzt daß dich lauter Mädchen + Frauen umwimmeln, (Außer Mir). Du siehst in mir eine Chance abhauen zu können. Nimmst mich bei der Hand und sagst irgend etwas (egal). Steigst mit mir ins Auto und fährst zu DIR nach Haus. Während ich Dich verarzte kriege ich schon wieder Panik. (Ich zittere)

Suche Dir etwas aus und rufe mich um halb 3 oder um 3 Uhr an und sage es mir. Ich komm dann rüber.

Deine Blutsschwester JasminCelineJustine.«

20.

Zunächst empfand ich Erleichterung, keine Tierrollen mehr spielen zu müssen. Schließlich hatten wir uns seit Jahren abgemüht sowohl die sympathischen, felltragenden Säuger als auch die weniger kuscheligen Arten der uns bekannten einheimischen und fremdländischen Fauna vermenschlicht darzustellen, ohne dabei das Animalische zu kurz kommen zu lassen …

Inzwischen verfügten wir über ein umfangreiches Repertoire an Haus-, Wild- und Stinktieren, welches wir, von Wau-Wau bis Walfisch, aus dem FF beherrschten.

Dessen ungeachtet hatte die verstreichende Zeit, die bekanntlich alles irgendwann zur Gewohnheit verkommen lässt, mein Spiel merklich verändert. Ich beobachtete eine gewisse Lustlosigkeit an mir. Ob ich nun Bieber oder Beuteltier verkörperte, schien mir mit einem Mal vollkommen belanglos. Tiergeschichten hatten für mich jeden Reiz verloren; bis auf einige wenige Ausnahmen, wie etwa dem Beziehungsdrama zwischen dem Terrierrüden »Dodger«, einem braungefleckten Charmeur mit rotem Halstuch, und der persischen Windhündin »Rita«, die eine kesse Hundedame mit lila Lidern und langen Klimperwimpern war, oder jener gefahrvollen, von blutrünstigen Wilderern bedrohten Romanze zwischen einem draufgängerischen Jungfuchs und seiner Angebeteten, einer Füchsin Namens »Vixie«.

Dodgers und Ritas rein hündische Aktivitäten – auf allen Vieren gehen, bellen, Knochen verbuddeln – wurden radikal gekürzt und auf eine Art-erklärende, speziesspezifische Eröffnungsszene reduziert. Den größten Teil ihrer Spielzeit verbrachten die verliebten Kläffer damit, unter die Bettdecke zu schlüpfen und sich gegenseitig die Felle auszuziehen, wobei Rita (JasminCelineJustine) ihren Dodger (mich) mit der Behauptung, unter diesem Fell trüge sie noch ein zweites und darunter noch ein drittes und darunter ... zu tollwütigen Tobsuchtsanfällen anstachelte.

Am Ende riss er ihr stets drei, vier Lagen Fellschichten auf einmal vom Leib, um sich daraufhin, erhitzt und schwer, auf den endlich entkleideten Körper der Gehassliebten zu werfen. Wenn sie dann flach und still, zwischen Terrier und Matratze plattgepresst, dalag, knurrte er ihr allerhand vorwurfsvolles (»Ich bin kein Brutalo ... Nur bei dir werd ich so ...«) ins lange Ohr, was sie mit dem ihr eigenen schuldbewussten Winseln beantwortete, dessen beruhigende Wirkung sie kannte.

Die Amour fou der Straßenköter verlangte uns einiges ab.

Die Gefahr, während Dodgers Wutanfall oder, wenn man verschwitzt und sinnlos müde gerieben übereinander lag, von einer nichtsahnenden, ins Zimmer spazierenden Mutter überrascht und mit unangenehmen Fragen überfallen zu werden, war allgegenwärtig.

Aller Anfangsspannung zum Trotz flaute Dodgers Leidenschaft jedoch kontinuierlich ab.

War seine Nase zu Beginn noch wie ein schwarzer, feuchter Habicht auf Ritas hellen Bauch hinabgestürzt, so begnügte er sich bald mit halbherzigen Stupsern und Stößen. Er konnte sich nicht darüber hinwegtäuschen, dass er längst wusste, wie Rita unter ihren Fellschichten aussah. Seine Prankenhiebe verloren ihre Präzision. Das Gefühl, sich sattgesehen zu haben, stellte sich ein.

JasminCelineJustines frisch entflammte Liebe zu den Charakteren aus »Streetfighter 2« brannte den Wald, in welchem unsere Tierfiguren gehaust hatten, innerhalb weniger Tage bis auf den letzten

Baum nieder. Es entstand eine große, gerodete Fläche, die endlich Platz für Menschen bot.

Ohne öde Umwege über Vater-Mutter-Kind-Konstellationen ließen wir uns direkt auf eine Bande wilder Straßenkämpfer ein, deren Mitglieder die übrig gebliebenen Baumstümpfe mit Karateschlägen spalteten.

Staunend sahen wir den finsteren, muskelbepackten Gesellen dabei zu, wie sie fliehende Eichhörnchen beim Schwanz packten und ihnen, in ihrer unendlichen Gier nach eiweißreicher Kost, die Köpfe abbissen.

Auf meine spielfreie Zeit hatten diese Neuerungen allerdings keinen größeren Einfluss. Wenn ich mich nicht gerade zur Turnstunde kutschieren ließ, kauerte ich weiterhin in Raubkatzenmanier über meinem geliebten Tasteninstrument, von dem mich nur noch die Sehnenscheidenentzündung, die zuweilen meinen rechten Arm befiel, länger zu trennen vermochte.

Auf der Westseite der Straße dagegen, waren die vielen, einstmals quälend leeren Stunden, plötzlich zum Platzen angefüllt mit Kicks, Hits, Tricks und dem Traum vom Endsieg über alle Rivalen. Das Mädchen, das nach der Schule bei mir klingelte, wurde zur Vorhut einer Armee furchterregender Fighter in schrillen Kostümen.

Die Schläger waren nicht mehr abzuschütteln. Sie klebten wie Spinnentiere unter deinen Locken. Jeder Versuch, sich ihrer zu entledigen, scheiterte an immer neuen Fangfäden, an denen sie sich zurück in deinen Kopf hangelten. Nicht, dass ich diesbezüglich tatsächliche, ernstzunehmende »Versuche« unternommen hätte, im Gegenteil: Die innigen Beziehungen, die sich zwischen dir und den rachsüchtigen Bewohnern der Videospielwelt entwickelten, faszinierten mich. Irgendein »Mehr« schien hinter alldem zu stecken …

Manchmal war mir, als könnte ich die Konturen einer größeren Wahrheit erkennen, die irgendwo auf dem Grund des mit Pixelblut und Kampfgeheul angefüllten Sees liegen musste. Aber mir fehlten für weitere Nachforschungen die Geduld und das Interesse. So kam es, dass ich niemals lange genug an deinen Ufern stand, um jene vollständige Glättung der Wogen, die vielleicht eine Durchsicht, eine Klarheit bis auf den Grund hinab ermöglicht hätte, zu erleben.

Das Geheimnis unaufgedeckt zu lassen, bedeutete ja auch weitere, reizvolle Stunden. Gut für mich, die ich auf Reiz wie Fülle so versessen war, wie auf nichts sonst:

Meine Sehnsucht nach körperlicher und geistiger Stimulation wuchs Monat um Monat. Zugleich verstärkte sich mein seit jeher recht ausgeprägter Pragmatismus enorm.

Die kämpfenden Kerle waren nun mal da. Warum sollte man sie nicht nutzen …?

Das Schlüpfen in die Haut anderer Wesen schien mir, nach der Musik, weiterhin die beste Fluchtmöglichkeit zu sein vor dem, was sich nach jedem Mittagessen in den unzufriedenen Ecken meines Kopfes gewitterartig zusammenbraute:

Tödliche,
die Zimmerlandschaft wie Heuschreckenschwärme überfallende
Langeweile.

TEIL 2

21.

Ein Sonntagmorgen.

Die Mutter, Küchenkraft in einem Pflegeheim, ist schon auf Arbeit.

Am Wochenende frühstücken die Alten eine Stunde später. Manche bekommen Besuch. Die Zeitverschiebung bemerken sie kaum. Den Frauen in der Küche nutzt das verspätete Weckerklingeln wenig. Ein früher Feierabend wäre ihnen lieber.

Seit die Tür hinter der Mutter ins Schloss gefallen ist, liegt sie wach.

Wenn sie sich aufrichtet, kann sie durch die Fensterscheibe, über Rasen- und Asphaltflächen hinweg, bis in den Hof der von Brauns schauen, auf das helle, hölzerne Garagentor.

Sie starrt schon eine ganze Weile rüber. Warum, weiß sie nicht. Plötzlich, als gebe es dem Druck ihrer Sehkraft nach, öffnet sich das Tor. Durch die geöffnete Fensterscheibe dringt das feine, kaum hörbare Surren des elektrischen Antriebs. Ein schwarzer, glänzender Wagen mit sternverzierter Schnauze gleitet auf die Straße. Für die Schatten im Fahrzeuginneren bleibt das Mädchen im Bett unsichtbar. Das Auto wirft einen letzten Blick auf sein Spiegelbild und verschwindet.

In der Denkblase, die hinter dem Scheibenspiegel aus dem Mädchenkopf Richtung Zimmerdecke blubbert, steht: »Prinzesschen von Braun reitet also wieder aus …«

Sie, das Mädchen, das wachgelegen, sich aufgerichtet, gestarrt und gedacht hat, hasst Sonntagsausflüge, hasst jenes Warten auf die Rückkehr der Ausflügler, das sich dehnt und streckt und kein Ende nehmen will.

Sonntag.

Ein herausgeputzter Tag. Ein Tag mit Zylinder, aus dem weißbehandschuhte Hände zahllose Stunden ziehen, die es zu überstehen gilt.

Kurzerhand beschließt sie, zumindest eine dieser Stunden zu ertränken; steht auf, schlurft ins Bad und lässt die Wanne volllaufen.

Die Calimero-Küken-Schaumbadflasche mit abschraubbarem Eierschalenhut ist fast leer. Ein Wasserstrahl fällt aus dem Hahn, poltert in Calimeros Bauchhöhle und spült auch die letzten Seifenreste aus seinem Innern.

Langsam steigt der Pegel. Majestätisch gemächlich kriecht die Schaumkrone auf den Rand zu. Die Wanne ist ein gestauchter, gelängter, inzwischen fast gefüllter Bierkrug. Riecht aber besser.

Um etwas Gesellschaft zu haben, wirft sie die poröse Gummiente und eine Barbie mit Irokesenschnitt und angeknabberten Zehenspitzen ins Weiß. Dann ist es soweit. Mit angehaltenem Atem zwingt sie ihre Füße zum Untertauchen.

H-h-heiß.

Brühheiß.

Sie denkt sich als herzhafte Beilage im Suppentopf eines Kannibalenstammes.

Dann lässt das Brennen nach. Das Wasser wird freundlich, anschmiegsam. Sie stützt sich auf den Ellbogen ab und lässt den Bauch wie den Rücken eines Walfischs an der Oberfläche erscheinen. Was Nabel war, wird Atemloch.

Zeit vergeht. Erst als Tür und Angel unangemeldet Geräusche machen, findet die, von knisternden Seifenblasen untermalte, Stille ein jähes Ende.

Sie sieht nichts, hat die Augen fest zusammengekniffen, Hände und Haare voll Shampoo. Indessen steuern zwei braune Schlappen auf den Spiegelschrank zu. Der Vater will sich rasieren. Misstrauisch beobachtet er das von Spritzern, Staub und Wasserflecken überzogene Abbild seiner Tochter im Glas: Die Brause kämmt ihr Schaum und Locken aus. Dunkle, nasse Strähnen schlängeln über Schultern und Rücken, kleben am Hals.

Sie öffnet die Augen.

Der Vater schneidet Grimassen, spannt die Haut abwechselnd über Oberlippe und Kieferknochen. Sie sucht seinen Blick. War er nicht eben noch da gewesen?

Fingerspitzen, schrumpelig wie Dörrzwetschgen, suchen, finden und ziehen den Stöpsel ab. Gurgelnd senkt sich der Pegel. Verschlagen verfolgen die Vateraugen das Auftauchen zweier milchweißer Hügel. Einem Schäumchen, welches rechts über den kreisrunden, korallenfarbenen Brustwarzenhof schleicht, wird nachgeschielt. Sein Gesicht ist längst glatt. Nichtsdestotrotz verbleibt er auf seinem Späherposten.

Ihr Bad ist beendet. Sie richtet sich zu voller Größe auf. Schillernde Bläschen zerplatzen auf ihren Hüften. Lange Ketten tropfenförmiger Perlen gleiten ihre Glieder hinab. Zwischen den Beinen schickt ein flaumiges Schnäbelchen schmale Rinnsale die Schenkel entlang.

Sie bittet um ein Handtuch. Der Vater nimmt eins vom Haken und dreht sich um. Sie bemerkt die Wölbung im Schritt seiner Schlafanzughose.

Der Anblick der baumwollüberspannten Ausbeulung überrascht sie kaum. Sie kennt das von früher. Beim Bruder sah's auch so aus … Sie fragt sich, warum der Vater nicht aufs Klo geht, wenn er so dringend muss.

Ihr Blick verwirrt ihn. Sein Ständer scheint sie nicht zu stören. Er spürt sich härter werden.

Sie will nach dem Handtuch greifen.

Er hält es fest.

Nur der Wannenrand trennt sie noch. Schwere Hände lassen sich auf schmalen Schultern nieder und drehen das Mädchen mit dem Gesicht zur Wand. Er drückt sie fest an sich. Sie spürt den Pinkelschwanz im Rücken. Ekelt sich.

Er rubbelt mit dem Handtuch heftig über Brust, Bauch und Scham. Die konstante Reibung der Schlafanzughose erwärmt die Stelle zwischen ihren Schulterblättern.

Eigentlich ist sie längst trocken. Warum Hose und Handtuch dennoch unbeirrt weiterschmirgeln, versteht sie nicht.

Der Druck der erhitzten, schlüpfrigen Schwellung nimmt zu. Sie spürt eine feste, fast senkrechte Parallele die Rückenwirbel entlang glitschen.

Sie will nicht angepinkelt werden!

Seine Umarmung wird zum Schraubstock. Er spürt ihre Gegenwehr kaum.

Zu ihren Füßen treibt Barbies Wasserleiche.

Vaters Atem ist nah und heiß.

Der Gummiente fehlt eine Pupille.

Ein letztes tiefes, kehliges Geräusch, mehr Tier- als Menschenlaut, dann ist es passiert: Sie spürt es Richtung Hintern fließen.

Ihr Schrei ist hoch und spitz. Er ist geplatzt, denkt sie, geplatzt und ausgelaufen!

Die Vaterarme geben sie frei. Blind tastet sie nach der feuchten Stelle. Weißlich-gelbe Fäden verkleben ihre Fingerspitzen. Der modrige Geruch fauliger, sich zu Tode blühender Büsche sticht ihr in die Nase. Pisse riecht anders. Ein bisschen beruhigt sie das.

Dann wischt das Mädchen eine Träne, der Vater seine Spritzspur ab.

Rotzig-glibbrige Klopapierblätter versinken in einer Keramikschüssel.

Er drückt den Spülknopf und verlässt wortlos das Badezimmer.

22.

JasminCelineJustine hält mir ein abgegriffenes Stück buntes Papier unter die Nase. Papier, das einst Seite 16 des »StreetFighter-Magazins« war. Ihr Finger tippt auf eine muskelbepackte, ganz in rot gekleidete Figur. Unter übergroßen, athletischen Füßen lese ich den Namen »Ken«.

»Das bist du«, bestimmt sie, während ich mir die Charaktereigenschaften einpräge, die man als »Ken« zu haben hat. Der Zeigefinger rutscht indessen abwärts bis ins unterste Seitendrittel, wo er sich in die halb entblößte Brust eines dunkelhaarigen Mannes mit Stirnband bohrt.

»Ryu«, haucht es ehrfurchtsvoll aus JasminCelineJustines Mund. »Der bin ich.«

Bis auf die Farbe ihrer Karateanzüge (Ryus ist weiß, Kens dagegen blutrot) unterscheiden sich die beiden kaum voneinander. Dieselben finsteren Blicke unter stirnbandgebändigten Fransen; dieselben, aus tief ausgeschnittenen Karate-Gis quellenden, Muskelmassen. Schwarze Gürtel umschlingen hier wie dort die schmalen Taillen. Dazu bloße Füße. Eine herausfordernd aufrechte Körperhaltung mit stur verschränkten Armen komplettiert die Figuren. Scharfsinnig mache ich darauf aufmerksam, dass Kens mittellanges, leuchtendgelbes Haar ursprünglich »definitiv« braun gewesen sein muss – man sieht das an den dunklen Augenbrauen … JasminCelineJustine will nichts davon wissen. Für sie sind und bleiben Ryu und Ken grundverschieden.

Bevor wir auf die Straße gehen, erleichtere ich den Kleiderschrank meines Vaters um zwei schwarze Krawatten, die wir uns, in Ermangelung echter Obis, um den Leib binden. So gerüstet, ziehen wir los.

Auf der immerfeuchten Wiese zwischen Spielplatz und Wäldchen wird der Ring abgesteckt, innerhalb dessen wir uns bewähren wollen. Sorgfältig verbinde ich vier knorrige, haselhölzerne Grenzpflöcke, welche die Eckpunkte unserer quadratischen Arena darstellen, mit kieseligen Linien aus Sand. Die Überquerung der sandigen Grenze wird die einstmaligen Blutsbrüder Ryu und Ken zu erbitterten Rivalen mutieren lassen – die Geschichte will es so.

Um meiner Aufmachung den letzten Schliff zu geben, ziehe ich mir das T-Shirt über den Kopf, breite es auf dem Rasen aus und reiße die Ärmel ab. Mit dem Kopf deute ich auf JasminCelineJustines Hosentasche, aus der ein eselsohriger Zipfel Magazinseite ragt.

»Hast doch gesehen, dass die ärmellos kämpfen …«

JasminCelineJustine, die sich nicht auf offenem Feld entblößen will, verschwindet im Wäldchen. Wenige Minuten später tritt sie mit geröteten Wangen und stolzem Lächeln zwischen den Stämmen hervor. Triumphierend, die Ärmel wie zwei Skalps über dem Kopf schwenkend, läuft sie mir entgegen.

»Na, Ryu? Kommst du, um dir eine Tracht Prügel abzuholen?«

Ryu schweigt.

»Hat's dir die Sprache verschlagen, oder was?«

Mit verächtlich verzogenem Mund überwindet sich der verschwiegene Japaner zu einer Antwort: »Ich sehe, es hat sich nichts verändert. Du schwingst die Reden, ich lasse Taten sprechen.«

»Dass ich nicht lache! Wenn du deinen Hasenfuß in meinen Ring setzt, wird das deine letzte Tat gewesen sein!«

Vorsichtig umschleichen sich die beiden Kämpfer. In Zeitlupentempo nähern sich Kens geballte Fäuste Ryus Kiefer. Hasserfüllte Schreie begleiten die Schläge: »Ich versenge dein Gesicht mit kochend-heißen Wogen aus Schmerz!!«

Mit stoischem Gleichmut erträgt der Japaner die ersten Treffer. Nur wenige Augenblicke später geschieht das Unvermeidliche: Eine wilde, nicht zu bändigende Wutwoge überspült alle Zurückhaltung, lässt auch den letzten anerzogenen Damm bersten. Sein Kampfgeheul ist ohrenbetäubend.

»HADOUKEN! HADOUKEN!«

»Deine lahme Faust ist nichts gegen den Sturm meines Tornado-Kicks!«

»HADOUKEN!«

»Ich bin die Sense, die dich niedermäht!«

Ken packt Ryu um die Mitte und reißt ihn zu Boden. Sie rollen übers Gras. Der Weiße presst den Roten nieder.

»SCHLÜSSELBEINBRECHER!!!«

Der Mut des Amerikaners bleibt ungebrochen. Eine flinke Seitwärtsrolle, schon steht der Blonde wieder.

»Was brauch ich mein Schlüsselbein?«

Mit seinen Tritten zeichnet er Tausend Halbmonde. Köpfe wechseln von einem Schwitzkasten in den nächsten. Eisenhämmer, Felsfäuste und Handkanten hinterlassen wüste Trümmerbrüche. Sie fallen, springen, fegen sich von den Füßen.

Ryu schwitzt. Er wappnet sich zum letzten Angriff, gleitet in einen Ausfallschritt und schleudert die Arme gestreckt nach vorne: »H AAAA D OOOO UUUU K E N !!!«

Ein fauchendes Geräusch, gefolgt von blauen Blitzen. Die Intensität des Energiestoßes ist enorm.

»Du bist vernichtet!«, brüllt der Japaner.

»Bin ich nicht!«

»Bist du doch!«

Ken verliert die Lust an diesem Spiel …

»Der Energiestoß ist der härteste Schlag … Dagegen hast du keine Chance«, belehrt man ihn.

Ein flüchtiges Lächeln huscht über Kens Gesicht. Drohend rammt er den Zeigefinger ins Firmament: »Wehe dir, Ryu … Nun wird es dir schlecht ergehen!«, schreit er, während der Finger wie wild weiterfuchtelt, »Aus den Lüften wird er kommen … Zu richten die Häscher seines blondgelockten Sohnes!«

»Wer?«

»Der große, der schreckliche, der allmächtige MAGNUS VON BRAUN!«

»Den gibt's nicht.«

»Natürlich gibt's den!«

Magnus von Braun fährt donnernd zur Erde nieder. Er ist der Raketenwerfer. Seine Munition unendlich. Mit ehrfürchtig gesenkter Stimme erzählt man sich von der Unfehlbarkeit seiner Geschosse.

Das Aufeinanderprallen von Rakete und Ziel fällt heftiger aus als gedacht. Der gestürzte Ryu liegt wie ein Käfer auf dem Rücken. Von Braun betrachtet das erbärmliche Insekt voller Verachtung. Ihm fällt ein, dass Maikäfer angeblich wie Nüsse schmecken, und dass dieser hier, den die Feuersbrunst seines Raketenangriffs niedergestreckt hat, folglich nach gebrannten Mandeln riechen müsste. Er muss lachen.

Der Käfer rührt sich noch immer nicht.

Irgendetwas scheint verkrampft.

JasminCelineJustines Körper krümmt sich seltsam. Tränen treten ihr in die weit aufgerissenen Augen.

Sie kann nicht atmen.

Sinnlos öffnet und schließt sich ihr Mund.

Ich denke an den Goldfisch im angrenzenden Gartenteich.

Es vergehen weitere Sekunden.

Dann, endlich, das erlösende Japsen!

Erleichtert beobachte ich die Heb- und Senkbewegungen ihrer Bauchdecke.

Angesichts meines, sich soeben mühsam aufrappelnden, Rivalen verkneife ich mir eine abschließende Bemerkung über die durchschlagenden von Braunschen Kräfte. Ist schließlich offensichtlich, dass ihnen kein Gegner gewachsen ist.

23.

Wieder eine kleine Wucherung. Diesmal an der großen Zehe. Kein Wunder. Das viele Barfußlaufen auf den filzigen, schweißgetränkten Bodenmatten des Turnvereins hat nun mal gewisse Folgen …

Wenn mich die Trainerin im Zuge der obligatorischen, zu Beginn jeder Einheit durchgeführten Dehnübungen in T-Form presst (wobei der rechtwinklig mit dem Querbalken der seitwärts ausgestreckten Beine verbundene Oberkörper den senkrechten Stamm des Ts bildet) und ich, im Versuch mich von den Schmerzen abzulenken, angestrengt die Mattenfasern fixiere, erstaunt mich die Tatsache, dass sich über jener nachgiebigen, ockergelben Fläche bisher keine Kruste, kein weiß-rosa Zuckerguss aus Hautschuppen, verfestigt hat.

Nimmt man die Turnhalle genauer unter die Lupe, erklärt sich mein Erstaunen über den (krustenfreien) Zustand der Matte von selbst: Die Stätte der körperlichen Ertüchtigung entpuppt sich als gigantischer Schrein, Sammelstätte unzähliger Devotionalien. Auf den mit einem komplizierten Muster aus farbigen Linien verzierten Böden findet sich vieles.

Mädchenlocken. Hautflocken. Nagelsplitter. Lidschattenglitter. Die Initialen junger Liebender in den Lederbezügen der Geräte. Am Sprungkasten kleben salzige Rotzkugeln, am Reck ein Hornhautrest. Der Magnesia-Klotz gehört allen. Man pudert sich die wundgeriebenen Handflächen. Schneeweiße Kreidestäubchen schlucken Wundwasser. Vollgesogen fallen sie hernieder. Der Boden bewölkt sich. Manche schwitzen. Anderswo Nasenbluten. Tropf, tropf.

Doch zurück zur Zehe.

Mein Fingernagel zerkratzt gelbliche Schichten. Ich bestaune den komplexen, mehrlagigen Aufbau der Warze. Streng betrachtet, denkt es in mir, ist doch das ganze Leben nichts weiter als eine Aneinanderreihung von Schmierinfektionen. Ständig dringt was ein. Kein Wunder. Überall weit offenstehende, schleimhautige Tore …

Langsam beuge ich mich weiter vor. Nasen- und Fußspitze nähern sich einander. Die Warze riecht nach nichts. Auch nicht nach Miriam.

Miriam ist fast groß, fast schwer, fast erwachsen. Sie turnt in der älteren Gruppe, die nicht mehr flink, dafür aber fließend über die Geräte zieht, und wenn sie Anlauf nimmt, wippt alles an ihr.

Bodenturnen und raue Matten haben die Leggins, die sie trägt dünn geschmirgelt. Hautfarbenes schimmert durch weißen Stoff.

Ich kann die Diagonalen sehen, die ihre Unterhose rechts und links über die Pobacken zeichnet. Beim Warmmachen beobachte ich, wie sich die Spitze des Unterhosen-Vogel-Vs auf die Arschritze zu bewegt. An manchem Tagen stört sie das. Dann zupfen die Finger am V, entschärfen seinen Winkel und machen ein U draus. Das U ist eine Enttäuschung. Es fehlt ihm jeder Reiz. Lahm und langweilig verblasst es neben dem V, welches, neben dem X (sexy), den zweiten verhexten (versexten?) Buchstaben des Alphabets darstellt.

Das V scheint mir eine Art Vorbote für Interessantes zu sein; ein Buchstabe, der sich was traut. Hinten spaltet er Pobacken, vorne vollendet er Torsi; auf der Betonmauer neben den Fahrradständern eröffnet er schamlos das verbotene Wort. VOTZE steht da, grell auf grau. Ich les es wieder und wieder, sag es mir leise vor, flüster's in mich hinein, den ganzen Heimweg lang. Votze-Votze-Votze.

Spricht's und wünscht sich gespaltene Pobacken. Zwei Diagonalen Richtung Hüfte. Was Gequetschtes, wie es die Miriam hat. Zwei Einschnitte in pralles Fleisch. Erst wird man rund, dann kommen die Votzen-Vs. Ich beobachte das schon länger ... Bei mir rundet sich nichts.

Aber ich weiß mir zu helfen. Heimlich führe ich diverse Wäschestücke (denen ich eigentlich längst entwachsen bin) aus dem Kleidersack in meine Schubladen zurück. Abends, nach einem Tag in schnürend enger Unterwäsche, bespeichle ich den kleinen Finger und fahre meine Druckstellen ab. Die Höschenzeichnung verschwindet über Nacht.

Meine Methode, mein Vortäuschen von quellendem Fleisch, funktioniert ausgezeichnet.

Den eigenen, V-verzierten Hintern in der Spiegelung der Turnhallenfenster zu sehen, ist das Größte. Wenn ich könnte, ließe ich mir glatt ein Hinterkopfauge wachsen, so sehr verzückt mich der Anblick.

Miriam hatte übrigens kein Glück.

Sie ertrank in der Schussen.

Überrascht hat mich das nicht. Es schien die logische Konsequenz jener unheilvollen Weiblichkeit, welche alle Vs in meiner Umgebung weich und verwundbar machte und ihnen obendrein eine monatliche schmerzhafte Steuer abverlangte. Irgendwo schienen Gezeiten und Gletscherzungen immer einen neuen Stein zurechtzuschleifen, an dessen Spitze schöne, wunde Weibchenwelten wie Seifenblasen zerplatzen würden.

Zu wissen, dass Miriam im Bikini gestorben ist, fand ich tröstlich. Wenn ich mit meinen Eltern an der Schussen entlangspazierte, versuchte ich, mich in die Rolle der Schicksalsfee zu versetzen, und überlegte, wie und an welcher Uferstelle ich Miriams Leiche drapiert hätte. Meist sah ich sie auf einer Sandbank in der Mitte des Flusses, Schultern und Haare wasserumspült, Hintern und Beine, vom Hügel erhöht, umschmiegen die sandige Kuppe. Das

Seitenschleifchen der Bikinihose hat sich gelöst. Offene Bändel verzieren ihre Hüftknochen wie rosa Luftschlangen. Die Sonne streift ihre Haut mit strahlenden Fingern. Auf den Pobacken glitzern Quarzkristalle. Weiter unten erzählen blaugefleckte Schenkel vom Schwebebalken. Auf der Rundung ihrer Ferse entdecke ich ein gutartiges, kreisförmiges Geschwulst.

Mein Warzenzeh salutiert Richtung Sandbank. Gemeinsam verabschieden wir die infizierte Freundin.

Nicht lange nach Miriams Beerdigung erfahre ich aus zuverlässiger Quelle, dass man Fotze mit F schreibt.

Ich kann das bis heute nicht akzeptieren.

24.

Blassblaue Tagebuchaufzeichnungen auf 80g/m² Recyclingpapier in Schreibheft (16 Blatt, DIN A5, Lineatur 1):

»Ich weiß nicht welches Datum wir haben, aber ich weiß, daß ich jetzt normalerweise in der Schule sitzen sollte. Aber ich habe vor irgendetwas Angst. Das Dumme ist nur, ich weiß nicht, vor was ich mich fürchte, aber ich fürchte mich.

Ich fühle mich der ganzen Welt einfach nicht gewachsen. Und jetzt ist es eh zu spät. Ich werde harte Schläge bekommen, das heißt keine Gnade! Jetzt werde ich nicht mit in den Urlaub dürfen, aber das ist normal, daß ich in den Ferien zuhause sitze.

Niemand versteht mich richtig, es kommt mir sogar vor, als ob ich mein einziger Freund bin. Meine Mutter versteht mich nur ein ganz kleines bißchen, und mein Vater, der versteht mich überhaupt nicht. Ich habe in der Zeit viel über meinen Vater rausgekriegt, was ich ihm nicht zugetraut hätte. Miterlebt: Er hat meine Mutter 3 mal geschlagen. Ich kann die Schreie noch hören. Ich habe Angst!!!!!!!!!!«

25.

Endlich Veränderung. Zeugnis und Gymnasialempfehlung bestätigen offiziell, dass ich dem Grundschulgehäuse entwachsen bin.

Seit Jahren habe ich diesen letzten Schultag herbeigesehnt, von dem ich mir erhoffe, dass er mich endgültig vom Stumpfsinn der mich umzingelnden Bauernkinder, die mir ihre Poesiealben, Geburtstagseinladungen und Zuneigung stets konsequent vorenthalten haben, befreit.

In der Bank vor mir fängt die Kopie zu flennen an.

Es will ihr einfach nicht in den Schädel, dass »die von Braun«, die jedes Jahr den Bücherzettel vergisst, Hausaufgaben in den 5-Minuten-Pausen auf zerfleddertem Löschpapier erledigt und nie, wirklich NIE, mit Lineal unterstreicht, nun aufs Gymnasium darf, und sie, wo sie doch »die schönste Schrift der Klasse« hat, so schön, dass sie sogar den Brief, den die Klasse (aus Gründen, die mir entfallen sind) an den Bürgermeister geschrieben hat, »ins Reine schreiben« und adressieren durfte, SIE darf nicht!

Ehrlich gesagt habe ich mich in der Tat herzlich wenig um diese Empfehlung bemüht. Letztlich verdanke ich meinen Befähigungsbescheid wohl vor allem der Tatsache, dass unser Klassenlehrer neben Deutsch auch Musik unterrichtet.

Wenn er mich in den großen Pausen im Musikzimmer erwischte (und er erwischte mich immer, da konnte ich die Tasten so pianissimo anschlagen, wie ich wollte), zwinkerte er mir zu und ließ mich weiterspielen. Besonders während der Wintermonate, deren kurze Tage die Schultern und Mundwinkel des sensiblen Lehrkörpers stets steil nach unten abfallen ließen, kauerte er sich gerne auf einem der neben seinen langen Spinnenbeinen lächerlich zwergenhaft wirkenden Stühle nieder, packte sein Vesper aus und hörte mir zu. Auf die Pausenaufsicht zu pfeifen, bereitete ihm offenbar eine diebische Freude. Für gewöhnlich schloss er, nachdem er sich auf dem Stühlchen arrangiert und das Butterbrotpapier unter einer Schulbank hatte verschwinden lassen, die Augen und kaute genüsslich im Takt. Tischmanieren hatte er keine. Sein schmatzender, zumeist weit offenstehender Mund, gewährte interessante Einblicke auf den, zwischen bräunlich verfärbten Zahnreihen stattfindenden, Mahlprozess.

Er mochte noch so nett und freundlich und nachsichtig und irgendwie bemitleidenswert sein – vor seinem Lyonerbrot-Atem ekelte ich mich trotzdem. Je weiter er vom Klavier entfernt saß, desto angenehmer war mir seine Anwesenheit.

Eine Beschreibung des Instruments, an dem ich den Großteil meiner Grundschulpausen verbrachte, erscheint mir an dieser Stelle unausweichlich, zumal man das schwarzlackierte Schulklavier bedenkenlos als »echte Schönheit« bezeichnen durfte.

Vom ersten Augenblick an war ich dem dunkelglänzenden Ding hoffnungslos verfallen. Ich empfand es, verglichen mit dem hellhölzernen, das ich von zu Hause gewohnt war, als sehr viel eleganter. Laut ausgesprochen hätte ich diesen frevelhaften Gedanken allerdings nie, war ich doch überzeugt, dass jedem Instrument eine hochsensible Seele innewohnt. Die Gefahr, mein Klavier irgendwie zu beleidigen, zu erzürnen und schlimmstenfalls gar seine Gunst zu verlieren, wollte ich keinesfalls eingehen. Wann immer ich spürte, dass meine Augen allzu bewundernd über die spiegelnden Flanken des Schulklaviers strichen, schimpfte ich mich ein undankbares Gör und entschuldigte mich im Geiste tausendmal bei dem treuen Tastentier, von dem ich wusste, dass es seit Tagesanbruch auf den Moment wartete, in dem ich vor ihm Platz nehmen und es zum Klingen bringen würde.

Der verzückt lauschende Klassenlehrer, welcher einst Musik mit Hauptfach Klavier studiert hatte, war völlig besessen von der Idee, »junge Talente« zu »entdecken« und zu »fördern«.

Nachdem er mich zum ersten Mal hatte spielen hören, hinterließ er zwei Dutzend aufgeregte Nachrichten auf unserem Anrufbeantworter, was meinen sich stets absolute Ruhe ausbittenden Vater einen ganzen Arbeitstag kostete. Irgendwann muss er, verzweifelt hoffend, den Störungen damit ein Ende zu bereiten, allerdings doch zum Hörer gegriffen haben. Besonders freundlich kann er dabei nicht geklungen haben …

Den Klassenlehrer hingegen, im Umgang mit schroffen, uneinsichtigen und unfreundlichen Eltern geübt, konnte eine kurzangebundene, leicht gehetzt klingende Telefonstimme längst nicht mehr aus dem Konzept bringen, und so forderte er meine Eltern weiterhin unermüdlich dazu auf, mich »unbedingt« bei »Jugend musiziert« anzumelden. Er selbst sei Teil der Fachjury und empfände es als »Sünd und Schad und ungeheuerlich«, ja, geradezu als »Vernachlässigung der elterlichen Pflicht«, wenn »ein solches Talent wie die LottaLuisaLuzia« nicht am Wettbewerb teilnehmen würde.

Mein armer Vater, der sich nichts sehnlicher wünschte, als zu seinen Studien zurückzukehren, versuchte bei diesen Gelegenheiten mehrmals, dem Klassenlehrer meine grundsätzliche Abneigung gegen das Spielen vom Blatt begreiflich zu machen. Des Weiteren verstörte er ihn mit der Aussage, dass er selbst von »der Vergiftung der Kunst durch derlei Wettbewerbe« rein gar nichts hielte.

Selbstverständlich wurde auch ich angesprochen.

Nachdem ich die permanente Nachfragerei über Wochen mit unentschlossenem Schulterzucken beantwortet hatte, fiel mir eines Nachmittags, als ich das Bücherregal meines Vaters nach schlüpfrigen, verboten klingenden Titeln absuchte – der Ägypter und ich lasen uns neuerdings auf dem Weg zur Kirche gegenseitig skandalöse, Wangen und Ohren erhitzende Passagen aus den Büchern unserer Eltern vor –, eine Glenn-Gould-Biografie in die Hände. Das Buch war entmutigend dick. Sein Vorwort sterbenslangweilig. Immerhin enthielt es mehrere glattglänzende Seiten mit Schwarz-Weiß-Fotografien.

»Bevor er sich ans Klavier setzte, badete Glenn jedes Mal seine Hände und Unterarme 20 Minuten lang in heißem Wasser«, lautete die Bildunterschrift einer Fotografie, die einen jungen, mit hochgekrempelten Hemdsärmeln über einem weißen Waschbecken hängenden, Gould zeigte.

Im nächsten Bild kniete er vor dem Klavier und schien im Begriff, einen Hocker zusammenzuschrauben, bei dem es sich offenbar um »den legendären Klappstuhl, der Glenn Gould sein Leben lang begleitete«, handelte. Weiter hinten tauchte der Hocker abermals auf, diesmal mit einem Zitat Goulds: »Wie irgendjemand auf einem normalen Klavierhocker sitzen kann, ist mir schleierhaft.«

Die Fotografie, die mich am meisten faszinierte, war eine aus der Vogelperspektive aufgenommene Aufnahme, welche Flügel und Gould vor einem scheinbar endlosen, nachtschwarzen Saal zeigte. Von den leuchtend weißen Tasten und einigen wenigen Lichtreflexen auf dem Instrument abgesehen, schien die Szenerie wie von dichtem Nebel verschleiert. Mitten in jenem grauen, körnigen Dunst schwamm die Bühne, deren Ränder mit der Schwärze des Zuschauerraumes verschmolzen. Der Pianistenkörper selbst blieb, bis auf Hände und ein zart angedeutetes Profil, fast unsichtbar. Mit großen Staunaugen las ich den Satz zur Fotografie: »Ich glaube nicht an den Konzertbetrieb – er ist ein Unsinn, ein absoluter Selbstbetrug.«

26.

Mein Bücherfund hat Konsequenzen. Beim Abendessen verkünde ich meinen Eltern, dass ich eine Teilnahme am Jugend-musiziert-Wettbewerb nicht länger ausschließe. Allerdings gäbe es eine Reihe von Bedingungen, deren Erfüllung für das Gelingen meines Auftritts von entscheidender Bedeutung seien. Als ich mich erhebe und meine Liste entfalte, schielt mein Vater über den Zeitungsrand. Die Hälfte seiner Aufmerksamkeit gehört mir, die andere dem Weltgeschehen. Rechts von ihm flackert ein besorgter, aber durchaus leicht amüsierter Mutterblick.

Ich räuspere mich. »Also: 1. Ich werde ein weißes Hemd und eine schwarze Anzughose tragen (das Hemd nicht, oder nur teilweise in die Hose gesteckt). 2. Ich werde ohne Schuhe auf die Bühne gehen. 3. Das Gebäude, in dem der Auftritt stattfindet, muss über einen Warmwasseranschluss und Waschbecken verfügen, damit ich meine Arme zur Vorbereitung in einem wohltemperierten Wasserbad erwärmen kann. 4. Es muss mir erlaubt sein, auf meinem eigenen, von zu Hause mitgebrachten Klavierstuhl zu sitzen. 5. Ich werde Bach spielen, sonst nichts.«

Schweigen.

Eine Mutterhand tastet etwas ratlos nach dem Vaterschenkel, fordert ihn zum Sprechen auf. Die Zeitung raschelt.

Ich soll tun, was ich für richtig halte, seufzt es hinter den Seiten, und vor allem soll ich, wenn ich schon seine Regale durchforste, doch bitte darauf achten, die alphabetische Reihenfolge der Bände nicht durcheinanderzubringen.

27.

In den Wochen vor dem Konzert fühle ich mich von einer Art grimmiger Entschlossenheit getrieben. Zu bemerken, wie absolut inkonsequent ich in meiner Noten-Verweigerung gewesen war, irritiert mich. Offenbar haben sich Wissen und Können irgendwie unbemerkt in mich eingeschlichen, mit dem Ergebnis, dass fehlerfreies Spielen vom Blatt keinerlei Schwierigkeit für mich darstellt.

Verfeinert die Überwindung eines Widerwillens die Fertigkeiten? Lernt man das, was man am meisten in Frage stellt, letztendlich am gründlichsten? Ich weiß es nicht.

Mein Können zu bewerten, hatte mich bislang nie interessiert. Es war ein Spielen um des Spielens willen gewesen. Natürlich wusste ich um die Existenz gewisser Qualitätskriterien. Diese schienen mir jedoch fern von mir, meinem Spielen und Fühlen zu sein. Frau Lichtels Vorgehensweise, ein Musikstück wie ein Diktat nach Schwierigkeiten und Fehlern zu durchsuchen, akzeptierte ich, ähnlich wie ihre Elefantensammlung, als eine Art merkwürdigen Tick. Das Kategorisieren in »richtig« und »falsch« als Obsession einer älteren Dame anzusehen, erleichterte mir den Umgang mit ihrer, teils sehr strengen, Kritik. Am Ende der Klavierstunde, wenn sie mich aus der Tür und ins Freie entließ, sprengte ich das enge Bewertungskorsett innerhalb weniger Atemzüge und beeilte mich, zu meinen eigenen Maßstäben zurückzukehren.

Vor den Noten zu sitzen, zu spielen und mich selbst in Lichtelscher Manier zu bewerten, ist also neu. Den eigenen Entwicklungsstand zu bemerken ebenso.

Dennoch nerven die besserwisserischen Blätter.

Um ein Stück Freiheit und Unbeschwertheit zurückzugewinnen, bemühe ich mich um schnellstmögliches Auswendiglernen. Ohne das strenge Notengesetzbuch erscheinen mir die Melodien augenblicklich leichter. Freudig und flink, wie ein Schwarm kleiner Fische, entrinnen die Töne den engen Maschen des Liniennetzes. Musik blubbert durch den Raum.

28.

Der Tag X.

Ich, im Erstkommunionsanzug des Ägypters auf dem Rücksitz. Im Kofferraum der Klavierstuhl. Mein Vater lässt sich entschuldigen. Die Symmetrien …

Wir erreichen den Gemeindesaal, sind, wie gewöhnlich, spät dran.

Ich steuere auf das überfüllte Mädchenklo zu, lasse Wasser ins Becken laufen, übertöne das Plätschern der Stresspinklerinnen in den Kabinen.

Mit feuchten Unterarmen und lässig heraushängendem Hemd schlurfe ich über die Bühne, wo mich der geliebte, lederbezogene Hocker erwartet.

In den ersten Reihen Mittelscheitel, Zöpfe und erstaunte, leicht geöffnete Münder. Im Hintergrund das empörte Kopfschütteln ehrgeiziger Erziehungsberechtigter, die meine Aufmachung als Provokation empfinden. Eine blonde Frau, deren Kleidung und Dauerwelle mich an die Leopardin erinnern, ermordet meine Mutter mit Giftblicken.

Dann der Moment, in dem sich meine Finger auf den Tasten niederlassen: zehn kleine Tänzer, die die Umgebung vergessen machen. Unterm Brustbein Helligkeit. Alles wird leicht.

Ich spüre das Metronom, das mein Herz ist. Es schlägt.

Gedanken an Technik, Takt und Tonfolge überspült der Spielfluss. Melodieströme durchqueren mich der Länge nach, ergießen sich in Hände. Vollgefüllte Finger bewegen sich wellenartig.

Die Stücke, die ich abtaste, sind alte Bekannte. Ihr Relief so vertraut wie das fest verwachsener Körperteile, um deren Höhen, Tiefen und Struktur man instinktiv weiß.

Spannung und Stille im Publikum verfestigen sich mit jedem Ton, werden tief, nachdrücklich. Ich überfliege den schweigenden Scherenschnitt der Zuhörer in einem Klavierboot, dessen Segel mein Hemd ist.

Letzte Variationen brausen mir um die Nase. Es sind nicht Hände oder Klavier, es ist der Wind, der spielt. Er mag Bach.

Am Ende muss alles verklingen.

Ich stehe auf. Halte mein Gesicht in den Platzregen aus Applaus. Verbeuge mich, wie ich es zu Hause täglich tue.

Obwohl meine Stücke beide aus einer und nicht, wie vorgeschrieben, aus zwei verschiedenen Epochen stammen, überhäuft mich die Jury mit Punkten.

Ich muss an den gelben 21-Punkt-Marienkäfer denken, den ich kürzlich in den Beerenbüschen entdeckt habe. Kränklich sah er aus. Der ganze Rücken schwarz überwuchert. Ein ungesundes Zuviel an Punkten …

Die Augen des Klassenlehrers glänzen fiebrig. Er schwärmt von Bundesfinalwettbewerben.

Ich fühle mich müde. Sehr müde.

Endlich gelingt uns die Flucht auf den Parkplatz. Auf der Heimfahrt beobachte ich die Scheibenwischer, denke an Zukünftiges. Der tiefere Sinn weiterer Auftritte will sich mir nicht erschließen.

Als wir in die Straße mit Tiernamen einbiegen, erkläre ich meiner Mutter, dass ich (vorerst) kein Interesse daran habe, mich zu wiederholen. »Das dachte ich mir schon«, sagt sie und lächelt.

29.

Er ist nicht länger ihr Vater. Er ist genauso wenig ihr Vater, wie das Stück Stoff, das hinter ihm zu Boden fällt, ein Bademantel ist.

»Master Bison removes his cape before battle.« Sie versteht.

Sein Körper schimmert militärisch rot. Weiter unten die Steifheit eines Mastes, angefüllt mit Blutfahnen.

Geballte Entblößung verdeckt das Panorama des Zimmers, negiert die Existenz von Nacktheit und Schutzlosigkeit als Paar.

Die silbernen Arm- und Schienbeinschoner seines Kostüms bleiben unsichtbar. Sie fühlt nur ihr Gewicht.

Letztes Blenden des Lampenlichts, bevor er sie niederwalzt. Jetzt auf dem Rücken. Dicht an dicht mit der unentschlossenen Silhouette die verdunkelt-erhellt-verdunkelt-erhellt – sekundenschnelle Sonnenfinsternisse, die mit der Regelmäßigkeit gesalzener Wellen hereinbrechen.

Sein Rhythmus ist wider die Natur. Verursacht Verstörung. Ist Schlafens-, ist Wachens-, ist Sterbenszeit? Die Vögel würden verrückt werden.

Sie blinzelt.

Woher die Helligkeit? Ein Lichtreflex auf der goldglänzenden Totenkopfapplikation seiner Mütze? Ein brennendes Deckenlicht?

Für Augenschließen und Schwärze fehlt ihr der Mut.

Pupillen und Iris der Gestalt, die nicht ihr Vater ist, nicht ihr Vater ist, nicht ist, nein, nein, niemals, verschwinden hinter flackernden Lidern, hinterlassen geisterhaftes Weiß. Sonst nichts.

Das unbeseelte, stumpf-schwere Ding auf ihrem Brustkorb fordert Gehorsam. Immer wieder Gehorsam.

Sie sucht nach ihrem Lebensbalken, hofft auf Überlebenszeichen. Balken, Planken, Treibholz – sie nähme alles, was oben schwimmt und Untergänge verzögert. Sie findet nichts.

Seine Berührung verschleppt sie an Orte außerhalb der Zeit. Mutmaßlich wartet Lebendigkeit anderswo. Sie ist sich nicht sicher.

Sicher ist nur, dass diese Hand nicht ihr Vater ist. Sie ist genauso wenig ihr Vater, wie der Schweiß, der da herabtropft.

»Master Bison possesses an inherently evil energy.«

Gegenwehr ist zwecklos.

Sie konzentriert sich aufs Erinnern. Ruft sich die schöne Chun-Li, ihre im Wind wehenden Haarbänder und das Azurblau ihres Kleides ins Gedächtnis. »A young girl, filled with the beauty of spring.« Auch sie eine Waise, vaterlos. Oh, wie schön sie war. Schön und nutzlos mutig. Master Bison hat auch sie besiegt. »He defeated her, then flew away laughing, telling her that if she ever attacked him again, he would kill her just like he had killed her father.«

Die Sinnlosigkeit unzähliger Racheschwüre, die den Vater nicht zurückbringen.

Sie wird noch immer berührt. Es kommt ihr unmenschlich vor. Fühlereien eines Insekts. Die große Plage.

Das Beobachten zehnbeiniger Fingerspinnen erzeugt Abschüttelreflexe.

Kotzreiz.

Ein Klumpen Magen zwischen anderen verräterischen Organen, die weiterpumpen und atmen und filtern, als wäre nichts dabei.

Grausame Gleichgültigkeit der Körperfunktionen, deren Interesse dem Tagwerk allein gilt.

Weiteratmen als oberste Priorität. Fürs Jetzt bleibt nur ein lascher Ekel. Läppischer Widerstand. Verpuffende Hassgefühle.

Ihr Mangel an Wehrhaftigkeit beschämt sie zutiefst.

»Du bist nicht mein Vater«, sagt sie, sagt es laut, damit die Welt es hört, wiederholt's, damit es sich einprägt, schreit's, auf dass es Realität werde, und erntet Ohrfeigen. Für jeden Satz eine.

»Anyone who opposes me, will be destroyed«, droht Master Bison.

Doch sie lebt weiter, präsenter als je zuvor. Spürt sich beim Gehen wippen. Sehnt sich nach Verschwinden. Rückblicke bestätigen: Neugewachsene Merkmale und Master Bison erschienen simultan. Sie träumt von handtellergroßen Fünfmarkstücken, mit denen sich die verfluchten Brustbeulen zurückdrängen lassen, und lässt die Zeiger ihrer Armbanduhr rückwärts laufen, immer im Wissen, dass es sinnlos, sinnlos, sinnlos ist.

Der Wunsch, in ein Gestern zurückzukriechen, dessen Unbeschwertheit noch nicht von Brüsten überschattet, von Hüften verdrängt war, bleibt unerfüllt. Ihr Spiegelbild, stur und unbestechlich, präsentiert fleischliches Unkraut. Warum musste sie derart wuchern?

Veränderungen auch an anderen Stellen: Wo einst Augen waren, hocken zwei Wasserspeier. In ihrem Gesicht kein Lächeln mehr. Während sie sich wegdenkt, geht's weiter.

Das Bett macht kleine, winselnde Quietschgeräusche.

Später befühlt sie das Cape. Erschlafft hängt es am Haken. Gibt sich harmlos, frotteeflauschig. Ein Meister im Täuschen und Tarnen. Einer, der weiß, wie man sich vor Müttern versteckt. Müttern, die nichts ahnen wollen. Müttern, die an den Bademantel glauben.

30.

Die Spielstraße runter, am Wäldchen vorbei, dem Ortsende entgegen, wo von der Straße ein kleines, zwar asphaltiertes, doch nur für landwirtschaftlichen Verkehr freigegebenes Sträßchen abzweigt. Über die Hügel, bräunlichen Traktorspuren folgend, bis zum nächsten Stück Wald, das etwas verloren zwischen all den Koppeln und Feldern liegt. Bald mündet graue Glätte in Kiesig-, Kurvig-, Holpriges.

Unter uns knirscht es. Der Feldweg führt uns am Waldrand entlang. Zu unserer Linken, etwa fünfzig Meter entfernt, zeigt sich, alt und alleinstehend, angekokelt und unglücksrabisch, der Baumkrüppel. Vom Blitz getroffen, doch nicht vernichtet, vom Bauern vergessen, wenn nicht verachtet, krallt er sich an den Boden. Ein Baum für kreischende Krähen, auf deren Trauerkleid ein Rußfleck nicht weiter auffällt. Die bunt herausgeputzten Sänger dagegen meiden seine Äste, die eigentlich Stümpfe sind.

Wir ziehen weiter zum Jägerstand. Die morsche Konstruktion klebt an der Eiche wie Efeu. Noch. Vielerorts schickt sich das nachwachsende Holz an, die Nägel, einen nach dem anderen, aus der Rinde zu pressen. Der Baum schließt seine Wunden, macht sich los und die Bretter lose.

Uns schreckt das nicht. Wir klettern nach oben, sitzen in der Höhe, denken nicht ans Fallen.

Die Stimmung ist angespannt. Ich bin es leid, immer Ken sein zu müssen. Dein starrköpfiges Beharren auf der ewiggleichen Rollenverteilung, welche für dich ein Pendeln zwischen Chun-Li und Ryu, für mich jedoch ausschließlich den Part des reichen

Hotelkettenbesitzer-Sohnes, der lediglich aus Abenteuerlust und Geltungsdrang zu kämpfen scheint, vorsieht, kränkt mich. Der Verdacht, dass du meinen und Kens Charakter für ähnlich hältst, erhärtet sich von Woche zu Woche. Um jene Vermutung auf ihre Wahrscheinlichkeit hin zu überprüfen, liste ich Kens markanteste Eigenschaften auf.

Erst die guten: Nach allem, was ich weiß, kann er im Allgemeinen als leichtlebig und gelassen beschrieben werden. Sein Gang ist federnd, aufrecht, mit graden Schultern und unbeschwertem Kopf. Kein Krümmen, Ducken oder Hängen, kein Schlurfen oder Schleichen weit und breit. Er ist der Typ für Spitzbubenstreiche und derbe Witze. Einer, der für sein Leben gern mit Mädchen schäkert. Wer sich von einem Jungen aus gutem Hause Stil und Understatement erwartet, mag ob des signalroten Anzugs und der wasserstoffblond gefärbten Mähne den Kopf schütteln. Glitzer. Protz. Prunk. Der ganz große Auftritt – das sind die Dinge, die Ken gefallen. JasminCelineJustine wünscht ihn sich stets besonders exaltiert. Sie liebt es, ihm die ganz großen Aufschneider-Sprüche in den Mund zu legen, der leider auch der meine ist. Doch damit nicht genug. Der Ken, den sie in mir sehen will, muss außerdem ungeduldig, aufbrausend und von unübertroffener Arroganz sein.

Allmählich verselbstständigte sich jedoch die unsympathische Seite des amerikanischen Fighters zusehends. Hinter der bröckelnden, perlweiß-grinsenden Fassade seines Gesichts taten sich täglich neue Abgründe auf, in deren Tiefen sich seine Eigenschaften grotesk veränderten, verstärkten oder verkehrten.

In der Zeit vor jener düsteren Metamorphose schien Ken lediglich stets ein wenig zu lax. Man verzieh ihm seine Tendenz zu vorschnellem Urteil und Handeln, welche man als Begleiterscheinung seiner angeborenen Sorglosigkeit ansah, jedoch gern. So mutierte der einstmalige Sunnyboy zunehmend zum unberechenbaren Großkotz.

Der Schritt vom Strahlemann zum Unsympath, über dessen schlüpfrige Sprüche längst kein Mädchen mehr lachte, und dem man Kontakte zum Rotlichtmilieu, wo schlagkräftige Typen bekanntlich immer gebraucht werden, nachsagte, vollzog sich schneller als gedacht …

Je länger ich über Ken nachdenke, desto finsterer wird meine Stirn. Was hat das mit mir zu tun, frage ich mich, während meine Unterlippe beleidigt anschwillt.

Der Stachel sitzt umso tiefer, als mir einige der Kenschen Eigenschaften, im schonungslosen Licht der Wahrheit betrachtet, durchaus bekannt vorkommen …

Hinzu kommt, dass ich den Vorwurf der Arroganz schon seit gefühlten Ewigkeiten aus verschiedensten Mündern und Ecken auf mich zufliegen sehe. Die meisten zielen erbärmlich schlecht. Umso mehr ärgert es mich, wenn ich mich dennoch ducken und ausweichen spüre.

Arrogant …

Ich rüttle und schüttle Gesicht und Frisur. Diese Missverständnisse sollen von mir abfallen. Sofort.

Und nun? Was tun? Wohin mit der halb-verdorbenen Laune?

Mir ist nicht nach Streiten zumute. Nicht heute.

Vorbildlich friedliebend wärme ich meinen Blick so lange am Gold der Felder, bis mein Missmut geschmolzen und meine Miene aufgehellt ist. (Erstaunlich, wie schnell das geht.)

Es verstreicht ein weiteres Stück Nachmittag.

Wir sitzen noch immer, sie und ich, in Stille und Eintracht auf unserem Eichenthron. Zu unseren Füßen die Heimat.

Derselbe Tag. Unter derselben, nach Mittag schrecklich faul über den Himmel schleichenden Sonne.

Ich beobachte: Wind. Kornwogen. Vereinzelt auffliegende Vögel.

Über mir winden sich Raupen um rundgeschwungene, tiefgrünglänzende Eichenblattbuchten. Eine Prozession roter Ameisen nutzt die Maserung der Bodenbretter als Pilgerweg.

Plötzlich langweilt mich der Hochsitz kolossal.

Also runter und rein in den Wald, wo wir mit Stöcken auf Stämme einschlagen und populäres Liedgut brüllen.

JasminCelineJustines Bruder hat ihr einst in einem plötzlichen, für ihn absolut untypischen Akt der Zuneigung eine Kassette überspielt. Um diese ungewöhnlich generöse Geste entsprechend zu würdigen, singen wir uns in der Regel zunächst durch die Bruder-Kassetten-Songs, bevor wir zu allseits bekannten Schlagern, Hörspielintros und Walt-Disney-Filmmusik übergehen.

Drei Fichten rechts von mir erklingt jetzt die erste Strophe eines der wenigen Lieder, das ich nicht ausstehen kann. JasminCelineJustines Gesang schwillt im Verlauf der Melodie zu etwas an, was wenig mit unserem gängigen Gegröle gemein hat. Ich kenne diese spezielle Tonfallveränderung gut und ertrage das heftige, hilflose, über Wurzeln und Farnen ausgespiene Geschrei, das sich an jemanden zu richten scheint, der längst taub dafür geworden ist, nur schlecht. Aber noch ist's nicht soweit. Noch wartet eine Reihe Strophen.

Ich höre sie klagen: »Es kommt die Zeit – ooooooh / In der das Wünschen wieder hilft / Es kommt die Zeit – ooooooh / In der das Wünschen wieder hilft …«

Ich persönlich halte nicht viel vom Wünschen, verachte den Wunschzwang unter schuppenden Himmeln. Es gefällt mir, wenn er fällt, der Stern. Er muss nichts weiter für mich tun.

Es wird weitergesungen.

Der Text ist vollgestopft mit Worten, die ich kaum über die Lippen geschubst kriege. Es »wird einmal zu schön, um wahr zu sein«. Irgendjemand nimmt »ein Schicksal in die Hände«. Die Zeile »alle werden wieder voreinander gleich« überspringe ich aus Prinzip. Ich will niemandem »gleichen«. Schon gar nicht denen, die aufs Wünschen hoffen müssen! Mit der Fußspitze prügle ich auf eine Baumwurzel ein. Was ist am Hier und Heute so schlecht? Die alberne Mäkelei am Jetzt macht mich wütend. Was für eine Dummheit. Dumm-Dumm-Dummheit. Schließlich sind der Wald, der Schuh, das Moos, der Vogel, meine kratzige Kehle, die schmutzigen Knie und der Rest der Abertausend Dinge langen Liste, welche mir das Jetzt, das ich mit der feuchtwarmen Luft in mich einsauge, zu bieten hat, alles, was ich habe. Eine Vergangenheit besitzen auch die Toten. Die Zukunft ist ein Horizont, auf den man nur zugehen kann. Das Jetzt allein macht alle Unterschiede.

»Wünsch dir waaaaaaaaas / Wünsch dir waaaaaaaaaas / Wünsch dir was!«

Endlich sind auch die letzten Wünsche und Strophen aufgebraucht. Ich sehe das an dieser Stelle übliche, von der sinnlosen Wünscherei verursachte, Leiden in JasminCelineJustines Gesicht.

Das muss augenblicklich ausgetrieben werden. Ich will ihr Lachen sehen ... Entschlossen greife ich zum Gegengift, schmettere es ihr entgegen, singe: »Sam pipel kahl mi de speis cowboy – YEAH! / Sam kahl mi de gängsta ov loooooooooove / Sam pipel kahl mi Maurice ...«

Ein Pfiff in bester Bauarbeiter-Manier.

»... bicahs ai spiek av de pompetehs av loooove«

Natürlich habe ich nicht die leiseste Ahnung, was ich da singe. Egal. Cowboy, Love, den Namen Maurice und den »Sexy-Frau-läuft-vorbei«-Pfiff kenn ich, die sorglos hüpfende Melodie hör ich – mehr braucht es nicht, um zu begreifen, dass da einer fröhlich ist.

»bicahs aim a pikah / Aim a grinnah / Aim a lover / Änd aim a sinnah ...«

Was »Lover« heißt, weiß ich!

»… pleiin mai miuhsik in de saaaaaaaaaaaaaaan! / Aim a Joker / Aim a smokah / Aim a midnait tokah / Ai get mai lovin ohn de ran … / Ooooooohhhhhh, ooooh, uuuuuuuh, uuuuuuuuuuhh!«

Der Joker muss dieser Maurice sein. Zweifelsohne ein Glückspilz … Schon sehe ich, wie es in JasminCelineJustines Mundwinkeln zuckt. Dabei bin ich noch gar nicht beim »lovey-dovey, lovey-dovey, lovey-dovey – ohl de taaaaim«-Teil, den ich, wenn gar nichts mehr hilft, einfach so oft wiederhole, bis sie aus Verzweiflung zu lachen anfängt.

»Kam ohn baby nao, ail schou iu a guhd taim!!!«, brülle ich in den Wald – was immer das bedeuten mag.

Irgendwann, nach einer ganzen Reihe »lovey-doveys« und unzähligen »ooooooohs-ooooooohs«, versagt meine Stimme, und ich bitte krächzend um eine kurze Verschnaufpause.

Immer noch Nachmittag.

Umraschelt von Spitzmäusen, die Köpfe auf Mooskissen, liegen wir da.

Grübelnd betrachte ich die schwarzen, halbmondförmigen Erdschichten unter meinen Fingernägeln. Vorhin, als ich JasminCelineJustine vorgesungen habe, musste ich kurz an Ken denken. Die Frage, ob Joker und Fighter nicht vom gleichen Schlag sind, drängte sich auf.

Mal sehen: zwei Sunnyboys mit Babys, lovey-dovey und breitbeinigem Cowboygang, von denen der eine in die Saiten, der andere in Kiefer haut. Brüder im Geiste. Leise beunruhigt summe ich die Melodie des Joker-Songs vor mich hin.

Kann es sein, dass das Lied, das ich so gerne in den Wald brülle, in Wirklichkeit die Hymne der Angeber ist? Hat mir JasminCelineJustine am Ende etwa doch die richtige Rolle zugeteilt?

Unwillig schüttelt sich mein Kopf. Trotzig bohre ich die Knöchel ins Moos.

Bin ich eben Ken.

Ist eh nur eine von vielen Farben, die mein Chamäleoncharakter anzunehmen versteht, denke ich und recke die Nase hoch.

Mit adeliger Stimme und hoffärtigem Gesicht beschwöre ich abermals die Fichtenstämme, »kam ohn baby nao, ail schou iu a guhd taim«, bevor ich mich lässig ins Moos zurücksinken lasse und einem Eichhorn mit hübschen Augen nachpfeife. Neben mir grinsen JasminCelineJustine und die Minnie Maus auf ihrem T-Shirt um die Wette. Der Joker von Braun beglückwünscht sich zu diesem Erfolg.

31.

Hitze.

Der Stromkasten vor dem Haus als glitzernder, grauer Quader. Ein kinnhoher Glimmerbrocken mit Tür, von dessen Innenleben ich nichts weiß. Sitze oben, baumelnde Beine über brummendem Verteiler, und warte.

Es käme mir nie in den Sinn, die Hälfte des Tages schlafend zu vertrödeln, zumal mir der Schlaf an sich suspekt ist, und ich den Zustand des Suchens und Findens desselbigen, das Einschlafen, nicht leiden kann.

Ich fürchte die Abende, das Erlöschen der Sonne, wenn Windhosen aus Ängstlichkeit unter den Schatten hervorkriechen und mich umkreisen. Fürchte das Gefühl zurückgehaltener Verzweiflungstränen, welches dem Eingehen in die Dunkelheit vorausgeht. Der tägliche Abschied von der Mutter bekümmert mich. Noch kniet sie am Bett. Kniet stets zu kurz. Man weiß, man wird die Augen schwärzen, Mutter und Zimmer und Welt ausschließen und an Orte verschwinden, die zu erreichen anderen unmöglich ist. Ich bin nicht allzu gerne dort.

Für heute habe ich die Verblüffung beim Aufwachen, das Erstaunen darüber, dass die Rückkehr in dieses Fleisch mit Fingern erneut geglückt ist, bereits hinter mir. Die Verwunderung über meine erneute Teilnahme am Leben verschwand, wie immer, mit dem Krachen der ersten Cornflakes zwischen meinen Zähnen …

Untätiges Sitzen bleibt die schwerste Übung.

Schließlich wird die Unruhe unaushaltbar, und ich springe vom Verteiler, dessen Spannung mich mit kitzelnd bitzelnder Energie aufgeladen hat. Mein hautiger Überzug juckt und kribbelt und treibt mich an den Rande des Wahnsinns.

Warum musste ich mich auch ausgerechnet auf den verdammten Kasten setzen?

Die kurzen Beine, manische Muskelverbünde mit Kniescheiben, denen das Wachstum nie schnell und die Schritte nie lang genug scheinen, tragen (mal wieder) die Schuld. Ihr Mangel an Länge erzeugt unweigerlich ein permanentes Bedürfnis nach Erhöhung. Zielsicher steuern sie auf jeden Baum und jeden Schemel, jede Mauer und jeden Brunnenrand zu; stellen sich auf Schaukeln und Gepäckträger; begnügen sich nicht mit Vaters Rücken, wollen die Schultern reiten …

Juckgereizt überquere ich die Straße, nähere mich deinem Fenster.

Laterne und Rollladen trennen nur wenige Meter. Ich umfasse den graugescheckten Pfahl und bilde ein rechtwinkliges Dreieck: zwei Seiten Mensch, eine Seite Laternenpfahl.

Wenn ich das Grau umkreise, singt die Laterne surrende Lieder in meine Hand. Ihr Licht versteckt sich, irgendwo weit über mir, hinter dicht gewobenen Netzen aus Spinnweben. Solange die Sonne auf den Schirm, der mehr ein Helm ist, knallt, hat es Pause. Wir surren weiter. Die Handfläche wird heiß.

Zu wissen, dass du schläfst, rückt dich in weite Ferne.

Da ist das Stück Rasen. Die Steinborte, die dein Haus umzingelt. Dicke Schichten beigefarbener Verputz, dahinter Stein auf Stein auf Stein. Zwanzig Zentimeter blechernes Fensterbrett. Das Rollo. Dahinter Glas, mehrschichtiges Fensterglas. Eine angegraute Gardine. Ein knapper Meter Teppich bis zu deinem Bett und dann endlich: deine Füße, Beine, Bauch. Dein Mund und deine Augen, die mich wiedererkennen können, wenn du sie aufschlägst. Aber du schläfst. Es gibt mich nicht. Nur Traum und Trugbilder: bunte Mischlingskinder, deren Mütter unterschiedlichste Erfahrungen sind, und deren Väter in den Bildverarbeitungszentren deines Hirns arbeiten … Wenn ich dich nachts besuche, weiß ich nichts davon.

Ich wechsle Hand, Arm und Drehrichtung.

Es gibt noch mehr, was uns trennt, ahne ich, und aus der Ahnung, die sich mit jeder Drehung tiefer in mich einschraubt, wird Wissen. Wehmütig krame ich meine Lieblingsszene hervor:

Wir beide – noch winzig genug, um gemeinsam in die baggergelbe Rollkiste zu passen – kauern uns in den fahrbaren Stauraum.

Kein Neigungswinkel, der uns zu steil wäre. Uns und unserem Wagen. Damals. Kreischend jagen wir die Hänge hinab. Das hat die Welt noch nicht gesehen: ein Blitz mit Passagieren! Alles staunt.

Wir rasen weiter. Rollen, bis uns Randstein oder Kies zu Fall bringen und zwei Handvoll Glieder lachend übereinanderpurzeln. Gemeinsames Fallen bleibt stets schmerzlos.

Immer wieder. Den Hügel hinauf, den Hügel hinunter. Der Asphalt schleift die Räder. Am Ende brechen sie entzwei.

Vom Fahrtwind ausgekitzelt liegen wir in den Wagentrümmern, die Knie mit identischen Schürfwunden verziert. Kein Brennen und kein Straßenstaub kann unser Glück verhindern.

Die Gewissheit, auch den letzten Tropfen Spaß aus dieser Kiste gepresst zu haben, erzeugt ein Schweben. Dass wir es wagen, Seite an Seite zu stürzen, macht uns stolz.

Zerkratzt, doch nicht zerbrochen, mit Blick auf das zu Tode gerittene, gelbe Pferd, stehen wir am Fuße des Hügels. Die Bäuche von wahnsinniger Freude wundgelacht.

So was lässt sich nicht wiederholen.

Ich stelle die Drehungen ein. Der Pfahl schweigt.

Zu bemerken, dass ich mich nach der Zeit sehne, als du noch keine Frau warst und ich nicht immer den Mann spielen musste, missfällt mir … Verstimmt rupfe ich eurem Rasen ein Büschel Gras aus und bewerfe die Straße mit dem grünen Konfetti.

Scheiß Warten.

Kurz bevor mich meine Ungeduld zum Klingelknopf treibt, biegt der Ägypter ums Eck. Sein krokodilgrüner Blick erzeugt das vertraute Flummihüpfen hinter meinem Brustbein.

»Ich hab was für dich«, sagt er, worauf das Springding in meinem Inneren wilde Haken bis in den Bauch schlägt.

Was-was-was! Sag-sag-sag!

Er gibt sich geheimniskrämerisch. Die Kostbarkeit hier auf offener Straße zu enthüllen, kommt nicht in Frage. Er will zum Egelsee.

Der Gedanke, meinen noch immer juckend unter Strom stehenden Körper vom Steg zwischen Wolkenspiegelbilder zu werfen, gefällt mir. Tausche Warten gegen Vorfreude, denke ich – und stopfe den Turnbeutel mit Handtuch und Badezeug.

Als wir aufbrechen, bewegt sich dein Rollladen. Zu spät.

32.

Als der Wind das Vier-Uhr-Läuten durch die Straßen trug, lag sie noch wach. Jetzt zeigt der Wecker zehn nach elf. Ihre Augen sind müde, aber offen. Im Rollladen klafft ein kleiner Spalt. Vorfreudige Vermutungen scheuchen sie aus dem Bett und ans Fenster. Ihr Spähen bestätigt's: draußen wartet jemand.

Das geschlitzte Bild der Freundin verschwimmt an den Rändern. Sie erkennt sie trotzdem, würde sie unter Tausenden erkennen.

Zu sehen sind ungeduldige Baumelbeine, deren Enden in abgeschnittenen Jeans stecken. Dazu Spaghettiträger, irgendwann gerissen, jetzt verknotet. Vom höchsten Punkt des Kopfes biegt sich ein Zopf in Südseepalmen-Manier zur Schulter hin, streift und streichelt das Gelenk wie Weidenzweige Wasserflächen … Am Ende summieren sich Gesehenes und Ungesehenes, Sichtbares und Unsichtbares, verschmelzen Gewusstes, Geglaubtes und Vermutetes zu einer Legierung, die Gestalt annimmt. Mädchengestalt.

Das ist die Blutsschwester.

Zu wissen, dass das Warten der Blutsschwester ihr gilt, ihr und niemandem sonst, ist wunderbar. Da drüben, keinen Steinwurf entfernt, hockt sie auf dem grauen Kasten. Langes Sitzen liegt ihr nicht. Bald wird sie die Straße überqueren.

Und richtig: Während das linke das rechte Auge als Späher ablöst, stellen die Beine ihr Baumeln ein, springen ab, laufen los.

Hinter Scheibe und Rollladen löst ihr prüfender Blick ein kurzes Erschrecken aus. Aber nein, sie sieht nichts, kann nichts sehen.

Sie erreicht die Laterne, verkettet Arm und Pfosten. Die Karussellfahrt beginnt. Die Freundin jetzt als Wetterhahn, der sich dreht und dreht und dreht. Über ihr die steife Blechfahne, auf welcher der Straßenname steht.

Im nahen Zimmer Unbeweglichkeit. Sie will nicht rausgehen. Ist erstarrt im Starren.

Noch ist nichts als Hoffen. Dazu die Freude des Erwartetwerdens. Sie malt sich den Tag aus. Noch ist alles offen …

Es wird nicht so bleiben. In sechs Wochen das Gymnasium. Der Alltag gebiert immer neue Trennungen, treibt Kilometer und Klassenkameraden wie Keile zwischen Beobachterin und Beobachtete.

Hinter Scheibe und Rollladen hält sie weiter Ausschau. Unter ihrem gelockten Schopf denkt sie an früher.

Draußen taucht indessen der blonde Junge auf. Sie spürt, wie seine Anwesenheit das Warten, das ihr gehört, verringert. Warum verschwindet er nicht? Hastig streift sie das Nachthemd ab, sucht eine Hose, findet kein frisches T-Shirt.

Die Blutsschwester verschwindet im Nachbarhaus. An ihrer statt wartet nun der zukünftige Gymnasiast unter der Laterne. Sein blonder Kopf pfeift dämlich vor sich hin.

Zu dritt …? Nein. Das will sie nicht. Lieber hofft sie auf ihre Rückkehr.

Wünscht sich den Freundinnenfinger auf dem Klingelknopf. Gleich, gleich wird sie kommen, die Tür läuten, den Jungen nach Hause schicken – Da! Da ist sie schon. Von ihrer Schulter baumelt ein Beutel.

Erst jetzt bemerkt sie, dass auch der Junge ein Bündel bei sich trägt. Die Köpfe der beiden Bepackten geben sich nickende Aufbruchszeichen. Sie wenden sich zum Gehen.

NEIN! Sie reißt am Rollladen. Aus einem Guckloch werden zwanzig. Sie sieht den schwesterlichen Schulterblick.

Schon hat sie sich abgewendet. Schon entfernt sie sich.

Dort, wo man nicht verhindern kann, dass sie kleiner wird, kleiner und unscharf, herrscht Ohnmacht. Da geht sie, denkt es unter den Locken, Seite an Seite mit einem, aus dem einst ein Vater werden wird.

Weder drei, noch vier, noch fünf blutende Schnakenstiche können das erträglicher machen.

33.

Ich sitze am Stegrand. Mein Badeanzughintern verdeckt die äußersten der ins Holz geritzten Initialen. Ob B + M oder F + C sich noch lieben? Das Zittern der Planken kündigt die Rückkehr des Ägypters aus den Büschen an, jetzt trägt er Badeshorts.

Nässe leckt an meiner Zehe, die ich wie einen Wasserläufer auf der sanft gewellten Oberfläche schwimmen lasse. Blau-grün schillernde Libellen, geflügelte Striche mit Augen, deren enorme, facettierte Größe mir ein Rätsel ist, schwirren Richtung Seerosen. Die Schulter des Ägypters berührt mich wie ich das Wasser: ein Hauch Haut.

Ich lege den Kopf in den Nacken und staune: Glänzend grüne Buchenblätter beflecken die äußeren Himmelsränder. Der Rest ist tiefste, flirrende Bläue. Ein Blau so blau, dass es die Dunkelheit, jene an die Rückseite des Firmaments geschmiegte Schwärze, in welcher ungeduldig zwinkernde Sterne die leuchtende Kuppel mit Wimpern aus Licht berühren, erahnen lässt. Das Schwarz ist näher als gedacht. Man kann es fühlen. Da oben liegt es. Dicht und schwer. Auf dem Zeltdach unseres, von heiligen Händen aus den Blütenblättern gigantischer Enziane genähten, grellen blauen Wunders.

Um meinen Augen eine kleine Pause zu gönnen, lotse ich sie zum Ägypter hin.

Sein Rücken ist butterkeksfarben. Zerzauste, von der Sonne gebleichte Strähnen fallen ihm über die Stirn, landen auf dem Nasenbein. Ich vergleiche unsere Oberkörper, die sich seit Kurzem, wie ich finde, weniger ähneln: Während seine Brustwarzen noch immer flach zu beiden Seiten des Brustbeins kleben, sitzen meine neuerdings auf zwei eidottergroßen Schwellungen. Zugegebenermaßen handelt es sich um zwei sehr kleine Eidotter, eher Wachtel- als Hühnerei, und bei genauerem Hinsehen sind es mehr die Brustwarzen an sich, die sich ein bisschen verändert haben …Ach, verdammt … Sie werden nie wachsen. NIE.

Gut, dass der Ägypter jetzt in seinem Beutel kruschtelt. Ich bin bereit für Ablenkendes. Für Überraschendes sowieso.

Die Plastiktüte, in der seine Hand herumknistert, ist blickdicht. Gespannt beobachte ich das Auftauchen seiner Rechten, der eine weißliche, kreisrunde Oblate zwischen Daumen und Zeigefinger klebt.

Dass es sich hierbei um keine gewöhnliche Backoblate handelt, erkenne ich auf den ersten Blick. Was da wie ein bleicher Mond über dem Rand der Plastiktüte aufgeht, ist vielmehr eine jener, von fleißigen Nonnen gebackenen, hochheiligen Hostien, deren Rückseite das Kreuzsymbol ziert. Aufgeregt grabsche ich nach der Tüte und staune nicht schlecht: Zwischen den Plastikwänden tummeln sich gut und gerne 30 Leiber Christi. Die Frage, ob das nun geweihte oder ungeweihte Leiber sind, erscheint mir zunächst unwichtig. Fest steht, dass sie allesamt aus jener geheimnisvollen, stets sorgfältig verschlossenen Schublade der Sakristei stammen, und ihr Raub eine großartige, mich zutiefst beeindruckende Meisterleistung darstellt.

Ich lasse mir von der Heldentat berichten:

Gestern Abend, nach der Laudes. Der Ägypter als Letzter in der Sakristei, absichtlich trödelnd. Draußen im Kirchhof der Dekan. Beschäftigt. Konzentriert auf die Sorgen seiner Schafe. Als die Mesnerin die Kerzen auslöschen geht, macht der Ägypter reiche Beute. Dann flüchtet er. So schnell war er noch nie zu Hause.

Mit respektvollem Schweigen lausche ich seiner Geschichte. Anschließend wird es Zeit für den Genuss der heiligen Gaben …

»Wetten, dass ich dir die Hostie ganz ohne Hände verabreichen kann?«, behaupte ich, während ich die Oblaten wie Casino Chips auftürme und mein bestes, undurchdringlichstes Pokerface aufsetze.

Obwohl mir der Ägypter ein solches Kunststück durchaus zutraut, wettet er dagegen.

Auf allen Vieren nähere ich mich seinen, schneiderartig verknoteten Beinen und setze mich auf die Fersen. Mädchenknie und Ägypterfußsohlen berühren sich. Es ist nicht mehr viel Luft zwischen uns. »Mach den Mund auf«, sage ich, und er tut's.

Vorsichtig verklebe ich die Oblate mit dem Rosa meiner Zungenspitze, beuge mich vor und schleuse das Teigblättchen zwischen seine Lippen, wo seine Zunge das Brot, das ihn in Ewigkeit wird leben lassen, entgegennimmt. Vor mir krokodilgrünes Funkeln.

Erst als ich mich zurück auf die Fersen setze, kehrt meine Sehschärfe zurück, und ich erkenne das kleine Grinsen in seinem Gesicht. Er nimmt einen Hostienchip vom Turm, drückt ihn in meine rechte Handfläche und sagt: »Noch mal.«

Später teilen wir uns den Inhalt meiner Trinkflasche. Die Apfelschorle, vor zwei oder drei Tagen im Beutel vergessen, riecht ein bisschen wie Messwein …

Mit einem Mal habe ich genug von all den Heilsereignissen, stehe auf und stürze mich ins Wasser. Finger, Arme und Kopf gehen vor, der Rest folgt nach. Schon umgibt mich gelblich-bräunliche Kühle. Mit meiner sonnengetränkten Haut erwärme ich jeden Tropfen, der sich an mich klettet; ich, der Tauchsieder mit Froschbeinschlag. Über Schultern und Rücken schweben, leicht wie Quallen, lange Fangarme aus Haar. Der Grund ist längst außer Reichweite.

Leise plätschernd lege ich mich auf den Rücken und lasse mich liegend in die Mitte des wässrigen Auges treiben, das nicht blinzeln kann. Über mir schwimmt ein winziges Wölkchen; Ausstoß eines Drachens, der nicht zum Feuerspeien taugt.

Am Kopf angebrachte, abgetauchte Ohrmuscheln lauschen dem stummen Gesang von Karpfen und Hecht, Zander und Aal, Rotauge und Schleie; allesamt schuppige Zeugen unserer Sakramente auf dem Steg. Eucharistische Fische also, denke ich, und hoffe dennoch, dass sie die Flossen von mir lassen.

Der Wind schiebt mich an. Langsam ströme ich aufs Flachwasser zu, wo balzende Frösche auf herzförmigen Seerosenblättern sitzen und sich gewaltig aufblasen. Raffiniertes Rosenpack. Blütenweiße, vorgetäuschte Unschuld zwischen Lärm und Laich, heimlich verstrickt mit dem Schlamm der Tiefen. Mir macht ihr nichts vor! Ich kenne die Geschichten von Kinderbeinen, die, einmal von Wasserpflanzen gefesselt, für immer im See bleiben mussten. Hastig gemahne ich mich (schnell, schnell, bevor es zu spät sein könnte!) zur Umkehr.

Der Rückweg zum Steg ist weiter als gedacht.

Hörbar schneller Atem geht keuchend aus und ein. Sehnsuchtsvoll halte ich Ausschau nach dem Ufer, werfe Blicke wie Rettungsleinen Richtung Waldrand. Weiterkommen wird mühevoll. Angestrengt pflügen meine Arme durch laue, mit Pollen und Blättern gewürzte Seesuppe. Weiter, weiter. Ich zähle: Noch vier Züge. Noch drei. Noch zwei … Die Erleichterung, wieder stehen zu können, ist groß. Erschöpfung und Glück verdrängen meinen ängstlichen Ekel vor dem unsichtbaren, mal kiesig-spitzigen, mal glitschigweichen Grund mit Leichtigkeit. Froh, meine Glieder wieder wie gewohnt nutzen zu können, klettere ich zurück aufs Hölzerne, wo der Ägypter bereits still vor sich hintrocknet. Binnen Kurzem liegen wir nebeneinander: zwei aus den Fluten gerettete Königskinder, denen der Steg die Bäuche wärmt.

Mein Badeanzug stempelt einen großen, LottaLuisaLuzia-förmigen Fleck auf das helle Holz. Glitzernde Wasserreste kleben auf meinen Armen wie Tautropfen. In ihren rundgeschliffenen, feuchten Oberflächen spiegelt sich nahes Schilf. Hohe Gräser, Zigarren aus Rohrkolben zwischen den schlanken Stängeln, schunkeln im Wind. Durchs Röhricht kursieren knisternd geflüsterte Botschaften.

Aus dem einzelnen, freischwebenden Hustwölkchen von vorhin werden zwei, dann drei. Am Ende des Nachmittags schließlich deutet alles am Himmel auf eine schwere Bronchitis hin. Armer Drache.

Minutenlang schwankt das Wetter. Dann schlägt es um. Plötzlich gedimmtes Sonnenlicht. Rauschende Bäume. Der See erzittert und sträubt seine Fläche. Blau war einmal.

Der Himmel jetzt vollständig eingehüllt in grau-blau gebatikte Wolkentücher. Seine Ränder violett. Aus gelblich-schwärzlicher Ferne rollt dumpfes Grollen heran. Darauf der erste Tropfen.

Hastig stopfen wir unsere Beutel.

Dem ersten Tropfen folgen weitere. Bald sind sie überall. Aus Schlaglöchern werden kleine Teiche. In Straßengräben, Kanälen ohne Gondeln, fließt es Richtung Feld. Ein Gewirr gleißender Adern erhellt Wolkenbäuche, die aufplatzen wie Wasserbomben. Donnerfäuste erschlagen jedes Geräusch. Ich spüre mich laufen. Der Kies schweigt. Sandalensohlen kleben an meinen Füßen: vollgesogene Lederschwämme.

Der Regen füllt die Schneisen zwischen den Bäumen mit Wassersäulen auf. Das Springen Tausender Spritzer. Verheulte, dampfende Fernsicht auf grün-braune Schemen. Die ersten Häuser sind noch weit.

Von rechts greift jemand mein Handgelenk. Ich lasse mich vom Weg und unter die nächstbeste Baumkrone ziehen.

Zwei Rücken pressen sich gegen glatte, bleigraue Rinde. Jungen- wie Mädchentorso durchsichtig-baumwollen verkleistert.

Wir warten. Irgendwann tastet ein kleiner, gekrümmter Zeiger nach mir.

Zwei fünfte Finger verhaken sich. Verharren fest verknotet, bis der Regen nachlässt.

Als wir uns dem Dorf nähern, muss der Ägypter pinkeln. Obwohl ich versprochen habe, es nicht zu tun, drehe ich mich um und schaue zu. Dabei stelle ich fest, dass die Wiese zeitgleich von mehreren Bögen überspannt wird, von denen der kleinere gelblich plätschert, wohingegen der größere, majestätisch schweigend, allein die Farben sprechen lässt. Amüsiert lasse ich meinen Blick zwischen den beiden Bögen hin- und herpendeln … Meine These, dass die Körperflüssigkeiten Gottes regenbogenfarbig sind, hat bis heute keiner widerlegt.

34.

Blassblaue Tagebuchaufzeichnungen auf 80g/m² Recyclingpapier in Schreibheft (16 Blatt, DIN A5, Lineatur 1).

»Oft träume ich, ich würde mich töten weil ich die Welt nicht mehr aushalte! Und außerdem drengt mich (jetzt) in der Brust irgendetwas was mir sagt : ›gehe weg von hier wandere einsam ohne Freunde genauso wie Ryu.‹ Er ist ein ewiger Wanderer auf der Suche nach neuen Herausforderungen. Er kennt keine Freunde hatt kein Heim und hatt seine Familie verloren fast das gleiche Schicksal wie ich. Bloß ob ich das Talent habe, mich draußen zu ernähren? Schließlich bin ich nur in gewissen Dingen ein Naturtalent und schließlich bin ich nicht bei den Amys ausgebildet worden oder? Deshalb denke ich das ich trotz meiner Angst zuhause bleiben werde. Werde ich eben meinen Geburtstag alleine feiern.«

35.

Holz, Filz, Leder, Metall – kein Werkstoff, der nicht unter der feuchten Meeresluft gelitten hätte …

Das Klavier steht in einem Raum mit Glasfront. Mein Blick gleitet ins Freie, fliegt über flache, zersprungene Außenfliesen bis zur steinernen Brüstung, welche die Veranda vom Strand trennt. Sonnenflecken fallen durch die Fenster aufs Instrument, das so trocken ist, wie man sich die Reisigzweige fürs Kaminfeuer wünscht.

Das ist nicht immer so.

Auch hier dreht sich die Erde. Rundherum in einem fort, bis schließlich der Sommer einer anderen Jahreszeit weicht. Es folgen feuchte Brisen und heftige, meerwasserdurchmischte Schauer. Sprühregentröpfchen gehen durch Wände wie Gespenster; spuken Spritzer spuckend herum; befeuchten die Raumluft. Monatelang quellen Holz und Filz vor sich hin. Der Klavierkörper erduldet die klimatischen Launen der Küste ergeben. Lässt sich verschleißen.

Inzwischen spielt es sich zäh. Sehr zäh.

Linker Hand klemmen die Tasten, die Rechte erschrecken zwei lockere Cs. Meine Befürchtungen, was die inneren Verletzungen des Instruments angeht, sind schlimm. Ob Saiten, Stege, Stimmstock oder Resonanzboden – letztlich ist davon auszugehen, dass der Zerfall spätestens heute selbst das robusteste Bauteil erreicht hat und ehrgeizig dessen vollständige Zerstörung vorantreibt.

Mein Spiel auf dem hinfälligen Instrument gleicht zärtlicher Pflege … Das Klavier als Greis mit Wackelzähnen, als Urahn, den ich vorsichtig, voller Respekt, anstupse und zehnfingrig auffordere, mir seine letzten Stücke zu schenken. Ich sitze, bin aufmerksam; spiele, streichle. Halte mein Gesicht gegen Meeres- und Himmelblau der Fensterfront und unterlasse die Geschmacklosigkeit, seine Gebrechlichkeit zu begaffen.

Da ist noch mehr. Ich durchwühle einen Haufen erinnerter Schnipsel, sehe das Haus am Strand, das sterbende Piano und Salz, überall Salz. Spanien scheint verliebt. Wochenlang überwürzt es mir Haut und Haare. Duschend verdünnt wird nicht! Stattdessen helfe ich nach, indem ich die Finger in Säcken voll Salzmandeln gründeln lasse.

Und außerdem?

Eidechsen, die faul in der Sonne kleben. In Ufernähe beobachte ich eine Gruppe Seesterne, deren Körper aus den abgefallenen Schwänzen ihrer Echsenbrüder zusammengesetzt zu sein scheinen. Auch unter Wasser pflegen sie die Gewohnheiten ihres einstmals so trockenen Lebens und lungern, tagein, tagaus, auf denselben Steinen herum.

Wir Strandhausbewohner verhalten uns ähnlich.

Von Bade- und Wellengang ermüdet, folgen wir der verlässlich gleichbleibenden Route wandernder Schattenplätze, in denen wir uns, träge, faul, ganze Nachmittage lang ausstrecken. Besonders frappierend werden menschliche und tierische Gemeinsamkeiten, wenn wir in dem kleinen, rostigen Mietwagen die gewagt kurvige Küstenstraße entlang Richtung Markt tuckern und unsere schweißigen Häute binnen Minuten nicht weniger fest am kochend heißen Kunstleder kleben als jene Seesterne auf ihren angestammten Felsplätzen. Auf dem Rücken der grauen Straßenschlange, flankiert von Mittelmeerstreifen und orangefarbenen Zitruspunkten rollen wir einer Ansammlung weiß getünchter Häuser entgegen.

In von Ständen verstopften Gassen wird die Vorsilbe »Wasser-«

zum schlagenden Verkaufsargument. Ob Wasserkanister, Wassermelone, Wassereis oder -ball – wir kaufen!

Dann Goldkettchen neben Käselaiben. Schinkenschwarten, hundertfach gespiegelt in bunten, billigen Sonnenbrillen. Meine Hand streift die kunstledernen Kanten gefälschter Taschen. Drei Schritte weiter erstarren Fischleichen auf eisigen Totenbetten. Gegen Mittag schmelzen die Früchte, werden pflaumenweich. Ganze Stände voll Datschi.

Auch schön: Nacken und Nase meines Vaters im glühenden Rot spanischer Tomaten. Ich dagegen schmutzig braun, Schmuddelkind von Kopf bis Fuß; Kind meiner Mutter, die kein Sonnenstrahl, und sei er noch so südländisch, erröten lässt.

Das Fleckchen Erde, auf dem wir den Sommer verbringen, scheint die Trophäe, nach der die Sonne jagt. In aller Herrgottsfrühe schon pirscht sie sich ran. Wirft all ihre Lichtangeln aus. Verhakt und verkrallt sich bis spät in die Nacht, deren Schwärze sie mittels ausgedehnter Dämmerungen sabotiert.

Aber irgendwann, man rechnet längst nicht mehr damit, kommen sie dann doch, die halbdunklen Stunden, während derer ich mich, decken- und hüllenlos bis auf die Unterhose, auf bläulichschimmernden Laken in den Schlaf wälze. Der Sandmann hat's leicht, bedient sich am Fußende meines Bettes, wo noch immer quarzige Körnlein von meinen Zehen auf die Matratze rieseln. Die winzigen, mehrfarbigen Steinpartikel folgen ihren salzigen Brüdern in alle Ritzen und Winkel, sammeln sich in Taschen, Schuhen und unter Fingernägeln … Dass sie sich am Strand tatsächlich auf eine gemeinsame, je nach Tageszeit und Feuchtigkeitsgrad zwischen Braun, Beige, Gelb, Ocker und Weiß changierende Farbe einigen, verwundert.

Mit jedem weiteren Atemzug nähere ich mich dem verborgenen Ort, wo mich tiefer, traumloser Schlaf ummantelt.

Es wird still.

Nur manchmal, wenn der Wind sich dreht, schlüpfen Fetzen sangriagetränkter Schlager durch die gegen Schnaken vergitterten Fenster, um uns, die wir ahnungslos schlafen, unbemerkt eine Reihe altbekannter Gassenhauer einzuimpfen.

Wenige Stunden später treffen am Frühstückstisch drei Ohrwurmbefallene zusammen, pressen und köpfen, toasten und schmieren sich die Morgenmahlzeit und bemerken plötzlich, dass sie alle dasselbe summen: »… die Sonne scheint bei Tag und Nacht, / E VIIIIIIIIIIVA ESPAÑA!!!«

Man schüttelt lachend die Köpfe und verbietet sich gegenseitig den Mund.

36.

Glas, Plastik, Kupfer und diverse andere Metalle. Kein Werkstoff, von dem sie wüsste, wie er sich zusammensetzt.

Die Konsole steht noch immer in dem kleinen Zimmer mit Blick nach Norden. Angegraute Gardinen filtern das Tageslicht. Die kümmerlichen Überreste, die es durch die Maschen schaffen, bemühen sich redlich, die Umrisse des Mobiliars kenntlich zu machen.

Der Controller ist nicht mehr frei von Gebrauchsspuren. Fettflecken, Kratzer und wackelige Schultertasten zeugen von täglicher, intensiver Nutzung. Unverändert dagegen das Geschehen auf dem Bildschirm: Die Spielwelt, frei von jedweder Halbwertszeit, kennt keinen Zerfall; veraltet, ohne zu altern, während ihr Mutterkonzern unablässig Nachfolger und Neuheiten auf den Markt wirft.

Sie sitzt und spielt. Das Verb »spielen« beschreibt ihr Tun längst nicht mehr angemessen. Ihre Handlungen haben nichts Spielerisches. Weder Lust, noch Leichtsinn begleiten die Bewegungen ihrer Finger. Klicken, tippen und drücken erfolgen vollautomatisch. Abläufe verbleiben im Gewohnten, wie Flüsse in ihren Betten.

Alles schon mal da gewesen.

Die Gewissheit, das Ungesehene eliminiert zu haben, beruhigt sie. Mit spontanen Entwicklungen der erschreckenden Art ist, zumindest innerhalb der nächsten Stunden, nicht zu rechnen. Pflichtschuldige Finger und bildschirmfixierte Augen verhüten zuverlässig das Unerwartete. Die Blase bleibt intakt.

Ebenso das verlassene Haus gegenüber, dessen Garagenmaul sechs lange Wochen kein Auto ausspeit oder schluckt.

Haus. Konsole. Schweiß. Tagschweiß, Nachtschweiß, Angstschweiß. Kein Morgen, an dem ihre Haut nicht von dem schmierigen, stinkenden Film überzogen wäre.

Am Schichtplan der Eltern rütteln kein Sommer und keine Ferienzeit. Papier wie Greise wollen produziert und versorgt sein.

So manche Alte entflieht der Hitze. Auch im dementen Zustand erinnern sie sich der sprichwörtlichen Grabeskühle. Eine Erinnerung, die augenscheinlich früher oder später Todessehnsucht und sich dramatisch verschlechterte Zustände verursacht … Auch dieses Jahr sterben sie wie die Fliegen. Verkleben die Betten mit ihren Flüssigkeiten absondernden Leichen. Auf dem in einer Klarsichthülle steckenden Zettel eingangs der Küche schrumpft die Anzahl der zuzubereitenden Schonkostmahlzeiten. Der Geschirrwagen schiebt sich leichter.

Die Mutter macht Überstunden.

Im Kühlschrank findet sich nichts als gelbes, kaltes Licht.

Mutters Mädchen weiß sich zu helfen, läuft zum Dorfladen, wo man sie kennt und anschreiben lässt.

Das Loch im Bauch drückt gegen die Rippen. Zähne werden spitz. Knurrend schreitet sie die Regale ab. »Gut und Günstig« muss es sein, sonst schimpft die Mutter. Der Korb füllt sich: Ketchup, Lyoner, Nuss-Nougat-Creme, Tiefkühlpommes. Des Weiteren zwei 1,5 l Flaschen Cola.

Die Packung Schaumzucker-Erdbeeren, die nicht gut und günstig sondern »Haribo« ist, verfehlt den Korb. Erst als der Supermarkt außer Sichtweite ist, zieht sie die Tüte aus ihrem baumwollenen Versteck. Die Beeren, welche die letzten 20 Minuten zwischen Hosenbund und Nabel verbracht haben, sind weich und klebrig und bauchwarm. Sie verschwinden schnell, eine nach der anderen, Rosa zu Rot, Rosa zu Rot, Rosa zu Rot, in ihrem Mund. Die Süße macht sie lächeln. Als sie das beigefarbene Haus erreicht, stippt der Abend den grellorangefarbenen Sonnenkeks in den

Waldmeisterstreifen am Ende der Spielstraße. Sie schleckt die Zuckerreste ihres späten Frühstücks aus der Tüte und wirft sie in die Nachbartonne.

Noch ist der Tag nicht überstanden. Folgendes steht noch aus:

Der sturzbetrunkene Vater weckt die müde Frühschichtmutter. Gebrüll und Gekreische. Dann dumpfes Poltern, dem nicht das Weinen der Mutter, sondern Stille folgt. Die Schaumzuckerdiebin presst das Ohr gegen die Tür und hofft. Hofft und wartet und wagt keinen Schritt, bis nicht das Plappern der Fernsehstimmen verkündet, dass der Weg frei ist. »… leben länger, mit Calgon!« ist heute ihr Signal. Leise huscht sie ins elterliche Schlafzimmer.

Das mütterliche Nachthemd zieren leuchtendrote Spritzer, von denen die kleinsten bereits auftrocknen. Mit geübten, wenn auch leicht zittrigen Handgriffen, versorgt die erschöpfte Mutter eine Wunde über der rechten Braue, die eigentlich genäht werden sollte.

Als sie ihr weinendes Kind im Türrahmen sieht, legt sie den Finger auf die Lippen.

Das Kind versteht. Es presst die Hände auf den Mund, verbietet sich das Schluchzen.

37.

Sechs Wochen gesammelter Sommer. Zwischen Buchstaben gepresste Eindrücke, umklammert von Sätzen. Ein Herbarium voller, zur Ferienzeit aufgeblühter, Augenblicke.

LottaLuisaLuzias Sommersammlung:

Glatte Sandalensohlen auf kahlen Stellen. Knöchel, vom Gestrüpp zerkratzt, streifen durch die immergrüne Pflanzengesellschaft der Macchia. Kräuter verhüllen Hänge mit würzig-duftenden Wolken, Atemzüge füllen Lungenbläschen mit ätherischen Ölen. Wohltuende Schatten vereinzelter Pinien. Wehrhaftes Grün mit Nadeln, Dornen, Stacheln. Sonne, Pflanzen, alles sticht.

Unberechenbare Tierwelt auch hier: Schwalbenschwänze und Schlangen zwingen mich zum Stillstand. Taumelndes, Schlängelndes, Flatterndes und Kriechendes im Zickzack, mal hierhin, mal dorthin – ihr Wohin ein ewiges Rätsel. Erst die Sicherheit, dass mich kein Flügel und keine Schuppe berühren wird, löst meine Erstarrung.

Es wimmelt von lachenden, kreischenden, kackenden Möwen. Nur die Mütter schweigen, kauern sich still in ihre Nester und glänzen silbrig. Vogeleier in den Klippen, Ferienhäuser an den Hängen. Neubau und Nestbau. Überall vermehrt man sich.

Auf unseren Wanderungen folgen wir kugelrunden Kötelspuren, welche schnurstracks auf kleine, baufällige Häuschen mit einheimischer Küche zuführen. Man serviert uns Kaninchen. Dazu: scharfe Scheiben Chorizo und Brotscheiben in weißer, ölig-salziger Knoblauchtunke. Ich vergesse, was mild ist.

Immer wieder Ausblicke, von Handkanten verschattet, die über

Zinnen, Türme, Tore und Bögen streifen. »Die Mauren erbauten dies, errichteten das; herrschten und gründeten; eroberten, beanspruchten und regierten, bis schließlich der katholische Heerführer …« Meine Eltern bestehen darauf, die Reiseführertexte laut vorzulesen. Ich langweile mich.

Am Hafen beugen sich gegerbte Männer über ihre Netze. Sie flicken. Andernorts nehmen ihre Frauen greuliche, grauglänzende Tintenfische aus.

Sepiabraune Hände hängen lange Fangarme, deren Saugnäpfe wie rosa Zitzen aussehen, auf drahtige Wäscheleinen: eine Krake, ein Kleid; genoppte Arme, gerippte Hemden. Alles trocknet vor sich hin.

Ich merke mir spanische Vokabeln wie dulce, chica und turron.

Mein Vater kurbelt zum tausendsten Mal die Scheibe runter, tippt auf Karte oder Reiseführer und fragt »Donde esta …?«, bevor wir weiterrollen über Autobahnen, auf deren Mittelstreifen Oleanderbüsche wachsen. Ich sehne mich nach dem Wasser unserer wunderbaren Bucht, diesem halbmondförmigen Becken voll kühler, lindernder, blau-grün-türkis glänzender Salztinktur.

Wie viele Wochen wir geblieben sind, weiß ich nicht mehr. Ich habe sie nicht gezählt. Im Strudel von Schwimmen, Schlafen, Essen und Orangen-Pressen verdünnen und verflüchtigen sich die Gedanken an zu Hause. Der Name des Ortes, von welchem wir aufgebrochen, und an den wir zurückkehren werden, verbleicht unter Spaniens gelbem, von Ost nach West kullernden Feuerball.

Irgendwann schreibe ich zwei Postkarten. Eine an den Ägypter, eine an JasminCelineJustine. Dann vergesse ich sie wieder.

38.

JasminCelineJustines Sommersammlung:

Zwischen den schilfgedeckten Hütten der Eingeborenen wächst ein gewaltiger Urwaldriese, um dessen Stamm sich Lianen und Pythonschwänze ringeln. Weiße Wolkentürme harren der Stunde, da sie sich in den Amazonas ergießen dürfen. Zwei Europäer mit Tropenhüten haben sich unter die Zuschauer gemischt.

Der Gegner ist grünhäutig; ein Wesen, halb Mensch, halb Tier, aus den Tiefen des brasilianischen Regenwaldes. Man nennt ihn Blanka. Ryu siegt.

Für jeden Sieg blinkt ein neues Kreuz auf der Karte. Kein Kontinent, der nicht markiert wäre. Eine Reise um die Welt, ohne Wege, ohne Transportmittel. Ein Wimpernschlag, ein Fingerdruck, schon ist Brasilien Geschichte.

Ryu findet sich auf dem orangefarbenen, von Elefanten gesäumten Teppich mit Goldbrokat wieder. Sein Schatten befleckt grasgrün den Tempelboden. Wieder kämpft er. Das aufgeregte Trompeten der Elefantenparade beendet die Runden.

Fingerdruck.

Ein eisiger Windhauch streift den Kampfplatz. Ryu erträgt die Kälte mit stoischem Gleichmut. Stirnband und Gürtel flattern, sein Stand bleibt felsenfest. Hinter seinen verschränkten Armen schlägt ein Herz, das keiner hört.

Fingerdruck.

Die Sonne ist ein launischer Stern; wechselt die Farbe wie Stimmungsringe; erhellt zwar die Landschaft, zeigt sich jedoch nie. Einziger verlässlicher Hinweis auf ihre Existenz bleiben die Schatten zu Füßen der Kämpfenden, pfützenförmige Begleiter in Rotzegrün oder Burgunderrot, Ultramarin oder Mausgrau. Nur in Vegas klaffen die Schatten schwarz unter den Gegnern, zwei Löcher zwischen Tausend blinkenden Lichtern und winkenden, weiblichen Fans; Lichtschlucker unter kurvigen Neonröhren, die sich in geölten Ärschen und hochglanzpolierten Straßenkreuzern spiegeln. Zuhälter in kirschroten Anzügen preisen ihre Mädels an. Wie Geier umkreisen sie den Ring, dressierte Fleischfresserinnen in Stringbikinis und knöchelhohen Stiefeln. Ryu sieht sie nicht. Er sucht nach würdigen Gegnern.

Pause.

Zwischendurch ein Teller Nudeln mit Ketchup. Auf dem Küchenkalender wird ein weiterer Tag ausgestrichen, der wahrscheinlich sonnig war. Der Rollladen bleibt unten.

Sie sehnt sich nach der Blutsschwester und entdeckt die Nagelschere. Der Mut, den Schnitt zu wagen, macht sie schmerzfrei. Wunderbar schmerzfrei. Der Küchenkalender wird überflüssig. Sie kerbt die Tage in den Unterarm.

Auf ihren Oberschenkeln wächst eine Reihe paralleler Mahnmale. Ein Strichcode, dessen verkrustete Streifen den Namen des Vaters verschlüsseln. Sichtbar verwundet zu sein, tut gut. Sie legt sich die Schere unters Kopfkissen.

Wie viele Wochen es waren, weiß sie genau. Sie hat sie alle gezählt. 6×7×24 Stunden lang warten. Warten, dass sie heimkehrt, während sich all das wiederholt, was sie nie wiedersehen wollte.

Irgendwann kommt eine Postkarte:

»Liebe JasminCelineJustine!

Wie geht es dir? Mir geht es ausgezeichnet! Wir sind hier in einem Haus MIT Klavier. Du solltest es sehen. Es bricht fast auseinander, wenn man darauf spielt! Ansonsten baden und besichtigen wir unheimlich viel. Die Leute hier spinnen ein bißchen. In den

Gärten hängen TOTE TINTENFISCHE auf den Wäscheleinen!! Das Essen schmeckt aber trotzdem gut.

Bis bald, Deine LottaLuisaLuzia.«

Sie liest die Karte ein Dutzend Mal, fährt mit der Fingerkuppe über die Buchstaben, drückt das Papier an Lippen und Brust.

Wie bald ist bald?

39.

Der Wind fächert das Cape auf. Umhangfalten fallen von seinen Schultern und hüllen ihn ein. Er steht und wartet, Rumpf und Arme verborgen hinter grauem Stoff. Er verrät sich durch nichts. Seine Erregung bleibt unberechenbar. Sie weiß: Irgendwann wird es fallen, sein Cape. Dann heißt es kämpfen. Kämpfen um Rückzug und Blindheit und stumpfe Glieder, um Taubheit und Vergessen. Ein Teil von ihr darf gehen, ein Teil muss bleiben. Doch traut sich der Teil ihres Selbst, der sich abspalten, der entschlüpfen darf, niemals aus dem Zimmer. Stattdessen leistet er der Hülle, die da auf dem Bett bleiben muss, Beistand. Die Seele entfernt sich nur ungern von ihrer Wohnstätte. Ihr Exil grenzt an das hölzerne Bettgestell. Von dort aus sieht sie jedes Haar und jede Druckstelle, jeden Schweißtropfen und jedes Muskelzucken. Ihre Sehschärfe ist jedoch keine Schere. Sie erleichtert nichts.

Manchmal das Gefühl, dass er, wenn er so zusticht, direkt bis zum Herzen vordringt. Sein Giftpilz mit der schleimigen, rosa Kappe bringt es zum Platzen. Und dieses Herz, ihr Herz, läuft aus. Vermischt sich mit den Schatten. Verschwindet unterm Bett.

Wo ist Ryu?

Sie denkt an seinen Sieg inmitten der Tempelanlage. Erinnert sich an die überlebensgroße, vergoldete Buddha-Statue, die dabei zu Bruch ging. Dort, umgeben von den Wohnzellen der Mönche, hat er des Masters Knochen zerschmettert. Die Kuttenträger verharrten ungerührt im Lotussitz, die Hände zum Gebet gefaltet. Die heiligen Männer nahmen den Tod des Masters als natürlich und unvermeidbar hin, stellten seine Notwendigkeit ebenso wenig in Frage, wie das Erscheinen und Verschwinden der Wolken am

Himmel. Die Gerechtigkeit ist ein Fluss, der unaufhaltsam weiterströmt; der weder stockt noch stoppt und nirgends Rast macht, ehe er nicht das Meer erreicht hat, bemerkte der Abt, bevor er sich zum Gehen wandte.

Das geschweifte Tempeldach … Sie wünscht sich einen der hellroten Ziegel. Sieht sich den Ziegel in sein Gesicht schmettern. Stellt sich vor, wie das gesegnete Stück Dach ihm die Nase bricht.

Jetzt dreht es sich. Sie drehen sich wieder! Die Decke wird schwarz. Kein Fixstern, nirgendwo, nur Kreisen und Fallen und eiskalte Hände, kurz vor dem Kollaps. Manische Schweißdrüsen, aus denen ihr verflüssigter Abscheu in die Nacht sprudelt. Widerwille zermahlt und zerknirscht ihr den Zahnschmelz. Der Kopfschmerz wird zum Zaumzeug, das Backenzähne, Kiefer, Schläfen und Stirn verbindet. Ekel füllt den Zimmerwürfel wie Gelatine, in der das Bett zittert und wackelt und bebt. Ende und Regen kommen gleichzeitig. Sie hört die Tropfen am Rollladen klopfen.

Liegen bleiben. Immer nur liegen bleiben, auf feuchten Laken, vollgesogen mit FALSCH, angstverklebt, hassverkrustet. Glibbern zwischen ihren Beinen. Wunde, dunkle Gänge, angefüllt mit Tausend Sporen. Sporen, die ihr Inneres befallen, die vielleicht Schichten bilden, grau-grüne, flaumige Schichten, wer weiß.

Was liegt da, unterhalb ihres Halses? Nicht sie, nein. Ein vollgepumpter Hautsack, Herberge für Wucherungen und stinkenden Schlez, sonst nichts. Nichts.

Bleiben, verschimmeln, verrecken in diesem Bett? Nur das nicht!

Sie rollt sich über die Bettkante, steht in der Dunkelheit, nackt, atmend. Die Beine tragen noch. Raus, raus, egal wohin! Flucht um des Fliehens willen. Hose, T-Shirt, wer braucht schon Schuhe? Der Master schläft jetzt, die Mutter auch. Es kann sie niemand halten.

Nackte Füße auf glatten Fluren. Die Haustür ist schwer. Draußen kein Mond und keine Sterne. Der Dienst der Laternen endet um Mitternacht. Das Dorf duckt sich. Bläulich-schwarze Wolkenbrocken nähern sich den Dächern. Himmel und Erde kommen sich nah. Was aufragt, droht zermalmt zu werden.

Dumme, taube Nachbarn! Schlafen nichtsahnend weiter; hören die Warnung der Bäume nicht, in deren Wipfeln es klagend singt. Nur sie, sie hört. Hört, sieht und fühlt. Läuft durch die Nacht und fängt die Tropfen mit ihren Locken. Rennt mit Beinen, die im Nichts verschwinden. Das Aufflammen einer Wolke zeigt an, wo die Straße sich biegt. Schon naht das Ortsende. Aus Drippeln und Plätschern wird Peitschen und Prasseln. Heftige Böen treiben Tropfen wie Nägel in ihre Kopfhaut. Der Feldweg ist die Summe Tausender kieselkleiner Disteln. Aus Laufen wird Taumeln wird Humpeln. Grollende Wolken werfen Lichtbögen aus. Blitze ankern im Boden. Wasser und Spannung, alles entlädt sich. Haltloses Stürzen. Donnergebrüll.

Sie hinkt am Wegesrand, gescheiterter Fakir mit zerstochenen Sohlen. Regenlawinen reißen an ihren Gliedern. Plötzlich erkalten die Tropfenkerne. Die Welt wird neu gekiest.

Im Licht des nächsten Blitzes sieht sie, was sie sucht. Durch kniehohes Gras watet sie dem Krüppelbaum entgegen und schlingt die Arme um seinen Stamm. Das Echo der himmlischen Knallerei übertönt ihr Schluchzen. Sie verkrallt sich in verkohlte Rinde. Eine Mädchenschläfe klopft auf Holz. Dann hält sie still. Mit kurzem Nacken, den Blick aufwärts gerichtet, steht sie und wartet. Wartet auf das Blitzbündel, das ihr den Schmerz nehmen wird.

Sie schreit. »Siehst du mich nicht? Ich bin hier! Hier! WARUM SIEHST DU MICH NICHT?«

Einfach entzündet werden, eine Flamme sein. Klare, heiße, helle Flamme. Für immer gereinigt von jeder Spur. Einen letzten Schrei ausstoßen. Ein letztes Mal die Wahrheit, auf welche der Frieden als leises, sanftes Erlöschen folgt. Gott gönnt es ihr nicht.

Sie spürt sich noch immer. Diesen Körper mit seinem Gewebe, seinen Hüften, seinen Schenkeln, jenes vergiftete Ding, an dem die Kleidung klebt und nachzeichnet, was Master Bison berührt und gesehen und besessen hat.

Gott kümmert sich einen Scheiß um sie. Spielt weiter mit den Elementen, würdigt sie keines Blickes.

Sie rammt die Stirn gegen den Stamm. Ihr Schädel ist hart. Er bricht nicht so leicht wie damals. Rindenstücke lösen sich. »Krüppel! Krüppel! Krüppel!« Die Welt, der Baum, sie selbst. Nichts, nichts, nichts ist mehr heil. Langsam ermüdet der Sturm. Innerhalb von Minuten verharmlost der Regen, umschmeichelt das Feld mit sanftem Tröpfeln. Die Chance zu verbrennen ist verstrichen. Der Südwind wird ihre Asche nicht nach Spanien tragen. Ihr Kopf hackt weiter Holz.

Dann versiegt auch das Tröpfeln. Ein fetter Mond drängelt sich durch die Wolkenreste. Er schmückt das Feld mit dem Glanz rundgeschliffener Diamanten, deren Pracht an Mädchenknien zerplatzt.

Sie schleicht durch die Straßen. Eine geschlagene, bucklige Zyklopin, deren rußschwarzes Schürfwundenauge beschämt zu Boden blickt.

Der Ersatzschlüssel steckt im Blumentopf.

Sie schält sich aus den Kleidern, findet ein Handtuch. Das Bett ist längst trocken. Bibbernd, mit blauen Lippen kriecht sie unter die Decke. Bald schläft sie wie tot.

40.

Die Wegstrecke zur Schule hat sich versiebenfacht. Morgens hetzen wir mit offenen Jacken und Schnürsenkeln zum Rathausplatz, um den Bus zu erwischen. In der feuchtwarmen, schweißigen Busluft packe ich Hefte und Bücher aus: Hausaufgaben …

20 Minuten später kündigt der Fahrer den Charlottenplatz an. Hastig stopfe ich meinen Schreibkram zurück in die Tasche, eine uralte Ledermappe, die einst meinen Vater begleitete. Damals besaß sie noch zwei Schulterriemen. Heute muss ich sie unter den Arm klemmen. Henkel hat sie keinen. Um die Schnallen der schmalen Mappe schließen zu können, komme ich nicht umhin stets zwei bis drei Bücher oder Ordner zu Hause zu »vergessen« – was mich neidisch schlussfolgern lässt, dass man in den 50er- und 60er-Jahren weit weniger Lernstoff mit sich herumschleppen musste.

Ich glaube, nach meinem Klavier ist dieses abgewetzte, an den Nähten aufgeplatzte Stück Leder mein liebster Besitz.

Die Kunst, mir das, was mir gefällt, anzueignen, beherrsche ich wie kaum eine Zweite. Diese Fähigkeit beschränkt sich übrigens nicht allein auf Materielles. Auch Verhaltensweisen lege ich mir wie Kostüme an, wobei die Konsequenzen meiner Kostümierungen nicht immer absehbar sind. Manch ein Kostüm verwächst mit mir, wird zur zweiten Haut, andere hingegen sitzen schlecht, sind zu lang oder kurz oder eng, sodass ich sie sofort ablege, sprenge, verwerfe. Meine Neigung, ein spezielles Verhalten, das Außenstehende schon als Eigenheit meiner Person akzeptiert haben, im Laufe der Monate wieder abzulegen, führe ich dagegen auf mein unermüdliches Wachstum zurück. Jeder neue Zentimeter wirkt sich aus, verändert Bewegungsfluss und Haltung, verleiht meiner Gestik neue Nuancen und macht auch vor Sprache und Kleidung nicht halt. Mein Wachsen verlangt nach einer Weiterentwicklung aller Teile meines Selbst. Es fehlt mir in jenen Tagen also nicht an Beschäftigung …

Für den Moment gibt es jedoch nichts weiter zu tun, als den Großteil meiner Bücher im praktischen Rucksack des Ägypters unterzubringen und an seiner Seite dem grauen Betonklotz entgegenzuhüpfen, der unsere neue Schule ist.

Nicht alle Änderungen und Neuerungen, die das Gymnasium mit sich bringt, erscheinen mir begrüßenswert. Meinem Wunsch, allein in einer Bank zu sitzen, wurde nicht entsprochen, und so sehe ich mich den Großteil der Unterrichtsstunden mit der unangenehmen Nähe einer blassen Blondine konfrontiert, deren großes, gebogenes Riechorgan Sommer wie Winter schleimverstopft ist. Pollen, Gräser, Erkältungen – sie findet immer einen Grund, laut durch den Mund zu atmen.

Zum Glück sitzt der Ägypter in derselben Reihe. Die anderthalb Meter Gang zwischen uns zu überbrücken, bereitet uns keinerlei Schwierigkeiten, sind wir doch aus unseren Ministrantentagen – die im Übrigen gezählt sind – weitaus größere Distanzen gewohnt. Festzustellen, dass wir uns nach sechswöchiger Trennung noch immer problemlos in unserer von heimlichen Gesten begleiteten Blicksprache verständigen können, erleichtert mir die ersten Schultage ungemein. Mit dem krokodilgrünen Zwinkern des Ägypters im Augenwinkel gelingt selbst das komplizierte Unterfangen, mein linkes Ohr gegen das geräuschvolle Atmen meiner Nebensitzerin zu versiegeln.

Eine weitere Folge des Schulwechsels ist die Zunahme der Unterrichtsstunden. Der volle Stundenplan lässt uns nicht selten in der Dämmerung von zu Hause aufbrechen und heimkehren.

Abgesehen von dem rötlich-rosa Sonnenstreifen, der morgens über den Feldern und abends über dem Wäldchen klebt, sehen wir an solchen Tagen vor allem das unangenehm kalte Neonlicht der Klassenräume.

Die kurze Zeitspanne zwischen Vor- und Nachmittagsunterricht nutzen wir, um uns an den Tankstellen und Supermärkten, die rings um das Schulgebäude wie Pilze aus dem Boden schießen, mit genau den Lebensmitteln und Getränken zu versorgen, für die unsere Mütter nichts als Verachtung übrig haben. Ich entdecke meine Liebe zu Chupa Chups und Getränkedosen: Das Ziehen der Dosenlasche hat etwas vom Entsichern einer Handgranate. Ein kleines, kaltes Ding mit 0,33 l sprudelnder Sprengkraft. Auf Zisch folgt Knack folgt Riss. Weiche Lippen über scharfkantigen Blechlöchern. Schluck- und Gluckgeräusche. Der letzte Tropfen und die unvermeidliche Zerstörung der Tonnenform durch Zerquetschen. Meine plötzlich gewaltige Hand, die das Metall verformt und fallen lässt. Das Klappern als blechern scheppernder Anpfiff zum Anstoß. Schon schliddert die Dose über den Asphalt. Und wie ich so trete und kicke und mir, anstelle eines Grashalms, der Stil meines Chupa Chups (»Saurer Apfel«) im Mundwinkel steckt, denke ich stets an Huckleberry Finn. Dann kommt der Mülleimer.

Heute also wieder ein verschulter, verregneter Nachmittag. Die Brote sind vertilgt, die Dosen geleert. Es bleibt noch Zeit. Wir (der Ägypter, ich und ein feister Junge namens Dirk, Dieter oder Daniel) sitzen auf den giftgrünen, kratzigen Sesseln der Schülerbücherei. Das niedrige, zu den Kratzsesseln gehörende Sofatischchen trägt die Last der großen »Das-war-19soundso«-Bildbände mit der Geduld eines gutmütigen Ponys. Ein Band allein reicht uns nicht. Die Bilderflut entfaltet ihren wahren Reiz erst dann, wenn simultan in mehreren Büchern geblättert wird, wenn unterschiedlichste Ereignisse direkt nebeneinander stehen, wenn das Unvereinbare sich nahekommt und mit ein und demselben Blick zu erfassen ist. Mit ungeduldiger Hast, angespannt, als öffneten wir fremde Briefe, schlagen wir die Seiten um; immer auf der Suche nach der nächsten Sensation, der nächsten Ungeheuerlichkeit. Alles, was die gnadenlos unbestechliche Linse der Kamera gesehen und festgehalten hat, enthüllt sich vor uns, den (fast) unschuldigen Voyeuren.

Ab und an schielen wir nach der Aufsicht, die von unserer Vorliebe für großformatige Nahaufnahmen von nackten oder halbnackten Personen besser nichts erfahren soll.

In der Schülerbücherei vergesse ich den Schulterblick nie. Würde die Fahrradprüfung nicht auf dem Verkehrsübungsplatz sondern hier, zwischen den Regalen, stattfinden, bestünde ich sie mit null Fehlerpunkten. Ganz bestimmt.

Ich blättere um und finde mich in der Wüste wieder. Auf einem Humvee-Geländewagen mit aufgepflanztem Maschinengewehr kommt mir ein halbes Dutzend junger Soldaten entgegen. In der Ferne lodern die Fackeln brennender Ölfelder, feurige Säulen inmitten schwarzer Rauchwolken.

Weiter. Ein Araber im Anzug. Haar und Schnurrbart pechschwarz, Krawatte und Einstecktuch in seidig glänzendem Hellgrau. Neben seinen Knien steht ein blonder, vielleicht sechsjähriger Junge in weißem T-Shirt und blauen Turnhosen. Ich überfliege die Bildunterschrift, in der von Propaganda, Geiselnehmern und Saddam die Rede ist.

Nächste Seite. Meine Augen gleiten über einen enganliegenden, leuchtendweißen Sprintanzug, dessen Seitenstreifen schwungvoll die schmale Taille seiner Trägerin nachzeichnen. Blondes Haar und lange, schnelle Gazellenbeine. Katrin Krabbes Körper.

Umblättern. Drei Staatsmänner sitzen um einen Tisch, dessen Platte ein urwaldriesendickes Stück Stammscheibe ist. Auf der Halbglatze des Mittleren prangt ein großer, rötlicher Fleck. Zu seiner Rechten sitzt Helmut Kohl, dessen Gesicht sich hinter einem sperrigen Brillengestell aus Metall versteckt. Er streckt eine Hand aus, die, verglichen mit der Restmasse seines Körpers, geradezu winzig wirkt.

Weiterblättern. Das Cover eines Magazins schreit »Alle wollen Claudia!« und meint die große, vollbusige Blondine mit dem offenen Mund. Im nächsten Bild eskortiert jene Claudia einen älteren, grauhaarigen Mann mit Sonnenbrille und Pferdeschwanz. Sie trägt ein knappes, durchsichtiges Brautkleid. Ich frage mich, ob sie ihren Mund auch schließen kann, oder ob Gottvater, in dem Wissen, dass ein kleiner, lasziver Lippenspalt grundsätzlich reizvoller aussieht, ihr diese Fähigkeit schlichtweg nicht zugeteilt hat.

Was noch? Ein amerikanischer Präsident mit großer, gekerbter Nase, flankiert von Ehefrau und Tochter, einer Zahnspangenträgerin mit Locken. Aus dem Schmelzwassersee eines Gletschers bergen sie begeistert mumifizierte Leichen. Matthäus mit dem Weltpokal. »Pretty Womans« verführerisch glänzende Lackstiefel. Feiernde, die Trabbis mit Sekt bespritzen. Ein Grenzposten nimmt eine Rose entgegen. Tausende tanzen auf der Mauerkrone. Micky und Minnie in leidenschaftlicher Umarmung vor der Kulisse eines hellerleuchteten Eifelturms.

Weniger spektakulär: ein Flüchtlingstross. Halbnackte Jungs mit zerfledderten, vor Dreck starrenden Verbänden und Gipsfüßen.

Dann wieder Soldaten. Andere Anzugträger. Händeschütteln.

Die alljährlichen sportlichen Großereignisse als Titten- und Arschparade. Fußballer, die sich im Eifer des Gefechts die Trikots vom Leib reißen. Schmunzeln und Kichern angesichts ihrer Stummelpimmel – da klingelt es. Missmutig klappen meine Hände das

Buch zu. Ich trenne mich nur ungern von den bunten Seiten. Offensichtlich begeistert mich Lernstoff weitaus weniger als Sehstoff.

41.

17.10 Uhr.

Ich schleppe mich und die Ledermappe über die letzte der siebzehn Stufen, die zu unserer Haustür führen. Tür und Briefkasten liegen in einer kleinen Nische, sodass weder Kasten noch Klinke von der Treppe aus zu sehen sind.

»Hallo!«

Stocksteif, die freie Hand an der Brust, stehe ich da und schnappe nach Luft. Ihr plötzliches Auftauchen aus der Briefkastenecke trifft mich, die ich in Gedanken schon beim Abendbrot bin, vollkommen unerwartet.

»Ich hab auf dich gewartet.«

»Das seh' ich … Mann, hast du mich erschreckt!«

»Hast du Zeit?«

Ich kann mir das Seufzen nicht verkneifen. Nein, eigentlich habe ich keine Zeit. Was ich habe, ist ein Wolfshunger, und das seit Ewigkeiten! Wie einen störrischen Esel musste ich mich den ganzen Heimweg lang antreiben, mich anstelle von Zuckerstückchen und Karotten mit vorfreudigen Gedanken locken: Linker Fuß – ESSEN! Rechter Fuß – KLAVIER! Linker Fuß – du näherst dich dem Esstisch! Rechter Fuß – bald sitzt du am Klavier!

»Wir sehen uns gar nicht mehr.«

Ihre Augen sind zwei dringende Bitten. Das kleine, flehende Zittern in ihrer Stimme gibt mir den Rest.

»Okay. Ich bring nur schnell mein Zeug rein.«

Ich schleudere die Mappe in die Garderobe, wo sie Schuhen und Mänteln bis morgen Gesellschaft leisten wird. In der Küche greife ich mir, nachdem ich die Überlegung, mir ein Brot zu schmieren, als zu zeitaufwendig verworfen habe, eine fleckige Banane.

»Ich bin da, aber ich geh' noch mal raus!«, brülle ich Richtung Obergeschoss, wohlwissend, dass die Wahrscheinlichkeit, dass meine über ihre Schreibtische gebeugten Eltern mich gehört haben, gleich null ist. Kurzentschlossen fische ich einen schwarzen Filzstift aus dem Becher neben dem Telefon und bekritzle die auf dem Esstisch liegende Tageszeitung mit einer Nachricht. Die fetten Druckbuchstaben meines »BIN DRAUSSEN!« verdecken einen Gutteil des Leitartikels.

Kaum dass die Haustür hinter mir ins Schloss gefallen ist, werde ich auch schon am Ellbogen gepackt und zum Gehweg gezogen. JasminCelineJustine steuert zielsicher auf den Klotz zu. Der »Klotz« ist ein würfelförmiger Steinblock, welcher in der Erde eines nahen, unbebauten Grundstücks festsitzt. Obwohl Grund und Block beidseitig von Gärten und Häusern umgeben sind, herrscht rund um den bemoosten, von hohem Gras umstandenen Stein stets eine eigentümliche Stille. In der ganzen Nachbarschaft gibt es keinen idealeren Ort zum Austauschen geheimer Informationen.

Nichtsahnend nehme ich auf dem Klotz Platz und schäle meine Banane. Blind für die Geschichte, die meiner Freundin auf den Lippen brennt, plappere ich Nichtigkeiten, belanglose Lästereien über Lehrer und Mitschüler vor mich hin. Erst als die Stille neben mir bedenklich laut wird, begreife ich, dass sie auf die Gelegenheit wartet, selbst zu sprechen.

Ich beeile mich, die Bananenschale im Nachbargebüsch zu entsorgen, und setze mein aufmerksames Zuhörerinnen-Gesicht auf.

»Ich … Ich hab den Master getroffen.«

Der Satz hängt in der Abendluft. Dieweil die finalen Silben verklingen, verschluckt der Wald den letzten Sonnenstrahl. Schlagartig fällt die Temperatur um mehrere Grad. Das Weiß ihrer aufgerissenen Augen zittert im gedimmten Dämmerlicht. Ich stelle überflüssige Fragen, deren Antworten ich längst kenne.

»Welchen Master?«

»Master Bison.«

Ich suche in ihrem Gesicht nach den üblichen Anzeichen, die mir verraten, dass sie spielt. Ich finde sie nicht.

»Wie das?«

»Er ... Er kommt zu mir nach Hause ... besucht mich.«

Kein Mundwinkelzucken, kein Wimpernzwinkern. Nicht der Hauch eines Lächelns. Die Stimme ein leises Krächzen.

Ich versuche, den Gedanken, dass sie mich belügt, aus meiner Denkblase zu verbannen. Zu spät. Die Wut hat sich bereits in meinen Kieferknochen festgesetzt. Misstrauen beschwert mir die Lider, verschmälert die Augen.

»Und dann?«

»Na ja ... Er ... ich ... ich bin so was wie seine Freundin, aber nicht richtig ...«

»Wie meinst du das?«

»Er will es so ...Nur er ... zwingt mich dazu, verstehst du?«

»Zwingt dich zu was?«

Es entsteht eine kleine Pause. Meine Frage gleicht einer Nadel, deren silberglänzende Spitze sich einem zum Bersten gefüllten Ballon voller Antworten bis auf Haaresbreite genähert hat. Ich fühle, wie sich der Abstand zwischen uns vergrößert. Ihr Zurückweichen verhindert den Knall, erspart uns den Schrecken. Als sie antwortet, hat ihre Stimme alle Unsicherheit abgestreift.

»Er hat mich mit in die Kneipe genommen. Du weißt schon, die am Dorfplatz. Alles war voller Männer. Nicht mal die Bedienung war da, nur der Wirt. Unglaublich laut war's und gestunken hat's, nach Bier und Schweiß und Zigaretten. Mein Bruder war auch da.

Stand mit seinen Kumpels bei den Flipperautomaten. Ich hab ihn genau erkannt ...«

»Und er? Hat er nichts gesagt, als du da einfach so reinspaziert bist?« Unbändige Neugier besiegt all meine Zweifel. Ich will die Geschichte hören.

»Nein! Er war viel zu betrunken, genau wie alle anderen ... Der Master hat mich vor sich her durch die Gaststube geschubst. Hinten, wo die Klos sind, hat er mir dann so eine Art Badeanzug vor die Füße geworfen und gesagt, dass ich das anziehen soll ...«

»Was war das für'n Badeanzug? Wie sah der aus?«

»Er war weiß und ...«

»Durchsichtig?«

»Ja, fast komplett durchsichtig, mit ganz tiefem Ausschnitt, fast bis zum Bauchnabel.«

»Und hinten?«

»Ging er in'n Arsch rein. Du weißt schon, so, dass man die Pobacken sieht.«

Mein Hunger ist wie weggefegt. Gierig lauere ich in der Nähe ihres Mundes und fange Worte wie Frösche Fliegen.

»Wie ging's weiter?«

»Na ja, zuerst hab ich mich geweigert, da hat er mich geohrfeigt. Mir wurde ganz schwarz. Ich bin gestolpert ... Vielleicht war ich kurz ohnmächtig, keine Ahnung, jedenfalls muss ich hingefallen sein. Da, schau ...«

Sie streicht sich den dichten Pony aus der Stirn und präsentiert mir die Reste einer Schürfwunde.

»Danach hab ich den Mund gehalten. Er ist die ganze Zeit daneben gestanden, hat mich beim Umziehen beobachtet. Dann hat er mich am Arm gepackt und zurück in die Gaststube geschleift ...«

»Zu den Männern?«

»Zu den Männern. Die haben natürlich gejohlt und geschrien

und mich betatscht und plötzlich, plötzlich wollten alle, dass ich für sie tanze … Mir blieb nichts anderes übrig.«

JasminCelineJustine tanzte eine ganze Weile in der von staubigen Butzenscheiben verdüsterten Stube. Dickfingrige, schmierige Männerhände hinterließen runde Abdrücke auf ihrer nackten Haut. Master Bison wollte es so. Die Angst vor den Schlägen des Masters und die, der Bruder könne sich zum Kreis der Männer gesellen und ihr Gesicht erkennen, hielten sich die Waage.

Als ich schließlich zu Hause ankomme, noch immer im Zustand höchster Erregung, die Wangen so rot, als hätte ich selbst getanzt, ist die »Tagesschau« längst vorbei. Mir schwirrt der Kopf. Die vorwurfsvollen Fragen meiner Mutter gesellen sich zu Tausend anderen. Dann kehrt der Wolf in meinen Bauch zurück. Dankbar stürze ich mich auf mein kaltes Abendessen. Sogleich verstummen die Fragen. Ich höre nichts mehr, bin Kauen und Schlucken. Fleisch und Gemüse sind meine Wahrheit.

42.

Ich bin am Sportplatz, habe also noch ein gutes Stück Weg vor mir. Zwischen Gehweg und Fußballfeld wächst eine Reihe dicker Kastanien, deren Laub und Früchte den Platzwart in den Wahnsinn treiben. Man sieht ihn beinahe täglich. Unermüdlich arbeitet er sich mit seinem Rechen die Seitenlinie entlang, ein kleiner, krummer, fluchender Sisyphos. Eine braunrote, auf Hochglanz polierte Kastanienschönheit schmeichelt meiner Handfläche. Mit den Schuhspitzen treibe ich ein paar mangelhafte Exemplare, deren Schalen bereits erste Risse aufweisen, vor mir her. Verlassene, stachelige Gehäuse rollen über den Gehweg wie Steppenläufer. Brauner, modriger Blätterglitsch überzieht das Grau. Stellenweise bilden sich raschelnde Haufen. Ich presche voran, verschrecke das Laub. Blattleichen stieben auf wie Taubenschwärme. Über mir betrauern entblößte Kronen den Verlust ihres grünen Goldes.

Soeben habe ich die letzte Kastanie hinter mir gelassen, als in meinem Rücken ein vertrautes Geknatter laut wird.

»Hallo, Madame von Braun!«, tönt es neben mir, dieweil das Geknatter einem Tuckern und schließlich einem leisen Surren weicht. JasminCelineJustines Vater rollt auf seinem Mofa am Bordstein entlang und grinst.

Ich kann mich nicht erinnern, dass er mich jemals mit meinem Vornamen angesprochen hätte. Der Tonfall, mit dem er das »Madame« ausspricht, hat etwas Doppelbödiges. Wie einen Teppich breitet er die höfliche Anrede über allerhand verächtliche Gedanken.

»Bonjour, Monsieur Heidt«, gebe ich frech zurück und bemühe mich dabei, mein »Monsieur« mit einer ebenso zwiespältigen Klangfarbe auszustatten, wie er sein »Madame«.

»Wolln Madame mitfahrn?«

Hinter meiner Stirn entsteht eine Pro- und Contra-Liste, nach deren Durchsicht ich zu dem Ergebnis gelange, dass meine Eltern es höchstwahrscheinlich verbieten würden. An meiner Lust, mit helmlosem Kopf und wehenden Haaren Mofa zu fahren, ändert das freilich nichts. Elterliche Ermahnungen und der eben noch verspürte Ärger über das pseudo-schmeichelhafte »Madame« verpuffen im Nu.

Begeistert nickend klettere ich auf den Gepäckträger. Schon knattern wir los. »Halt dich an mir fest«, werde ich von vorne angewiesen, was ich, in Ermangelung anderer Halteoptionen, brav befolge.

Als ich die Arme um die fleckige Schlosserhose mit Latz schlinge, dringt eine Reihe ekelerregender Ausdünstungen in meine Nasenlöcher. Die säuerlich-scharfen Essenzen, die vor mir aus den Poren meines Fahrers quellen, scheinen das Destillat einer jahrzehntealten Mischung aus Tabak, Bier und Friteusenfett zu sein. Der Gedanke an eine Vollbremsung und den darauffolgenden unvermeidlichen Zusammenprall meines Gesichts mit diesem feuchten Rücken erzeugt Brechreiz. Um mich abzulenken, konzentriere ich mich auf die vorbeisausenden Gärten und Nachbarhäuser.

Der Fahrtwind meint es gut mit mir und putzt mir die Nase. Es ist schön. Fast wie Fliegen. Ich stelle mir die Reifen als kleine, gummihäutige Akrobaten vor, die Abertausende Vorwärtsrollen aneinander reihen, um uns ans Ziel zu bringen. Vibration summt durch meinen Körper. Meinem Rücken wachsen zwei Jackenflügel. Ich, ein Käfer auf dem Heimflug. Ein Brummer, den die rückenversperrte Front nicht weiter stört, da ihm die Facettenaugen seitlich aus dem Schädel wachsen.

Noch eine Kurve, dann sind wir auf der Zielgeraden. Unser Hausdach taucht auf. Durch die lichten Stellen unseres Gartenwäldchens aus Obst-, Nuss- und Nadelbäumen lugen Fenster und

Wandweiß. Aber anstatt weiter geradeaus auf Haus, Hof und Baumbestand zuzuhalten, biegen wir links ab. »Muss noch Kippen holen«, knurrt es von vorne.

»Sie können auch einfach hier halten, ich lauf' den Rest!«, brülle ich Fahrtwind und Nackenschwarte entgegen.

Ob ich gehört werde, ist schwer zu sagen. Gehalten wird jedenfalls nicht. Es folgen Fuchs- und Dachsstraße und schließlich das schlammgrüne Haus, in dessen Vorgarten der Zigarettenautomat steht. Ich steige ab und beobachte die, aus den Schlosserhosen hervorgezauberten, Fünfmarkstücke auf ihrem Weg zum Münzschlitz. Das klappernde Kleingeldgeklingel weckt den Automaten, der folgsam eine Anzahl Packungen ausspuckt. Um nicht ganz untätig zu sein, untersuche ich den in direkter Nachbarschaft ins ungemähte Gras gepflanzten Kaugummiautomaten nach eventuell vergessenen Kugeln. Der Sammelbehälter hinter der silbernen Klappe ist enttäuschend leer. Vergebens rüttle ich am Drehgriff.

JasminCelineJustines Vaters hat sich unterdessen auf dem kleinen, schiefergrauen Gartenmäuerchen niedergelassen und eine Zigarette angesteckt. »Hier, Madame, kauf dir was!«, sagt er und drückt mir zwei warme, klebrige Zehnpfennigstücke in die Hand. Das Geld, sein Geld, zwischen meinen Fingern zu spüren, ist mir peinlich. Ich weiß ja, dass er eigentlich keins hat … Um die schäbigen Münzen auf schnellstem Weg wieder loszuwerden, füttere ich den Automaten, lasse zwei Handvoll grüne, gelbe und pinkfarbene Kaugummikugeln teils im Mund, teils in der Hosentasche verschwinden und bedanke mich kauend. Und jetzt? Sich die Taschen mit Süßkram vollzustopfen und daraufhin direkt abzuhauen, wäre zu unverschämt, zu unhöflich, zumal Herrn Heidts flache Hand nun einladend auf den Platz an seiner Seite deutet. Langsam und vorsichtig, als erwarte ich anstelle des Schiefers eine heiße Herdplatte, setze ich mich.

»Du hast da was …« Eine Hand mit fünf schwarzen Halbmonden unter den Nägeln macht sich an meinen Haaren zu schaffen. Offenbar haben sich ein paar Kastanienblätter ins Ebenholz meiner Strähnen verirrt.

»Die JasminCelineJustine und du, ihr seid richtig dicke Freundinnen, hm?« Der fleischige Kamm kämmt unbeirrt weiter. Verdreckte Zinken streifen meine Schläfen und Wangen. Um dem lästigen Gestreichel zu entkommen, ziehe ich den Kopf wie eine Schildkröte zwischen die Schultern und beantworte die Frage mit einem kleinen, halslosen Nicken.

»Und ihr erzählt euch alles, hm? Wirklich alles?«

Achselzuckend betrachte ich meine Schuhspitzen.

Die Schlosserhose rückt näher, berührt meinen Schenkel. Ein schwerer, warmer Arm kriecht über meinen Rücken und schlingt sich, gleich einer Würgeschlange, um meine Schultern, denen kein Zucken mehr gelingen mag. Sein Gesicht ist jetzt ganz nah. Die Nachbarschaft weicht einer Landschaft aus stoppeligen Bartfeldern, geplatzten Äderchen und gelblich beschlagenen Augäpfeln.

»Aber du bist schlau, Madame, nicht? Du weißt, dass sie ganz gern mal lügt, ne?«

Ich atme durch den Mund.

»Oder glaubst du ihr, hm?« In scinen Mundwinkeln sammelt sich weißlicher Schaum. Feine Spuckefäden spannen sich zwischen Ober- und Unterlippe auf wie Spinnweben. »Die lügt doch, sobald sie's Maul aufmacht …«

Er fasst mein Kinn mit Daumen und Zeigefinger, fragt mich abermals, ob ich ihr glaube, ob ich mir Lügengeschichten erzählen lasse. Ich verneine.

»Gut so. Gut so, Madame.« Sein Knöchel drückt sich fester in die Kuhle unterhalb meines Kiefers, sodass ich den Kopf in den Nacken legen und ihm den Hals wie ein Kätzchen entgegenstrecken muss. Ein daumendickes, letztes Fingerglied fährt mir, als wolle es mein Rot wie Lippenstift verwischen, über den Mund.

»Hab ich mir gleich gedacht … Schön UND schlau.«

Mit einer ruckartigen, heftigen Bewegung stoße ich Hände, Hose und Gestank von mir, springe von der Mauer und laufe los. Ich komme nicht weit. Schon nach wenigen Schritten tuckert und knattert es erneut neben mir. Nein, ich will nicht mitfahren, da kann er noch so oft fragen. Doch weder mein beleidigtes Schweigen, noch mein demonstrativ abgewandter Blick hindern ihn daran, mich im Schritttempo bis vor die Haustür zu begleiten. Mit scheinheiliger Stimme fragt er nach Schule, Lehrern und Eltern, als hätte es das bizarre Verhör von vorhin nie gegeben. »… was macht das Klavierspiel, Madame von Braun?«

Er löst die Hände vom Lenker und lässt seine Pranken Luftpiano spielen, wobei das Vorderrad aus der Spur gerät und das Mofa gefährlich ins Schlingern. Mit weit aufgerissenen, erschrockenen Augen schnappt er nach den Haltegriffen der Metallgabel, versucht verbissen, die Gewalt über das Mofa zurückzugewinnen und einen Sturz zu verhindern.

Ich muss lachen.

Seine Ungeschicklichkeit und die clowneske Mofa-Nummer stimmen mich fast versöhnlich, sodass ich ihm schließlich doch ein paar knappe Antworten hinwerfe. Als wir uns verabschieden, bemerke ich eine kleine Bewegung. Hinter JasminCelineJustines Fenster bewegt sich der Vorhang.

Noch bevor ich den Schlüssel ins Schloss stecken kann, erreicht eine keuchende JasminCelineJustine den Treppenabsatz. Ihr Gesicht ist kreidebleich. Schweratmend nimmt sie meine Rechte in beide Hände. »Was … was wollte er von dir?«

Das ängstliche Zittern ihrer Stimme, die bebende, weinerliche Unterlippe – ich will das alles nicht mehr sehen.

»Nichts. Gar nichts wollte er.« Verhört worden bin ich heute zur Genüge. Ich schließe auf.

Mit einer Lüge, die auf »keine Zeit« endet, wimmle ich die Fragestellerin ab. Dann mache ich die Tür hinter mir zu.

43.

Durch das kleine, quadratische Türfenster sieht sie den Rücken der Freundin in den Tiefen des Hauses verschwinden. Den Blick fest an ihren dunklen Hinterkopf geheftet, begleitet sie LottaLuisa-Luzia das kurze Stück durch den Windfang, erhascht einen Zipfel Garderobe. Dann schließt sich auch diese Tür.

Ihr Finger schwebt zitternd vor dem Klingelknopf. Doch der Moment der Unentschlossenheit verfliegt schnell. Mit einem Mal entweicht alle Kraft. Arm wie Finger erschlaffen und fallen seitlich ab. Ein letztes verzagtes Aufklatschen der Hand gegen den Oberschenkel, dann lautloses, mutloses Baumeln. Das »Nein« war zu deutlich.

Sie will nichts riskieren.

In Zeitlupentempo macht sie sich an den Treppenabstieg, stellt beide Füße auf die Stufen, wie es kleine Kinder tun.

Aus dem oberen Stockwerk klingen indessen vertraute Melodien: Das sind die Hände der Blutsschwester. Vor wenigen Minuten hat sie sie noch gehalten.

Sie lässt sich von der Klaviermusik in den Hof begleiten, wo der Herbstwind zwischen die Noten fährt, sie aufspaltet und in alle Himmelsrichtungen zerstreut. Zwischen Asphalt und Bläue erstrecken sich Räume voll Nichts. Da ist kein Halt, kein Hort, kein Gefühl.

Die Zeiten, in denen die Angst aufgeregt flatternd durch ihren Körper irrte wie Schmetterlinge im Netz, sind vorbei. Sie erinnert sich gut an den schwarzen Schwarm: Tausende geflügelte Tierchen, die gegen Organe stoßen und ungezählte, zarte Schuppen verlieren. Todgeweihte mit beschädigten Schwingen, die, orientierungslos und blind, durch das Dunkel ihrer Bauchhöhle taumeln, bevor sie, endgültig flugunfähig, zu Boden fallen.

Ihr Inneres – ein Falterfriedhof. Was feucht und rot und violett war, überziehen schwärzliche, schuppige Schichten. Staubige, rußige Überreste, die ersticken, begraben, verstopfen und betäuben. Sie spürt die Kadaver der Falter in ihren Adern. Lauter kleine Klumpen, die den Fluss hemmen. Alles stockt und staut.

Sie ringt sich einen Schritt ab. Die Taubheit im Innern bleibt bestehen. Das geht so nicht. Ihre Finger tasten nach dem spitzen Gegengift, dem einzig wirkungsvollen Mittel gegen diesen stumpfen Körper. Da, in der hinteren Hosentasche, wartet die Nagelschere mit ihren Klingen, Kanten und Spitzen, die Erleichterung versprechen. Bevor sie der Schere das Maul aufklappt, blickt sie sich um. Kein Mensch zu sehen. Die Spaziergänger haben sich vor Dämmerung und Nebel in die Häuser geflüchtet. Gutmütig gelbe Fensteraugen starren ins Leere. Nur das Tröpfchenmeer, das durch die Luft schwappt, weiß, was sie tut.

Der metallene Oberkiefer des Scherenschnabels gräbt sich in den weißen Bauch ihres Unterarms. Es wird warm.

Sie zieht die Klinge wie einen Pflug, formt eine heiße, tiefe Furche. Rotes quillt aus der Wunde. Saftige Laufspuren verlängern den Schnitt bis hinab zum Handgelenk. Sie atmet. Das Herz in ihrer Brust sprengt die Schuppenkruste, schlägt sich den Weg frei und pumpt, pumpt, pumpt.

Der Lichtkegel der Straßenlaterne, die gezackten Baumwipfel, die blau-weißen Rillen ihrer Jeans – plötzlich kann sie alles sehen, wird mit Augen gesegnet, die erfassen, entdecken, begreifen. Baumschatten zerfallen in Abertausende, scharf umrissene, gekerbte Nadeln, deren weißlich-bräunliche Stiele in rauen Zweigen stecken – jeder Zweig ein Scheitel im glänzenden, immergrünen Haarkleid.

Es tropft.

Sie zieht am Ärmel und verklebt das Fließen mit dem Stoff ihrer Jacke. Die Beine laufen jetzt von selbst, tragen sie von Laterne zu Laterne bis hin zum Ortsende und weiter …

Der schmale Fahrradweg liegt in der Senke unterhalb von Schallschutzmauer und Bundesstraße. Sie folgt der vom Nebel verwischten, gräulichen Spur, ertastet die grasigen Grenzen mit den Füßen. Auf ihrem Ärmel verwelkt der Blutfleck im Dämmerlicht. Sie presst die feuchte Stelle fester gegen den Leib. Dann bricht die Nacht herein. Der Fleck wird schwarz. Am Himmel verschließt ein dichtes Wolkensiegel die Gestirne.

Das Land ist ein fensterloser Keller.

Sie fühlt sich ungeschützt. Der Drang, die Arme waagerecht auszustrecken und die Luft nach Hindernissen abzutasten, wird stärker. Doch im Ärmel blutet es noch. Sie braucht die Rechte zum Pressen.

Da! Zu ihren Füßen schlängelt was! Erschrocken bleibt sie stehen, umschleicht die Form in einem großen Bogen. Zu wissen, dass es Äste sind, die dort auf dem Radweg liegen, mildert den Schrecken nicht. Wenn sie nur nicht so feige wäre. Feige, feige, feige!

Damit muss Schluss sein. Sie wird sich die Feigheit austreiben, ein für alle Mal, wird Mut und Kraft und Durchhaltevermögen demonstrieren. Noch heute Nacht wird sie beweisen, dass sie die Blutsschwester beschützen kann. Es darf ihr nichts geschehen!

Die Wunde pocht. Brennt. Juckt. Egal! Ihr Entschluss steht fest: Bis zur Burg will sie laufen, wird sie laufen, muss sie laufen. Ja. Wenn sie es auf die Burg schafft, wird alles gut. Ganz bestimmt.

Sie denkt an die dicken, mausgrauen, jahrhundertealten Mauern, an die Zinnen und den Blick über das Tal. Die Burg ist die Prüfung, die sie bestehen muss. Danach wird sie selbst der Schutzwall sein, undurchdringlich für die Blicke und Hände des Masters, wird abschirmen und abwehren, verhüten und behüten, wird Übel und Unheil fernhalten, auf dass die Blutsschwester unversehrt bleibe.

Es wird kälter.

Sie passiert ein neues Ortsschild. Hier geht die Blutsschwester zur Schule. Die Stadt mit dem Gymnasium grenzt an die Stadt mit der Burg.

Lampen, lang wie Dinosaurierhälse, speien orangefarbenes Licht auf die Straßen. Sie senkt die Lider, versteckt ihre Pupillen vor den blendenden Scheinwerfern vorbeirasender Autos. Wie weit ist es noch?

Die Schultern bis an die Ohren hochgezogen betet sie sich ihr Ziel vor. Nasse Luft kriecht durch Ärmellöcher. Das Stoffhöhlenversteck, in das sich ihre Finger verkrochen haben, wird klamm und kalt. Mit gekrümmtem Rücken versenkt sie ihr Gesicht bis zur Nasenspitze im Halsausschnitt ihrer Jacke. Nur die Füße frieren nicht, schwellen und reiben und schmerzen in den engen Turnschuhen. Der Weg erscheint endlos.

Wie oft lässt sich ein Fuß vor den anderen setzen? Wie nah ist sie der Grenze, hinter der die Beine nicht weitergehen, nicht weiterkönnen?

Die Stadt gibt sich feindselig. Fest verschlossene Läden, bösartig raschelnde Gebüsche, Gruppen grölender Jugendlicher an Bushaltestellen. Zerplatzte Flaschen. Biergeruch.

Sie versucht, nicht an den Rückweg zu denken. Was zählt ist die Burg. Den Weg dorthin kennt sie von früher, erinnert sich gut: Stadtmauer, Mühle, Obertor. Dann den bewaldeten Hügel hinauf, bis zu den Zinnen. Damals war Sommer. Die Blutsschwester und sie liefen Hand in Hand voraus, die von Brauns hintendrein. Man hielt sie für Geschwister. Aus ihren Eistüten tropften dieselben Geschmackssorten.

Sie merkt, wie ihre Knie nachgeben. Ihr Schluchzen klingt erschöpft. Oh nein, sie darf jetzt nicht aufgeben! Es muss doch gut werden, endlich gut werden … Los doch, steh auf!

Schmutzige Nässe beklebt ihre Jeans mit zwei kreisrunden Flicken. Sie quält sich weiter, verflucht die schwachen Beine, die zittern und stottern und immer wieder einknicken. Wie mit zwei störrischen Zugtieren ringt sie mit ihren Gliedern um jeden Meter. Ihr Abscheu gegen die faulen Biester, die ihre Beine sein wollen, wächst mit jedem Schritt. Nichts als schlafen, ruhen und rasten wollen sie! Füße, Beine, Rumpf – ihr müder Körper hat sich gegen sie verschworen. Das Schicksal der Blutsschwester ist ihm egal. Dummes, fleischiges Ding! Wütend gibt sie sich die Sporen, treibt sich zur Eile an. Ihr Kopf allein ist es, der sie weiterlaufen lässt. Die Beine haben längst aufgegeben.

Das Parkhaus, die Kreuzung – nun ist es fast geschafft. Eine Senkrechte aus bröckelnden Mauerresten ragt vor ihr in den Nachthimmel. Dann die Mühle, seltsam geräuschlos zu dieser Stunde. Das Obertor erhellt eine kleine, gelbliche Laterne. Sie folgt dem Geruch der Blätter und findet den Hügel, wo modrig-glitschige Fäulnis den Kies mit laubbraunem Glatteis überzieht. Der Aufstieg ist ein Rutschen und Fallen, Straucheln und Fangen. Unter den Bäumen herrscht gespenstische Stille.

Sie scheint das einzige nachtaktive Wesen zu sein, lärmt und stolpert weiter. Es wird steiler. Ihr Mund befreit sich aus der Jacke, saugt gierig nach der kalten Luft. Hinter geöffneten Lippen erkalten zwei Reihen Zähne. Ihr Kopf wird heiß. Sie schwitzt. Schwitzt und schnauft.

Endlich weicht der Kies den glatten, steinernen Blöcken, deren Staffelung zu Zinnen und Aussichtsplattform führt. Noch zehn letzte Schritte, dann liegt es da: das ganze große, unendlich weite Tal. Eine schwarze Druse, angefüllt mit funkelnden Edelsteinen aus weiß, orangefarben und gelb-rot glitzerndem Licht.

Für ein Triumphgefühl fehlt ihr die Kraft. Sie sucht die Wolken nach Zeichen ab. Hat Gott sie gesehen? Ihren Mut, ihren gehaltenen Schwur, ihre Odyssee bis hier herauf? Er hat sie oft enttäuscht. Dennoch hofft sie auf seinen Beistand. Sie fühlt die Hoffnung wie einen Spreißel in ihrem Inneren festsitzen. Ein Splitter Glauben, ein Span Gottvertrauen, der schmerzt und sticht und alles entzündet, und den auch die geschickteste Pinzette nicht zu fassen bekommt.

Sie späht nach Norden. Sind das die Lichter ihres Dorfes? Der Rückweg scheint ein Ding der Unmöglichkeit … Doch hier kann sie nicht bleiben.

Bergab läuft es sich leicht. Der Hügel treibt ihre Beine ins Tal. Sie lässt sich in die Schritte fallen. Zweimal kann sie einen Sturz nicht verhindern. Ihre verschränkten Arme reagieren nicht schnell genug. Ungebremst schlägt Stein auf Steißbein. Unter den Bäumen riecht es nach Sommerresten. Sie sehnt sich nach Augusthitze, nach trockenen Kleidern und bloßen Füßen.

Das Lampenlicht im Obertor klatscht gleißend in die Tiefen ihrer großen, schwarzen Pupillenseen. Verglichen mit der Finsternis des Waldes erscheint die Straße absurd hell. Schilder, Markierungen, alles reflektiert.

Sie will nicht gesehen werden, sucht die Häuserschatten. Mit Lidern und Gliedern aus Blei folgt sie der Hauptstraße.

Der Besitzer des zweitürigen BMW 325e, Baujahr 1987, der vielleicht Kenan, vielleicht Gökhan oder Furkan heißt, kann nicht schlafen. Der Schichtwechsel macht ihm zu schaffen. Er hat es aufgegeben, sich schlaflos im Bett hin- und herzuwälzen. Stattdessen nutzt er die Zeit, um seinem Wagen etwas Auslauf zu gönnen.

Der Mangel an Verkehr, Passanten und bewundernden Blicken stört ihn nicht, im Gegenteil. Er liebt die freien Straßen, die ausgeschalteten Ampeln, das Gefühl, Sheriff der Schlafenden, bereifter Wächter der Stadt, zu sein.

Ausgangspunkt seiner nächtlichen Runde ist stets die Aral-Tankstelle, wo er sich mit Kippen, Kaffee und Marsriegeln eindeckt. Wenn dann der Kaffee im Haltering und die Kippe im Mund steckt, lässt er Zapfsäulen und blaues Leuchten hinter sich und folgt den Schwüngen der Waldseer Straße, welche zur Ravensburger und, hinter dem Gelb der Agip-Tankstelle, zur Gartenstraße wird. Mit 80, 90 Sachen in der Mitte der Fahrbahn durch die Stadt zu brettern, gefällt ihm besser als Autobahn. Die wechselnde Szenerie in den Seitenfenstern, wo sich vorbeifliegende Häuser, Schilder und Leuchtreklamen abwechseln, der kurvige Straßenverlauf und nicht zuletzt das Wissen, wie viel Zeit dieselbe Strecke zu den Hauptverkehrszeiten in Anspruch nimmt, verstärken das Gefühl der Geschwindigkeit, des Dahingleitens und Fliegens über den Asphalt um ein Vielfaches.

Am Ende der Gartenstraße biegt er rechts ab, gelangt über Schussen- und Ulmer Straße auf die Umgehung, welche ihn in einem weiten, zweispurigen Bogen ohne Geschwindigkeitsbegrenzung zurück zum blau leuchtenden Ausgangspunkt in der Waldseer Straße führt.

Im Kassettenschlitz steckt eine alte Live-Aufnahme von Neşet Ertaş, dessen Gesang schon seine Eltern und Großeltern geliebt haben. Die Saz des betagten Barden erfüllt den Innenraum des Wagens mit den Klängen uralter Volksweisen. Das Türkisch des jungen Mannes, der lässig mit dem Handballen lenkt, ist nicht besonders gut. Macht nichts. Die vor Kraft, Schmerz, Sehnsucht und Liebe strotzenden Lieder gehen ihm dennoch nah, berühren die empfindliche Stelle hinter seinem Brustbein, elektrisieren die schwarzbehaarten Arme.

Es ist seine zweite Runde heute.

In der Gartenstraße bemerkt er eine kleine, gekrümmte Gestalt die sich den Gehweg entlangschleppt. Er wirft einen Blick durchs Beifahrerfenster, dann in den Rückspiegel. Die Gestalt ist zu klein für einen Penner, zu lockig für einen Mann.

Er tritt auf die Bremse, dreht die Musik leiser. Der zweite Blick in den Spiegel bestätigt seine Ahnung: Es ist ein Kind! Wahrscheinlich ein Mädchen. Ein Gefühl der Beunruhigung lässt ihn den Wagen wenden.

Vier Runde Scheinwerfer rollen an ihre Seite. Als der Fahrer die Scheibe herunterkurbelt, verschwindet ihr Spiegelbild. Stattdessen taucht der schwarzhaarige Kopf eines jungen Mannes im Fenster auf. Ein ganzer Haufen Fragen prasselt auf sie ein: Ob sie Hilfe braucht, verletzt ist, sich verlaufen hat. Kopfschüttelnd bleibt sie stehen. Neben ihr verstummt der Motor. Sie hört das Schlagen einer Autotür, spürt eine Hand auf ihrer Schulter. Die Besorgnis in der Stimme des Mannes füllt ihre Augen mit Wasser. Sie spürt es heiß über die Wangen strömen.

Seine Frage, ob er sie nach Hause fahren soll, beantwortet sie mit einem heftigen Nicken, das Tropfen von Kinn und Nase löst. Ein salziger, fast lautloser Regen, fällt in ihren Kragen. Vollkommen erschöpft sinkt sie auf den Beifahrersitz.

Nachdem er das Mädchen nach Hause gebracht hat, fährt der junge Mann, der vielleicht Kenan, vielleicht Gökhan oder Furkan heißt, seine letzte Runde. Er hat die Anlage bis zum Anschlag aufgedreht. Der alte Barde singt von einem Diener Gottes und davon, dass irgendetwas geglückt ist. Mehr muss er nicht verstehen. Er fühlt sich gut.

TEIL 3

44.

1996. Fünfte Stunde: Mathematik. An der Tafel wird irgendetwas bewiesen. Die Klasse ist wunderbar ruhig. Kein Flüstern, kein Lachen, kein Geschrei. Nichts, was meine Aufmerksamkeit erregen und mich von meiner Lektüre ablenken könnte. Ich suche Seite 86. Ganz hinten, zwischen Buchblock und Rückdeckel, wo sich innerhalb der letzten vier Jahre ein ganzer Stapel loser Seiten angesammelt hat, werde ich schließlich fündig. Billige Taschenbücher vertragen es nicht, 10-, 15-mal gelesen und dabei an verschiedenste Orte verschleppt zu werden. Kein Wunder, dass der Inhalt meines Bücherregals im Wesentlichen aus einem zerlesenen Haufen Altpapier besteht: Der Drang, die immergleichen Romane so lange wieder und wieder zu lesen, bis ich jeden einzelnen Satz auswendig kenne, verschleißt das Gedruckte rücksichtslos, versetzt Seiten und Einbände in desolate Zustände.

Wenn ich die Augen schließe, kann ich die Bilder der Seiten in allen Einzelteilen heraufbeschwören, wie das Gesicht eines alten Freundes. Ich erinnere mich an jeden Absatz, jedes kursiv oder in Versalien gedruckte Wort, an Flecken und Risse, an meine Unterstreichungen und die Druckfehler. Die Gewissheit, nichts übersehen oder überlesen zu haben, beruhigt mich mehr als jede Milch mit Honig. In einem meiner Lieblingsbücher zu lesen, gleicht einem Streifzug durch die hiesigen Straßen, Wälder und Wiesen, die mir das Vertrauteste und Verlässlichste scheinen, was mir die Welt – neben meinem Klavier – zu bieten hat. Ich glaube, mein Bedürfnis nach Fixpunkten war nie größer als jetzt, da ich mitten im Strudel gewaltiger Umwälzungen stecke und innerhalb wie außerhalb meiner selbst kein Stein auf dem anderen bleibt. Allein mein

Spiegelbild … An manchen Tagen könnte ich schwören, dass ich das Gesicht, das mir aus dem Glas entgegenstarrt, niemals zuvor gesehen habe. Offenbar befinde ich mich mitten in einer Metamorphose zu – ja, zu was eigentlich?

Meine Glieder scheinen durchaus nicht nur länger, sondern auch fester, geschickter, schneller und somit rundum effektiver nutzbar zu werden, und die Brust hat sich zumindest insofern verändert, als dass ich tatsächlich nicht mehr ohne weiteres mit freiem Oberkörper schwimmen gehen würde, aber ansonsten?

Ich löse mich von den Seiten und lasse meinen Blick über die Reihen meiner Mitschüler schweifen. Seit einiger Zeit lassen sich die Köpfe der Klassenkameraden nicht nur in Mädchen und Jungs, sympathisch und unsympathisch, dumm und clever einteilen, sondern auch in Bluter oder Nicht-Bluter. Die Periodenpest setzte ungefähr mit der Vergabe der Halbjahreszeugnisse ein, und inzwischen erhärtet sich mein Verdacht, dass ich die Einzige bin, die bislang verschont geblieben ist. Überrascht hat mich das nicht, zumal ich schon damals, als JasminCelineJustine anfing, unser Bad vollzutropfen, zu dem Schluss gelangt bin, dass ich für diese Bluterei nicht geschaffen bin. Daran hat sich nichts geändert. Der Sinn, wertvolle Säfte achtlos abzustoßen, will sich meinem Körper nicht erschließen, und da er nichts Überflüssiges produziert, muss er auch nichts absondern. Zu Verdauen und Ausscheiden, Ausschwitzen, Abhusten und Niesen sagt er »ja«, zu allem anderen »nein danke«. Er konzentriert sich wie eh und je auf die Herstellung salziger Tränen und sterilen Urins. Geschmierblutet wird nicht.

Eigentlich sollte solch reinliches und gesundes Verhalten ein Grund zur Freude sein. Keine Ahnung, was um alles in der Welt mich dazu treibt, neuerdings häufiger als nötig die Toiletten aufzusuchen, um meine Angehörigkeit zum Kreis der Blutenden vorzutäuschen.

Das Bedürfnis, Teil der Herde zu sein, ist neu. Grundsätzlich schätze ich dieses Bedürfnis nicht sehr, im Gegenteil. Es ist mir ausgesprochen zuwider. Andererseits ist der Drang, einem der beiden zur Auswahl stehenden Geschlechter voll und ganz angehören zu wollen, wohl nur natürlich.

Am Ende solcher Überlegungen entscheide ich mich zumeist dafür, die Schuld an meinen Flunkereien und dem ganzen Perioden-Theater den vielen Hunderttausend Jahren Evolution sowie dem System Natur mit seinen Schwellenwerten und Entscheidungszwängen in die Schuhe zu schieben.

Kurzer Blick auf die Uhr. Noch 15 unerträglich lange Minuten. Ich kehre zu meiner Lektüre zurück: »… Unsinn, sagte mein Vater und schöpfte tagsüber. Aber er holte das Wasser aus dem Freibad. In diesem Wasser hatten zwar vor dem Bombentag schon viele gebadet, und seitdem war es nicht mehr gewechselt worden. Laub und Asche trieben darauf, aber es war gechlort. Dies hielt mein Vater immer noch für den besten Schutz. Das sprach sich herum. Bald drängten sich nachts die Wasserholer vor der aufgebrochenen Tür des Freibads. Jeden Morgen, wenn der Vater und ich mit unseren Eimern kamen, war weniger Wasser in den Bassins. Bald war das Kinderbecken leer und im Nichtschwimmerbecken nur noch ein kümmerlicher Rest. Den wollte niemand, denn im knietiefen Wasser trieben zwei Tote. Niemand holte sie heraus. Man tat, als sähe man sie nicht, und schöpfte aus dem Schwimmerbecken …«

Ich lehne mich vor und strecke das Gesicht in den Sonnenfleck, der warm durchs Fenster fällt. Der Himmel draußen hat genau die richtige Freibadbläue. Wie in einer Schneekugel sitzt das Schulgebäude, grau und klotzig, unter seinem hohen, gewölbten Dach. Ich muss an meine Mutter denken. Daran, wie sie den Wespen, Spinnen und allerlei anderem Ungeziefer, das sich zuweilen ins Haus verirrt, behutsam eine Tasse oder ein Glas überstülpt, um sie lebendig ins Freie entlassen zu können. Genauso hat es Gott gemacht. Der Blick nach oben ist der Blick in den Tassenboden seines Porzellans, in welchem die Reste seines tiefdunklen und göttlich blauen Kaffees kleben. Er trinkt ihn mit einem Hauch Wolkenschaum …

Leise klopfe ich mit dem Füller auf der Tischplatte herum. Drei, vier hauchzarte Klopfzeichen reichen aus, um die Aufmerksamkeit des Ägypters von der Tafel in meine Richtung umzulenken. Ich mache eine Kopfbewegung zum Fenster hin, setze ein fragendes Gesicht auf und lasse meine Hände kleine, kreisförmige Schwimmbewegungen andeuten. Er antwortet mit einem Nicken. Seine Lippen formen lautlos das Wort »definitiv«. Das Pfingstferienlager des Jugendsymphonieorchesters hat sein Verhältnis zu Chlorwasser und Freibädern grundlegend verändert. Sein bis dahin nur in Ausnahmefällen gebrochener Schwur, ausschließlich in natürlichen Gewässern zu baden, hat seit jener Ferienwoche keine Gültigkeit mehr.

Solche merkwürdigen Schwüre sind typisch für den Ägypter. Dass er einen davon bricht, gleicht dagegen einer Sensation!

Schon jetzt, knappe zehn Tage später, erscheint mir diese wunderbare Woche unendlich weit entfernt. Unerreichbar, mehr Traum als Realität, schillert sie in der Vergangenheit vor sich hin.

Von vorne wird der Befehl erteilt, Übung drei auf Seite 116 in Angriff zu nehmen. Seufzend stütze ich das Kinn auf und erinnere mich an bessere Zeiten.

45.

Mit weit ausgebreiteten Armen stehe ich auf der höchsten Plattform des Sprungturms, die Zehen fest an ihr bordsteindickes Ende gekrallt. Der Wind umschmeichelt mich wie eine Katze. Er kommt von weit her, ist von steilen, schneebedeckten Gipfeln über dichtbewaldete Hänge bis in die Kronen der immergrünen Magnolienbäume gerutscht, um seine Flügel im betörenden Duft ihrer weißrosa Blüten zu baden.

Ich bin ein Gipfelkreuz, fünf Meter über dem Beckenspiegel, Teil der Bergwelt, deren scharfkantiges Panorama den zartblauen Himmel piesackt. Alles scheint zum Greifen nah. Aus fünf werden tausend, werden zweitausend Meter, und dem Tessin erwächst ein neuer Monte. »Ich taufe dich auf den Namen ›Monte di Sprungturm‹«, murmle ich, noch immer verblüfft von dem Schwindelgefühl, welches mich beim Anblick der majestätischen alpinen Landschaft überfällt.

In der trockenen, glasklaren Luft präsentieren Granitfelsen ihren komplizierten Schliff. Graue, leuchtend weiße und blau verschattete Flächen prallen aufeinander und verschmelzen zu einem massiven, in seiner Präsenz alles überstrahlenden, Ganzen.

Ich bin schon fast trocken. Nur der Stoff meines feuchten Badeanzugs schimmert noch immer wie eine Schlangenhaut.

Für einen idealen Sprung muss man Geduld haben; warten, bis sich die Oberfläche des blauen Rechtecks vollständig glättet und auch der letzte Badegast am Beckenrand bemerkt, dass du oben stehst.

Ein letztes Mal atmen, dann drücke ich mich ab. Für Sekundenbruchteile schwebe ich wie eine Schwalbe mit ausgebreiteten

Schwingen auf Höhe der Plattform, dann saugt mich die Erde an. Rechter und linker Arm nähern sich auf bogenförmigen Bahnen und treffen in jenem Moment über meinem Kopf zusammen, da die Linie meines Körpers senkrecht auf die Wasserfläche zustürzt. Dann ohrfeigt mich die Nässe. Ich tauche ein und ab.

Plötzlich herrscht Stille. Ich treibe inmitten eines starren Netzes aus Fugen. Schweigend liegen die Kacheln und leihen dem Wasser ihre typische, gletschereisbonbon-blaue Farbe. Der Weg nach oben ist weiter als gedacht, doch schließlich entlässt mich das Becken und gebiert meinen Kopf. Hell begrüßt mich das Licht, küsst mir die Wangen. Dankbar öffne ich Mund und Nase und fülle meine Lungen mit Luft, die nach Chlor und Sonnencreme schmeckt. Am Beckenrand angekommen bemühe ich mich um einen möglichst lässigen Ausstieg, verstecke meine diebische Freude über den bewundernden Ägypter-Blick und wringe mir die Haare aus.

Als ich später bäuchlings auf den warmen Steinplatten neben dem Springerbecken liege, staune ich zum wiederholten Mal über die lange Kette von Zufällen und Unwahrscheinlichkeiten, deren Zusammenspiel mich ans Schweizer Ufer dieses sich südwärts bis nach Italien schlängelnden Sees gespült hat. Um das bilinguale Gewässer durch die Bäume glitzern zu sehen, bräuchte ich nur den Kopf zu heben. Aber ich rieche ihn auch so, den See, und beschließe, noch ein bisschen hinter dem rötlich-schwarzen Vorhang meiner Lider zu verweilen.

46.

»Jugendsymphonieorchester« … Nie im Leben hätte ich gedacht, dass mich jemand zur Mitwirkung in einem solchen Verein bewegen könnte. Vielleicht war ich nach der ganzen Sache mit JasminCelineJustine tatsächlich etwas angeschlagen. Anders kann ich mir den Umstand, dass ich den Ägypter eines Abends zur Probe begleitet habe, nicht erklären.

Wochenlang hatte ich erfolglos versucht, mich der Stereobeschallung durch Mutter und Ägypter, die mich permanent zum »wenigstens probieren, nur einmal« aufforderten, zu entziehen. Die fixe Idee der beiden klingelte mir hartnäckig in den Ohren. Mir blieb keine Wahl. Wollte ich diesen Tinnitus endgültig loswerden, musste ich wohl oder übel an einer Probe teilnehmen …

Damals saß, in Ermangelung einer jugendlichen Person, die Frau des Dirigenten am Flügel. Der Rest der Truppe bestand hauptsächlich aus adrett gekleideten Strebern die, ich muss es zugeben, ihre Instrumente allesamt beherrschten. Punkt sieben Uhr kam der Dirigent mit langen, schnellen Schritten auf sein Pult zugeflogen. Was folgte, waren zwei hochkonzentrierte Stunden musikalischer Schwerstarbeit. Nachdem sich mein Erstaunen über die Qualität des Orchesters gelegt hatte, versuchte ich mit Hilfe der Partitur, die man mir zu Beginn der Probe freundlicherweise in die Hand gedrückt hatte, Unterschiede im Spiel der einzelnen Musiker herauszuhören. Die meisten spielten genauso fehler- wie emotionsfrei. Besonders den Mädchen mangelte es an Dynamik. Im ersten, flötenden Halbkreis zu Füßen des Dirigenten tönte es besonders roboterhaft. Weiter hinten jedoch stieß ich plötzlich auf etwas, oder vielmehr jemanden, dessen Vortrag und Aussehen mich gleichermaßen begeisterten. Es war der Cellist. Ein Junge, zwei oder drei Jahre älter als ich, dem die schlaffen Strähnen eines herausgewachsenen Irokesenschnitts über Stirn und linkes Auge fielen. Auf der Brust seines ausgewaschenen T-Shirts prangte ein gelber Schriftzug, dessen Druckbuchstaben teilweise vom Hals seines Cellos verdeckt wurden (»NIR ANA«) und durch die Löcher seiner Jeans lugten zwei Kniescheiben. Die Frage, was er in diesem Streberverein zu suchen hatte, beschäftigte mich bis zum Ende der Probe, die er, wort- und grußlos, die Ohren mit Kopfhörern verstöpselt, als Erster verließ.

Ohne den Cellisten hätte ich mich niemals zu einem Vorspiel durchringen können. Der Gedanke, dass ich vom Zusammenspiel mit anderen profitieren könnte, war mir bis dahin absurd und absolut unwahrscheinlich erschienen.

Seit meinem ersten Vorspiel sind inzwischen fast zwei Jahre vergangen.

47.

Ich öffne die Augen. Vor mir liegen vier hintereinander gestaffelte Raumschichten. Becken, Liegewiese, Pappeln und See überziehen mein Blickfeld mit unterschiedlich breiten Streifen in Grün- und Blautönen. Ich drehe mich auf den Rücken, strecke dem in Himmelfarben flirrenden, gigantisch großen Monochrom meinen Bauch entgegen. Die Ferienlager-Nächte, welche wir in Militärzelten verbringen, sind kurz. Besonders für mich, die ich zumeist erst im Morgengrauen zurück ins Mädchenzelt schleiche, wo Flöten und Klarinetten seit Stunden selig schlummern … Klar, dass mir die Lider, sobald ich mich in die Horizontale begebe, unwillkürlich zuklappen, als wäre ich eine dieser Puppen mit Schlafaugen.

Auch jetzt sind meine Lider geschlossen. Um meine braungebrannte Nase formiert der Wind die verschiedensten Essenzen.

Ich rieche den See, erschnuppere seine kühle Tiefe, modrigen Schlick und das feuchte, faulige Holz altersschwacher Fischerboote, wittere die langen, spitzen Blätter trauriger Weiden, deren silberne Schöpfe die Wellen waschen. Die Westküste sendet staubig-pudrige Veilchendüfte aus. Zuweilen intensiviert sich die frische, fruchtige Süße, wird blumig, betörend und aufdringlich, verdichtet sich zu schweren Dämpfen, deren morbide Schwüle das Atmen erschwert. Auch den schattigen Osten mit seinen Kastanien, Tannen und Fichten kann ich riechen. Herbe, harzige, leicht teerige Gerüche wehen von dort herüber. Auch Kiefern, Kampfer und Lorbeer machen sich bemerkbar: eine scharfe, fast medizinische Mischung mit einem Hauch Eukalyptus …

Schnuppern. Schlummern. Schnuppern. Schlummern. Die Haut trocken und heiß, vollgetankt mit Sonne, liege ich still, ganz still.

Das Tapsen nasser Füße auf den Steinen entgeht meinen müden Ohren.

Plötzlich wird es so schattig, als hätte der Himmel eine Wolke auf mich herabgeschleudert. Ich spüre noch die ersten Tropfen, dann wird es kalt, eiskalt. Auf meinem Bauch liegt der ausgekühlte, klatschnasse Cellist und grinst. Mein erschrockenes, protestierendes Kreischen beeindruckt ihn nicht besonders. Wie eine Hängematte werde ich an Armen und Beinen zwischen Cellist und Ägypter aufgespannt und auf das Becken zugeschleift. Selbstverständlich wehre ich mich nach Kräften, spiele die Empörte, und es gelingt mir, meine Füße aus den Händen des Ägypters zu befreien. Um mich dennoch ins Nasse zu befördern, umschlingt mich der Cellist mit beiden Armen und lässt sich rückwärts ins Wasser fallen.

Es kann nichts Schöneres geben.

48.

Das erste Vorspiel.

Der letzte Ton ist längst verklungen. Hinter dem Flügel verschanzt sitze ich da, die Hände im Schoß.

In meiner Linken zieht die Narbe am kleinen Finger, verkürzt und verkrümmt seine Glieder. Ihre weiße, knotige Linie verzieht das Fleisch. Das Narbengewebegarn, mit dem mich mein Körper vernäht hat, ist steif und dick. Fett und wulstig durchkreuzt die Naht den Bauch meiner Hand. Wie eine Mauer, die teilt und trennt. Eine Grenze, deren Todesstreifen vom Mittelfinger bis zur Handkante reicht, wo alles spannt und zieht und nichts mehr so ist, wie es war.

Ein warmes, ziependes, leicht krampfiges Gefühl flutet meine Handfläche. Kein brennender Schmerz, nein. Die Unerträglichkeit liegt vielmehr darin, eine Stelle, ein Körperteil, das eigentlich schweigen sollte, permanent spüren zu müssen. Finger, Narbe und Handfläche plagen mich unentwegt mit einer perfiden Mischung aus Juckreiz und Fremdkörpergefühl. Die Linke ist der Kiesel in meinem Schuh, die Erbse unter den Matratzen.

Vorsichtig knete ich die Narbe mit dem Daumen, massiere die Handfläche. Anschließend glätte ich das Gelenk und die Sehnen meines krummen kleinen Fingers. Selbstständig kann er das nicht mehr. Wie sehr ich mich auch bemühe, ich kann ihn nicht strecken, kriege ihn nicht gerade. Er bleibt ein Buckliger. Ein Krüppel, mehr Kralle als Finger.

Der Dirigent schweigt noch immer. Stumm und starr steht er da, mustert und rätselt mit seinen Augen in meinem Gesicht herum. Er wirkt unentschlossen. Zwischen uns spannt sich das Schwarz-Weiß des Flügels wie ein Schachbrett. Die Entscheidung, mit welchem Gegenzug er meine Eröffnung parieren soll, fällt ihm offenbar nicht leicht. Ich warte.

»Bist du Linkshänder?«

»Nein. Wieso?«

»Hm ... ich dachte nur. Die Linke schien mir zum Teil fast leichter, melodischer ...«

Mein Herz ist ein Wildpferd. Es buckelt und schlägt die Hufe gegen meine Rippen. Ich presse die Linke wie eine Zitrone und beiße mir auf die Unterlippe, um dem auf der Zunge bereitliegenden Jubelschrei den Weg zu versperren. Er weiß ja nicht, was er da sagt ... Kann es nicht wissen ... Ich nutze seine Schweigepause, um die Gebetsmühle hinter meiner Stirn zwei Dutzend Danke-Gotts herunterrattern zu lassen. Danke-Gott, Danke-Gott, Danke-Gott ...

»Was ist die Musik für dich?«

Jetzt bin ich die, die schweigt. Nicht, weil ich es nicht weiß, sondern weil mir mein Wortschatz zu kümmerlich erscheint, um all das, was ich antworten will, in Begriffe verpacken zu können.

»Die Musik ist das Meer.«

Er lächelt. »Das MEHR oder das MEER?«

»Beides.«

»Und du? Schwimmst du, oder ...«

»Nein, nein! Das Klavier ist mein Schiff.«

»Ein Schiff? Nicht eher ein Boot oder ein Floß?«

»Von mir aus auch das.«

Nachdenklich legt er die Hand an die Lippen. Er spricht jetzt zögerlich. Die Pausen zwischen den Satzfetzen scheinen bedeutsamer, als die Worte selbst.

»Was du da machst ... diese Reise ... mitten auf dem Ozean, ganz allein ... das kann gefährlich werden.«

»Das hab ich schon mal gehört.«

»So? Von wem denn?«

»Von meiner Mutter.«

Er nickt. Es ist ein vorsichtiges, langsames Nicken. Dann scheint er eine Entscheidung zu treffen. Sein Tonfall wird heiter, fast fröhlich.

»Die meisten behaupten ja, dass die Musik etwas Himmlisches ist …«

Ich schüttle den Kopf.

»Nein? Wieso nicht?«

»Der Himmel hat zu wenig Körper. Außerdem ist er still … hat keinen Rhythmus … Der Mond und sein Takt – das kümmert ihn gar nicht. Er führt alles vor: die Sonne, die Sterne … sehen darf man, begreifen tut man nichts.«

»Auch die Musik verflüchtigt sich …«

»Aber doch niemals ganz! Mein Herz ist IMMER da. Auch wenn alles still ist, der Rhythmus bleibt.«

Ob er versteht, was ich meine? Ich mag den Himmel, will ihn nicht schlecht reden, versuche es anders: »Sie sind sowieso verbunden.«

»Wer?«

»Na, Himmel und Meer! Ich meine, am Horizont, da verschwimmen doch die Blaus. Die Sonne färbt die Wellen … Nachts legen sich die Sterne drauf … Nur andersrum, andersrum funktioniert's nicht! Das Meer spiegelt sich in keinem Himmel.«

Stille. Er schaut auf seine Uhr. »Wie dem auch sei … Ich denke doch, dass du Pianistin werden willst, oder täusche ich mich da?«

»Nein. Also ja … ja, will ich, keine Täuschung«, stammle ich wirr.

»Nun, wenn das dein Ernst ist, dann wird dein Boot nicht ausreichen. Was du brauchst, ist ein Schiff, ein Schiff und Erfahrung. Du musst lernen, mit einer Mannschaft zusammenzuarbeiten …«

»Sie meinen das Orchester?«

»Genau.« Er packt seine Noten zusammen. »Wie alt bist du jetzt?«

»Elf.«

Seine Miene wird streng. Steile Falten graben sich zwischen seine Brauen. »Eben! Es wird höchste Zeit. Talent haben viele … In zehn Jahren kräht kein Hahn mehr danach, ob dich dein Musiklehrer für ein Wunderkind gehalten hat.«

»Sie kennen meinen Musiklehrer?«

»Zufällig kenne ich ihn, ja. Aber das tut jetzt nichts zu Sache … Dein Spiel muss zielgerichteter werden. Du schweifst zu viel ab, ignorierst die Tempi … Im Orchester geht das so nicht, da muss ein Rädchen ins andere greifen!«

Ich zucke mit den Schultern. Unwillkürlich schiebt sich meine trotzige Unterlippe nach vorne. »Ich spiele so, wie ich spiele.«

Keine Ahnung, warum er jetzt lacht.

Dann verlassen wir den Proberaum. Draußen wartet der Ägypter auf mich.

»Also dann …« Ich strecke dem Dirigenten meine Hand hin, die er fest und einen Augenblick länger als nötig schüttelt.

»Ich verspreche dir, du wirst nichts verlieren und Berge dazugewinnen … Wir sehen uns Donnerstag!«

Ohne meine Antwort abzuwarten, dreht er sich um und verschwindet mit langen, schnellen Schritten in der Dunkelheit.

49.

Sechste Stunde: Latein. Ich bin auf Seite 127.

»... die Schlinge pendelte zwischen ihm und mir. Schneeflocken setzten sich darauf. ›Ich sitze in meinem Dreck‹, sagte er. ›Ich bin schon ganz wund. Sie hat mich sauber gehalten und mir zu essen gebracht. Sie ist nicht mehr da. Kannst du dir nicht vorstellen, dass ich fort möchte aus diesem Elend? Das ist kein Leben mehr. Bitte!‹ Er griff wieder nach der Schlinge. Diesmal riss ich sie ihm nicht aus der Hand. Er bedankte sich und legte sie sich um den Hals. ›Fertig‹, sagte er. ›Du musst aber fest treten, hörst du?‹ Ich schluckte, dann trat ich mit aller Gewalt ...«

Ah, verdammte Scheißhand! Am Morgen war sie ruhig. Jetzt ziept sie wieder, verlangt nach Aufmerksamkeit, will geknetet und geglättet werden. Vor mir auf der kühlen, mit Sprüchen und Spickzetteln bekritzelten Tischplatte liegen vier Finger und eine verkrampfte Kralle. Mit Hilfe meines rechten Handballens walke ich die Krümmung platt. Erleichtert dehnen und strecken sich die verkürzten Sehnen. Die Narbe atmet auf.

»... trat ich mit aller Gewalt gegen den Wagen, dass er fortschoss und rannte davon. Erst am Ende des Parks schaute ich mich um. Da pendelte Andreas noch.«

Ich weiß nicht, warum mir jetzt Tränen kommen. Die Buchstaben verschwimmen. Ihre schwarzen Körperchen, gebogen, gerade, gepunktet und ungepunktet, tauchen in den tränigen Film, der meine Augäpfel ummantelt und mir die Sicht verwässert. Einmal eingetunkt verlieren die Lettern Kontur und Klarheit. Mein Salzwasser löst alles auf. Nur die Bedeutung bleibt. Der Sinn der Worte ist längst hinter Stirn und Brustbein angekommen.

Meine Hand juckt wie verrückt. Der liebe, alte, vertraute Text hat etwas aufgestört.

Seit zwei Jahren schlage ich große Bögen um die Erinnerung an diesen Tag und alles, was darauf folgte. Wenn sich die Narbe meldet, kümmere ich mich. Ich lasse mich abwechselnd traurig und rasend vor Wut sein angesichts meiner Verkrüppelung. Aber erinnern? Nein.

Nun haben sie mich doch erwischt, die alten Bilder. Die Schlinge, der Hals, der Tritt und das Pendeln haben sie aus den Tiefen meines Gedächtnisses gezogen.

In den Dunkelkammern meines Hirns wurde ganze Arbeit geleistet. Ich begreife, dass die präzisen Abzüge jenes Tages in einem Entwickler aus Schuld gebadet wurden.

Mein inneres Auge hat kein Lid. Ich muss hinsehen.

50.

Kurz nach dem Abendessen klingelt es an der Tür. Meine Eltern erwarten niemanden. Es kann also nur für mich sein, und wenn es für mich ist, ist es sie. Der Ägypter kommt nie unangemeldet. Ich öffne die Tür.

»Kommst du raus?«

Sie ist blass. Ihre Füße tänzeln nervös auf der Fußmatte. Während wir sprechen, dreht sie sich nach der Straße um, wirft gehetzte, misstrauische Blicke auf den Gehweg. »Mach schnell … Ich warte!«

Eine Mischung aus Neugier und Pflichtgefühl lässt mich in Stiefel und Jacke schlüpfen.

Als ich im Hof ankomme, erlischt die letzte rosarot glühende Wolke. Es riecht nach Schnee. Für den Klotz ist es längst zu kalt. Es gilt, in Bewegung zu bleiben.

Ich lasse JasminCelineJustine die Richtung vorgeben. Sie steuert uns südwärts, geradewegs auf den Rathausplatz zu. Da der Wald unser Dorf in einem Halbkreis umschließt, gibt es kaum einen Punkt, von dem aus man nicht innerhalb kürzester Zeit unter Bäumen wäre. JasminCelineJustine und ich schätzen diese besondere Lage sehr, und unsere Streifzüge führen uns fast immer in bewaldetes Gebiet.

Bereits nach wenigen Hundert Metern weiß ich, dass es heute die »große Runde«, an Rathausplatz, Bach und Bädle entlang, bis hinauf zum Waldspielplatz werden wird. Im Gehen steckt mir meine Weggefährtin ein fünffach gefaltetes Blatt Papier zu.

»Vom Master«, flüstert sie und beschleunigt den Schritt.

Am liebsten würde ich den Zettel sofort wegwerfen, traue mich aber nicht. Unwillig falte ich die karierte Seite auf und überfliege die krakeligen Zeilen. JasminCelineJustines Handschrift und die des »Masters« gleichen sich wie ein Ei dem anderen.

Anfänglich hat mich diese Übereinstimmung noch ernstlich gekränkt und empört. Jeder einzelne Satz erschien mir eine infame Beleidigung meiner Intelligenz zu sein. Für wie blöd hält sie mich eigentlich? Erst war ich zu wütend, dann zu eingeschnappt, um diese Frage auch laut zu stellen. Inzwischen habe ich mich jedoch an die Post vom »Master« gewöhnt, sie als einen Teil des Spiels akzeptiert.

Inhaltlich unterscheiden sich die einzelnen Briefe kaum. »Sie gehört mir … Ich kann mit ihr machen, was ich will … Wenn ich sie ficken will, fick ich sie … Niemand kann mich hindern …« Ich lese längst nicht mehr alles. Meistens bewege ich nur die Augen übers Papier, stelle mich eine Zeit lang lesend, bevor ich das Blatt zusammenknülle und in den nächsten Mülleimer stopfe. Keiner der Master-Briefe darf je von Dritten gefunden oder gelesen werden, so lautet JasminCelineJustines Anweisung. Es ist erstaunlich, wie leicht sich ein Text vernichten lässt, dem man nicht glaubt.

Wir überqueren den Rathausplatz und passieren das Wirtshaus, dessen Schankstube mit den grünlich-bräunlichen Butzenscheiben schon unzählige Male Schauplatz für JasminCelineJustines Geschichten war. Da nähert sich ein vertrautes Knattern. Gleichzeitig wenden wir die Köpfe dem Geräusch zu. Noch ehe ich die Hand zum Gruß heben kann, packt sie meinen Arm und rennt los. Verwirrt stolpere ich neben ihr her. »Was ist denn …?«

»Red nicht, lauf!«

Wir erreichen den Waldrand. Ich lasse mich hinter den Stamm einer dicken Eiche ziehen. Neben mir keucht es. Ich verstehe kaum ein Wort.

»Er … er verfolgt mich!«

»Wer?«

Sie starrt mich mit weit aufgerissenen Augen an und schreit: »WER WOHL!? DER MASTER!!«

Erschrocken über ihren Ausbruch schlägt sie die Hände vor den Mund. Ängstlich blickt sie sich nach allen Seiten um und gibt mir Zeichen, näher zu rücken. Ich spüre ihren Atem an meinem Ohr. Sie flüstert. »Er ist überall … Es gibt kein Entrinnen!«

Schweigend stehen wir Seite an Seite. Vor uns verfilzt das dichte Baumgewebe, wird undurchsichtig, undurchdringlich. Der Wald versinkt im Morast nachtschwarzer Schatten. Wir sollten umkehren, bevor …

»Hörst du das?« Sie zerrt mich am Ärmel. In ihrem Gesicht flackert es weiß. Ich kann die Angst unter ihren Achseln riechen. »Er ist ganz nah. Ganz nah!«

Mit angehaltenem Atem horche ich in die Dunkelheit, spüre, wie Verzweiflung und Tränen in mir aufsteigen. Wo ist er? Ich kann einfach nichts hören!

»Oh Gott … Er kommt, er kommt! LAUF!!« Wir hetzen über den kiesigen Waldweg. Je schneller ich laufe, desto näher scheint mir die Bedrohung. Ich kann ihn spüren, den Verfolger. Er streift meine Fersen, greift nach meinem Nacken. Die Zweige der Bäume sind seine Finger. Am Wegesrand tun sich schwarze Schlünde auf. Er treibt uns weiter, immer weiter in den Wald, wie zwei hilflose Rehe. Die Flucht lässt meine Beine fliegen. Ich bin Arme und Beine, Schwung und Schub, Abdruck und Aufsatz, sonst nichts. Plötzlich schlägt JasminCelineJustine einen Haken, verlässt den Weg und verschwindet zwischen den Schatten. Ich hinterher. Das Gestrüpp ist so dicht, dass wir kaum noch vorwärtskommen.

»Wenn wir auf dem Weg bleiben, kriegt er uns!«, schreit es neben mir.

Fichten und Tannen zerkratzen Gesicht und Hände, ihr Wurzelwerk bringt mich zu Fall. Der Boden ist nass und schlammig. Meine Füße bleiben in Senken stecken. Dies ist der Bauch des Waldes, vollgefüllt mit Dickicht, beherrscht von absoluter Finsternis. Nie zuvor war ich so blind. Wenn wenigstens der Mond aufginge! Vielleicht ist es der Gedanke an den Mond, der mich mit einem Mal begreifen lässt, wo wir sind. Irgendwo hier muss die Kiesgrube sein …

Schon sehe ich die grauen Hänge der stillgelegten Grube durch die Bäume schimmern. Rauschend, knackend und splitternd brechen wir durch ein letztes Gebüsch und erreichen den Kraterrand.

Hoch über dem renaturierten Loch blinzeln irritiert die Sterne. Angestrengt kneifen sie ihre hellen Äuglein zusammen, als wollten sie überprüfen, ob der Krater tatsächlich von Menschenhand geschaffen wurde, oder nicht doch das Grab eines ihrer Meteoritenfreunde ist.

Ich rutsche über die Abbruchkanten, lege die steilsten Stücke auf dem Hosenboden zurück. Die Lichtung schenkt mir Sehkraft: Ich kann die Umrisse vereinzelter Bäume, Büsche und Sträucher erkennen – Pionierpflanzen, die sich ihr Territorium zurückerobern.

Wir halten uns rechts, folgen den alten Baggerspuren. Hinter meiner Stirn schlagen die ersten vernünftigen Gedanken Funken: Der Rückweg durch die Grube erspart uns Dunkel und Unterholz … Vom Grubenausgang bis zum Waldrand ist es nicht mehr weit … Obgleich wir weiterlaufen und der Drang, über die Schulter hinweg nach einem Verfolger Ausschau zu halten, bestehen bleibt, spüre ich das langsame Abebben der Panik, den Rückzug der Flut.

Am Grubenausgang stoppt ein hoher Metallzaun unseren Lauf.

Scheiße!

»Vielleicht ist irgendwo ein Tor …«

Aber JasminCelineJustine hört mich nicht, klettert den Zaun

hoch, ist fast oben. »Worauf wartest du? Komm schon!« Die Aussicht, alleine in der Grube zurückzubleiben, verscheucht all meine Bedenken. Ich klettere.

Die engen, etwa drei Meter hohen Doppelstabmatten aus Metall krönt ein horizontal verstrebter Überhang, welcher den Zaun wie ein halbes Y aussehen lässt. Nur mit Mühe gelingt es mir, meinen Körper um das steile Ende der Stäbe zu schlängeln. Die scharfen Spitzen des Metalls ritschen, ratschen und reißen an Hose und Jacke. Endlich sitze ich oben. JasminCelineJustine neben mir. Der Zaun schwankt unter unserem Gewicht. Als das Schaukeln und Wackeln nachlässt, macht sich JasminCelineJustine an den Abstieg. Sie klettert ein kleines Stück abwärts, dann lässt sie sich fallen. Der Waldboden federt und fängt sie.

Eben will ich ihr nachfolgen, da spüre ich, dass sich einer der Metallstäbe in meiner Jacke verfangen hat. Ich hänge fest.

»Was ist? Komm!«

Ich zögere, greife mit der Hand hinter mich und versuche, den Stoff loszumachen.

»Komm!«

Mein letzter Gedanke gilt meiner Jacke. Da, wo ich mich festhalte und aufstütze spüre ich noch ein kleines Pieksen – dann springe ich. Die Jacke, plötzlich frei, folgt mir nach. Der Arm aber bleibt zurück. Für Sekundenbruchteile hänge ich am Metall wie ein Fisch am Haken. Der Zaun pfählt meine Linke. Hilflos baumle ich vor den Stäben, während die Schwerkraft an meinen Füßen zieht. Oben und Unten mutieren zu Rössern, zwischen denen mein aufgespanntes Fleisch zerreißt. Der scharfe Stahl teilt meine Hand wie Butter, lässt erst ab, als er sie gespalten hat.

Um die Dauer einer Wunde verzögert, kommt mir mein Arm nachgestürzt.

Ich bin unten.

Heißes, hitziges Dunkel füllt meine Handfläche. Sprudelnde Wärme ertränkt einen Schmerzrest. Geschockt rapple ich mich auf. Meine Rechte hält das leblose, feucht-warme Ding wie einen toten Vogel.

»Ich … ich glaube, ich hab mich verletzt«, stammelt mein Mund.

Unter den Bäumen ist nichts zu sehen. Nacht und Schatten verschlucken das Rot. Schwindelgefühle umkreisen meinen Kopf wie kleine Windhosen. Ich stehe starr, die Augen untüchtig und voller Sternchen. JasminCelineJustine sieht was, sagt was, schreit was. Das Rauschen in meinen Ohren übertönt ihre Stimme. Sie reicht mir ihren Schal. Nachtwandlerisch, ohne die Spur eines Gedankens, umwickle ich den bewegungsunfähigen Klumpen mit dem nassen, verdreckten Wollstoff.

Der Master ist verschwunden. Wir gehen langsam.

Ich spüre mein Blut, mein kostbares Blut. Schnell ist der Schal durchtränkt. Gierig saugt die Wolle meinen Saft, berauscht sich am Rot, bis alle Fasern gesättigt sind. Im vollgesogenen Strick kann nichts mehr versickern. Eine blutige Quelle entspringt dem Stoff.

Das Zerrinnen zwischen meinen Fingern, der schmerzliche Verlust, macht mir die Knie weich. Wachsweich. Was ist geschehen?

Im gelben Lichtkreis der ersten Straßenlaterne wickle ich den Schal ab. Da ist sie, meine Hand. Der Riss verläuft zwischen Ring- und kleinem Finger. Ein rötlich-schwärzliches Klaffen spaltet, zerteilt und zerklüftet meine Handfläche in zwei Hälften. Die Handkante hängt an letzten Fetzen. Wie eine halb abgeschnittene Brotscheibe klebt sie am Handteller, droht abzufallen, abzubrechen. Bin ich es, oder ist es der Boden, der schwankt?

JasminCelineJustine schreit wieder, gestikuliert. »Zubinden! ZUBINDEN!!« Ich lasse die Wunde unter dem Schal verschwinden.

Hier reißt der Faden.

51.

Er sitzt in seinem Arbeitszimmer. Erst das dritte Klingeln dringt zu ihm durch und erinnert ihn an die Abwesenheit seiner Frau. Wo war sie doch gleich? Sie hat es erwähnt … Irgendein Termin. Elternabend? Geburtstagseinladung? Er hätte genauer hinhören sollen.

Seufzend klappt er das Buch zu, verlässt sein Arbeitszimmer und steigt über die helle Holztreppe ins Erdgeschoss hinab. Es klingelt ein viertes Mal.

Als er die Tür öffnet, sieht er zunächst nur das Nachbarskind. Ihr Gesicht ist schmutzig, die Schuhe voller Schlamm. In ihren Locken wimmelt es von braunen und grünen Tannennadeln.

Aus ihrem Gestammel wird er nicht schlau, versteht nur den Namen seiner Tochter. Er folgt dem ausgestreckten Arm der kleinen Nachbarin mit den Augen und erschrickt: In der Briefkastenecke lehnt sein Kind. Der Schmutz auf ihren Wangen ist von hellen Laufspuren durchzogen. Mit der rechten Hand umklammert sie ein blutdurchtränktes Wollbündel.

Er stürzt ihr entgegen, will sie berühren und weiß nicht wie. Was soll er tun? Soll er sie tragen? Kann sie gehen? Was ist hier passiert, was zum Teufel ist hier passiert!? Er merkt, er ist zu laut, weiß selbst, dass sein Gebrüll nicht weiterhilft.

Das Nachbarskind sinkt auf der Fußmatte in sich zusammen, heult und schluchzt und antwortet nicht. Vorsichtig wickelt er den Schal auf, sieht die zerfetzte kleine Hand, aus der noch immer Blut quillt. Brechreiz und Schwindel überfallen ihn. Er taumelt, muss sich auf den Briefkasten stützen. Nicht ohnmächtig werden, nicht ohnmächtig werden! Er zwingt sich, ruhig und gleichmäßig zu atmen.

Der Schwäche folgt ein Gefühl absoluter Klarheit. Mit der Tochter auf dem Arm hastet er zurück ins Haus, angelt den Autoschlüssel vom Brett, gemahnt sich zur Vorsicht, als er die Treppenstufen zur Garage hinabsteigt. Jetzt bloß nicht hinfallen! Behutsam legt er das Kind auf den Beifahrersitz, umrundet den Wagen und steigt ein. Unerträglich langsam öffnet sich das elektrische Garagentor.

Als er rückwärts aus der Garage schießt, sieht er das Nachbarskind auf dem Gehweg sitzen. Zeit, die Scheibe herunterzukurbeln, hat er nicht. Kurzerhand öffnet er die Wagentür und ruft ihr etwas zu.

Sie soll nach Hause gehen! Er fährt jetzt ins Krankenhaus! Während der Fahrt streift er die Hausschuhe ab. Sie sind zu groß, behindern ihn beim Kuppeln und Gas geben.

»Keine Angst … Wir fahren ins Krankenhaus … Es wird alles gut …« Er sagt das mehr zu sich selbst, als zu ihr.

Auf dem Parkplatz des 14-Nothelfer-Krankenhauses meldet sich ihre schwache, kleine Stimme. Was sagt sie? Er versteht es nicht. Das Auto lässt er offen. In Socken, die Tochter fest an die Brust gepresst, hetzt er quer über den Rasen Richtung Notaufnahme. Türen gleiten auseinander. Das helle Neonlicht des Krankenhausflurs erfasst Vater und Kind. Endlich begreift er, was sie da vor sich hinflüstert. »Ich werd nie wieder spielen können. Nie wieder.«

Er spürt, wie ihm die Tränen in die Augen steigen, drückt seine Lippen gegen ihre Stirn. »Aber nein, nein, mein Schatz. Das wird nicht passieren«, sagt er und betet, dass es stimmt.

Dann müssen sie warten. Stundenlang. Es heißt, der Handchirurg, der sie operieren wird, sei ausgezeichnet. Ihr Schock und die betäubende Wirkung des Adrenalins lassen von Minute zu Minute mehr nach. Sie hat Schmerzen. Er kann es nicht ertragen, sie so zu sehen, eilt durch die Gänge, bittet die Schwestern um Schmerzmittel. Eine mürrische Blonde erklärt ihm, bevor man nicht wisse, ob Vollnarkose oder nicht, könne man nichts geben. Fassungslos sieht er sie im Schwesternzimmer verschwinden, wo sie sich Kaffee nachschenkt. Seine Verzweiflung verwandelt sich in Hass.

Die Tochter will wissen, wo sie sind. Er sagt es ihr.

»Wer sind die 14 Nothelfer?« fragt sie leise.

Er kann es nicht beantworten.

Später hört er die Absätze seiner Frau über den Flur klappern. Er läuft ihr entgegen. Unter ihrem Arm klemmen sein Mantel und ein Paar Schuhe. Er führt sie ans Bett der Tochter. Da erst fällt ihm der Wagen wieder ein. Er streift Schuhe und Mantel über und läuft hinaus auf den Parkplatz.

Auf dem Rückweg bemerkt er einen kleinen Wegweiser mit Messer und Gabel, Kirchturm und Kreuz. Die Krankenhauskapelle liegt gleich neben der Cafeteria. In dem fuchsbraunen Regal hinter der letzten Bankreihe liegen Gesangbücher sowie einige Broschüren und Informationsblätter. Er findet, was er sucht.

Zurück im ersten Stock rollt ihm das Bett seiner Tochter entgegen. Sie ist auf dem Weg in die Anästhesie. Er sieht seine Frau, die Bett und Schwestern in angemessenem Abstand folgt. Die mürrische Blonde kläfft ihn an. Er steht im Weg.

Die aufgeschlagene Broschüre in der rechten Hand begleitet er das Bett. Mit zitternder Stimme verliest er die Namen der 14 Heiligen: »Achatius, Ägidius, Barbara, Blasius, Christopherus …« Er kommt bis Nummer 12. Dann hat er keinen Zutritt mehr.

52.

Ich finde den Faden wieder. Da ist der Chirurg. Sein Bild bleibt unklar. Ich will nicht sehen, was er tut. Mit fiesem Grinsen zieht sich die Taubheit aus meiner Hand zurück, lässt jeden Stich ein wenig mehr pieken, als den vorhergegangenen. Ich melde mein Gefühl. OP-Schwestern und Arzt tauschen abwägende Blicke. Es sei gleich vorbei, heißt es.

Zu Tapferkeit verdammt liege ich da. Im gleißenden Weiß des Operationssaals präsentiert sich der Schmerz von allen Seiten. Selbst hinter den Lidern ist es hell. Mein Ein- und Ausatmen wird lauter, klingt scharf zwischen meinen Zähnen. Der Impuls, meine Hand vom Tisch zu ziehen, ist der stärkste, und es sind weder Mut noch Willenskraft, die mich stillhalten lassen. Allein die Angst, die gewaltige Angst vor den Konsequenzen, die eine Flucht nach sich ziehen könnte, hält mich fest.

Rückblickend wird mir klar, dass die Operation, jene Stunden unter den grellen Lampen, den Höhepunkt meines Hoffens darstellten. Die konzentrierte Atmosphäre, die sicheren Anweisungen und Handgriffe des Arztes, die gelassenen Gesichter der Schwestern – all das gestattete mir, an die Möglichkeit einer vollständigen Gesundung zu glauben.

Der Operationssaal ist eine Welt für sich. Ein steriler, ausgeleuchteter, vollkommen grauzonenfreier Ort. Man spricht dort von »gelungen« und »geglückt« und »keinerlei Komplikationen«. Man ist sich sicher.

In jener trügerischen Sicherheit liege ich, spüre mit Erstaunen den Genuss, den diese totale Auslieferung meiner Seele bereitet, und verzweifle vor Schmerz.

Ein letzter Stich, dann bin ich gelungen. Man lobt mich.

Ich werde auf den Gang gerollt. Aus meinen Augen kullert was.

Zeit vergeht. Schwestern liefern Tabletten und Tabletts, beides dreimal täglich. Ich lüpfe die weiße Plastikglocke und inspiziere den Inhalt: 20 Gramm goldig verpackte Butter neben schwitzenden, orangefarbenen Käsescheiben. Das Brötchen hat seinen eigenen kleinen Teller. Um es aufzuschneiden, bräuchte man zwei Hände. Ich lasse das Messer aufs Tablett zurückklirren.

Meine Eltern verbringen jede freie Minute damit, an meinem Bett hoffnungsfrohe, zuversichtliche Gesichter zu machen. Ich wünschte, sie würden damit aufhören. Die Tatsache, dass mein Vater seit Tagen nicht in seinem Arbeits-, sondern in meinem Krankenzimmer sitzt, beweist mir, dass er in Wahrheit mit dem Schlimmsten rechnet. Er schweigt noch mehr als sonst.

Meine Mutter hingegen entflieht den Gedanken an Zukünftiges und konzentriert sich aufs Praktische. Sie hilft mir beim Waschen, bringt Bücher, stellt Blumen auf. Ihre größte Sorge gilt meiner chronischen Appetitlosigkeit.

Mein Wortschatz schrumpft in jener Woche auf wenige Jas und Neins zusammen. Der Gedanke, nie wieder Klavier spielen zu können, löscht alle anderen aus.

Ein Dasein ohne Musik. Tage, Wochen, Jahre, die ich nicht länger selbst vertone. Mein Leben als sang- und klangloser Stummfilm, durch den ich auf mein Ende zu stolpere.

Wer bin ich ohne Klavier? Ich will es nicht wissen.

Die Vorstellung, mit sieben, acht oder neun Fingern zu spielen, ekelt mich an. Verminderung, Behinderung, Demut, Akzeptanz – Worte, bei denen ich aus Bett und Haut fahren, mir Naht, Beine und Haare ausreißen will. Vier Synonyme für Machtlosigkeit, für Fesseln, für Unvermögen. Begriffe, die mein Geist genauso wenig fassen kann wie meine Hand das Frühstücksbrötchen, und die in mir nichts als NEIN, NEIN und dreimal NEIN auslösen.

Ich genieße Wut und Widerwillen, die mich beim Gedanken an eine LottaLuisaLuzia als gottergebenem Krüppel überkommen, sind dies doch die wenigen Augenblicke, in denen ich mich kräftig, entschlossen und lebendig fühle.

Mein Zorn hat Zukunft. Er ist definitiv. Um zu prognostizieren, dass ich auch morgen angesichts meiner zerstörten Hand zornig sein werde, brauche ich keinen Arzt und kein Vertrauen. An das Fortbestehen meines absoluten Unwillens, das Geschehene als »mein Schicksal« zu akzeptieren, kann ich gefahrlos glauben – so dachte ich mir das.

Falsch gedacht. Die vielen, apathisch im Bett verbrachten Krankenhausstunden erschütterten und zerrütteten schließlich meine anfänglich so grimmige Entschlossenheit. Was blieb war Verzweiflung. Und Angst.

Mein Blick macht seine Runden, wandert zwischen Tapete, Verband und Fenster umher, während die Gedanken um den erlittenen Verlust kreisen. War ich zu lange unversehrt? Ereilt mich jetzt die Summe aller Verletzungen, vor denen ich bislang verschont geblieben bin? Tausend Fragen, von denen jede eine neue gebiert.

53.

Ich bin dabei, mit Fragezeichen wie Dartpfeilen auf das Holzkreuz unter der Zimmerdecke zu zielen, als die Besuchszeit anbricht.

Es klopft.

Drei Augenpaare (Papa, Mama, ich) folgen dem Geräusch und fixieren die Tür. Nichts regt sich. Die Klinke verharrt in der Waagrechten.

Das zweite, zaghafte, schon leicht entmutigte Klopfzeichen verrät mir die Identität des unangemeldeten Besuchers, noch ehe meine Mutter ihr helles, um Optimismus bemühtes »Herein!« Richtung Gang schickt.

Eben will ich Einspruch erheben, da schieben sich schon die ersten Locken durch den Türspalt. Demonstrativ drehe ich mich weg, widme mich ganz der Landschaft vor dem Fenster, wo ein Nomadenvolk heimatloser Novemberwolken vorüberzieht und der Wind letzte Blattreste von den Bäumen fegt.

Was aus den Krankenhausdecken aufragt, ist eine Büste, geschaffen nach meinem Ebenbild. Ein geschliffenes, starres Stück Alabaster mit unbeweglichen Bernsteinaugen, das weder grüßt noch spricht noch gestikuliert.

Der Zusammenprall meiner abweisenden Schweigsamkeit und der verlegenen, verletzten Stille JasminCelineJustines lädt den Raum mit Unausgesprochenem auf. Die verzweifelte elterliche Suche nach neutralem Gesprächsstoff steigert die Anspannung, macht sie unaushaltbar. Ich muss den Mund aufmachen.

Meine Stimme wirft sich zwischen die Gesichter. Sie klingt fremd. Worte zerplatzen und füllen die Luft mit scharfkantigen Splittern, an denen sich vor allem eine schneiden soll: »Ich will, dass sie geht.«

Meiner Mutter entfährt ein erschrockenes, als Lachen getarntes Geräusch. Sie tut, als habe sie sich verhört, als könne dies nicht mein Ernst sein.

Wie ferngesteuert öffnet sich mein Mund ein weiteres Mal. »Sie soll gehen.«

»Aber …«

»RAUS!!«

Ich sprenge die kalte Alabasterkruste, spucke glühendheiße Wut: »RAUS! RAUS! RAUS!!«

Fassungslose Mutterhände beeilen sich, JasminCelineJustine aus dem Zimmer zu schieben. Mit einer Lautstärke, als hätten Hirn und Herz die Plätze getauscht, pocht es hinter meiner Stirn.

Von rechts streichelt mein Vater beruhigend auf meine Schulter ein. Das wirkt. Je stiller es in mir wird, desto deutlicher spüre ich, wie Trauer und Verlust, zwei unterirdischen Strömen gleich, meine Brust fluten. Ein Becken, von dessen Existenz ich bislang nichts ahnte, füllt sich mit Tiefe. Weinen wäre jetzt gut. Es gelingt mir nicht.

An den darauffolgenden Tagen fängt meine Mutter JasminCeline-Justine bereits auf dem Gang ab, sodass ich zu meinen Jas und Neins und dem Denk-Karussell, dessen Pferdchen mein Klavier umkreisen, zurückkehren kann.

Nachdem die Sonne sechsmal auf- und untergegangen ist, werde ich entlassen.

54.

Ich bin ein einarmiger Bandit. Verstohlen drücke ich mich in unserem Haus herum, wo es nichts zu tun und nichts zu holen gibt.

Mit Stumpf und goldener Hakenhand ließe sich der Alltag bestimmt besser bewältigen als mit dieser lästigen, mullbindenweiß verpackten Mumie am Arm. Selbst kleinste, geringfügigste Berührungen provozieren die Überreste meiner Hand zu heftigen Antworten voll schmerzhafter Deutlichkeit.

Schule als Ablenkungsmanöver ist in meinem frisch-geflickten Zustand keine Option. Von unachtsamen Klassenkameraden angerempelt und zum Aufplatzen gebracht zu werden, wäre momentan eher kontraproduktiv. Auch bin ich mir nicht sicher, ob ich den Fragen, die unweigerlich auf mich einprasseln würden, mit der nötigen Gelassenheit begegnen könnte. An Herausforderungen fehlt es mir (auch ohne Schule) weiß Gott nicht: Der bloße Anblick meiner bandagierten Linken sowie die vielen alltäglichen, normalerweise automatisch und gedankenlos ausgeführten Handlungen, welche auf Grund meiner Einhändigkeit plötzlich kaum zu bewältigende Probleme darstellen, quälen mich von früh bis spät. Zu behaupten, dass ich meine neue Aufgabe – das Erdulden permanenter Frustrationen – auch nur in Ansätzen meistere, wäre glatt gelogen.

Das Gefühl, dass ich nicht nur meine eigenen, sondern auch die Zeiger der Uhren beschädigt habe, lässt mich nicht los. Sekunden, Minuten und Stunden hinken lahm von Zahl zu Zahl. Wohin mit mir? Was tun mit all den ausgedehnten, sich bis ins Unendliche ziehenden Zeitabschnitten?

Ich drehe meine Runden durch Zimmer und Stockwerke, steige Treppen, bemühe mich krampfhaft um nie da gewesene Routen –

vergebens. Letztlich kehre ich stets zurück auf die gewohnte Bahn, jenen unsichtbaren Trampelpfad, der mich zum Klavier führt. Eine magische, absolut reißfeste Bindung an das Instrument verurteilt all meine halbherzigen Ausbruchs- und Ablöseversuche von vornherein zum Scheitern. Wie ein Kettenhund hänge ich an Klaviatur und hölzernem Gehäuse. Je weiter mich Wut und Verzweiflung in die Ferne treiben, desto plötzlicher schnelle ich zurück und finde mich, ein enges Halsband aus Sehnsucht um die Kehle, auf dem Klavierhocker wieder.

Die Klappe öffnet sich von selbst. Gewohnheitsmächte führen meine Rechte bis dicht über die Tasten. Weiß und Schwarz und Glatt wecken ein Begehren in meiner Mitte. Kleine, flinke »Ich-will«-Wellen eilen Richtung Fingerspitzen, die schweben, zittern, zögern. Ich kann den Anschlag nicht verhindern.

Die Rechte krabbelt über die Tasten: ein einsamer, fünfbeiniger Käfer auf der Suche nach seiner Gefährtin. Unwillkürlich zuckt es im Verband. Die Mumie erwacht, will eingreifen, ergänzen, mittun und kann nicht, kann nichts als schmerzen.

Jetzt auch noch Tränen. Als wäre das Absondern salziger Flüssigkeiten die einzige Fähigkeit, die mir geblieben ist.

»Scheiße!« Ich ramme den Ellbogen in die Tasten. »Scheiße!!« Die Rechte flieht und bringt sich ein paar Oktaven höher in Sicherheit, während mein Ellbogen weiter auf Schwarz und Weiß eindrischt. »Scheiße, scheiße, scheiße!!«

Plötzlich liegen Hände, gesunde, kräftige Vaterhände auf meinen Schultern. Die Sitzfläche meines Hockers rotiert. Ich werde umgedreht. Hinter mir schließt sich der Deckel. Ich habe ihn gar nicht kommen hören. Dass er mich in den Arm nimmt, ändert nichts.

55.

Wenn ich nicht gehe, komme ich auch nirgends an. Nicht einmal am Klavierhocker. Meine Streifzüge durchs Haus werden seltener.

56.

Ich liege auf dem Wohnzimmerteppich, den Blick wie einen Galgenstrick um die Deckenbalken geschlungen. Dreieinhalb Meter über mir, getragen von jenen dunklen Balken, steht mein Klavier. Brächen die Balken, so würde mich das Instrument mit einem polternden, dissonanten Aufschrei unter sich begraben. Die Vorstellung dieses mir angemessen erscheinenden Abschieds von der Welt tröstet mich – ein letztes Mal auf die Absurdität des Lebens hinweisen, den Tod einer Zeichentrickfigur sterben, das Piano als Henker …

Kein einziger Gedanke an morgen würde übrig bleiben. Nur Splitter. Holz- und Zahn- und Knochensplitter.

Aller Lethargie zum Trotz raffe ich mich mehrmals täglich dazu auf, komplizierte Konstruktionen zwecks Stützung und Hochlagerung meiner verletzten Hand zu errichten. Wenn ich meinem Körper den Heilungsprozess schon, wie meine Eltern behaupten, durch einen »Mangel an Zuversicht« erschwere, so fühle ich mich doch verpflichtet, ihm jedwede »rein faktische« Unterstützung, die ihm beim Heilen nützlich sein könnte, bereitzustellen. An schmerzhaften Anweisungen hinsichtlich der Art und Weise, wie die Hand gepflegt, umsorgt und gelagert werden will, fehlt es nicht. Unablässig tickern Meldungen aus der Wunde auf mich ein.

Steif und still liege ich da, erstarre in meiner mit Teppich ausgelegten Wohnzimmergruft unter dem Klavier. Die minütlich aufflackernde Kombination aus Schmerz und Verlust als einziger Beweis meiner Lebendigkeit. Im Rhythmus meines durch Elend, Angst und Starre verlangsamten Herzschlags schwingen sich Schmerzimpulse über Nervenbahnen zum Gehirn hinauf. Ich lausche dem Gepocher. Solange Takt und Ton wiederkehren, lebe ich noch.

Zuweilen ist mir, als hätte alles, was einst meine restlichen Glieder bewohnte, sein Zuhause verlassen, um gen Hand zu ziehen. Rumpf und Beine verkommen zu Geisterstädten, liegen da wie ausgestorben.

Wie und was da geschieht, in mir, mit mir, bleibt im Verborgenen. Mein Körper geht seine eigenen Wege. Mehr denn je empfinde ich meine fleischige Behausung als autarke, absolut selbstständige Organisation; ein System, getrennt und abgeschieden von meinen seelischen Nöten, das mir keinerlei Einblick gestattet. Nähere ich mich, so klopfen mir Millionen von Zellen auf die Finger. Sie wissen, was sie tun, machen das seit Jahren. Mein Ich und seine tristen, unnützen Denkereien sollen sich raushalten, werden in die Schädelschale verbannt. Zutritt für Unbefugte verboten. Am Heilungsprozess Unbeteiligte bleiben ausgeschlossen.

Ich bleibe also außen vor. Wartend.

Doch der Moment, da mir mein Körper die Ergebnisse seiner Regenerationsanstrengungen präsentieren wird, rückt näher. ER weiß, was er kann.

Ich weiß nur, was ich nicht mehr kann.

57.

Man zieht die Fäden früher als erwartet. Ängstlich beobachte ich den Pinzettenschnabel, dessen glänzende Spitzen zielsicher nach den schwarzen, knotenköpfigen Würmern in meiner Handfläche schnappen. Ein leichtes Ziehen, ein kleines Schnipp, schon hat die Schere den Knoten durchtrennt. Widerstandslos gleiten die geköpften Würmer aus meiner Haut, der silbernen Schale entgegen.

Gerade will ich fragen, was nun mit mir und meiner geflickten Hand geschehen soll, da zückt der Chirurg eine Nadel. Ohne sich mit langen Erklärungen aufzuhalten, durchsticht er den Nagel meines linken kleinen Fingers. Statt eines medizinischen Ohrsteckers mit Glitzersteinchen fädelt er einen gewöhnlichen, rot-orangefarbenen Haushaltsgummi durch das Nagelloch. Dann kürzt er den Gummi und befestigt seine losen Enden an einer Sicherheitsnadel, welche er meinem frisch verbundenen Handballen ansteckt. Sein stolzes und zugleich schelmisches Lächeln lässt mich vermuten, dass es sich bei diesem merkwürdigen Verfahren um seine eigene Erfindung handelt, und während ich noch verdutzt den Miniatur-Expander an meinem Verband beäuge, rasselt er auch schon die Bedienungsanleitung meines neuen »Trainingsgeräts« herunter.

Bislang verliefe alles ganz ausgezeichnet, behauptet er. Inwieweit meine Sehnen ihre volle Beweglichkeit zurückgewännen, liege nun ausschließlich an mir bzw. meinem »Trainingsfleiß«.

»Was ist mit Klavierspielen?«

Beim Stellen der Frage spüre ich, wie sich mein Rücken krümmt, wie ich mich wegducke, als erwarte ich anstelle einer Antwort ein paar Ohrfeigen.

»Wie schon gesagt: Das liegt an dir … daran, in welchem Maße du bereit bist, dafür zu arbeiten –«

»ICH BIN BEREIT!«, entfährt es mir, und das erschrockene Zusammenzucken der im Hintergrund werkelnden Schwester verrät, dass sich mein Enthusiasmus recht deutlich auf die Lautstärke meines Ausrufs ausgewirkt haben muss. Der Chirurg quittiert meine Bereitschaft mit zufriedenem Nicken. Dennoch versäumt er es nicht, mich auf die Konsequenzen hinzuweisen, mit denen ich im Faulheitsfalle zu rechnen hätte. Detailverliebt zeichnen seine Worte das Porträt verkürzter Sehnen, welche meine Hand Jahr für Jahr mehr versteifen, verkümmern und schließlich zur Kralle mutieren lassen. Pflichtbewusst weist er mich außerdem auf die Möglichkeit hin, dass trotz Trainingsfleißes »Beschwerden« zurückbleiben könnten, die man aber eventuell durch eine erneute Operation beheben könnte. Schreckensvisionen verheeren die Helle in meinem Gesicht. Meine Schultern sinken.

Der Chirurg, dem mein Rückfall in die Mutlosigkeit offenbar nicht entgeht, beeilt sich, zu seinem Lächeln zurückzukehren. »Streck mal den Finger!«, fordert er.

Unter Aufwendung all meiner Kräfte ziehe ich den Gummi straff.

»Na also! Klappt doch schon ganz gut! Genau diese Bewegung machst du von jetzt an, wann immer möglich! Dann kann eigentlich nichts schiefgehen …«

Damit ist mein Termin beendet. Er begleitet mich zur Tür. Mit einem zuversichtlichen »In spätestens einem Monat spielt sie wieder« werde ich meinen Eltern übergeben, deren Jubilieren jeden »Hosanna« schmetternden Kirchenchor in den Schatten stellt.

Ich hingegen bin zu beschäftigt, um mich zu freuen. Hochkonzentriert versuche ich alles, was mir an Energien zur Verfügung steht, in meine Hand und in diese eine Bewegung fließen zu lassen, welche mir die Rückkehr ans Klavier ermöglichen wird: Beugen. Strecken. Beugen. Strecken.

Am darauffolgenden Morgen ist alles anders. Nicht nur, dass ich Tagesanbruch, Licht und Vogelkonzert freudig begrüße, die Decken abwerfe und mich mit Leichtigkeit über die Bettkante schwinge, nein, da ist noch mehr …

Was mehr ist, ist die Aussicht auf mein Meer.

Der Glaube an große Fahrten über klingende Ozeane, deren an- und abschwellende Melodien gegen meine Trommelfelle wogen, ist in mich zurückgekehrt. Die Übergabe der Verantwortung aus Chirurgen- und Schicksalshänden an mich und meinen Willen hat Funken geschlagen, ein inneres Feuer entfacht.

Der Wind erledigt den Rest. Vergangene Nacht trug er die Flammen bis in die letzten Winkel meiner Seele. Als ich erwache, brennt alles lichterloh. Mein Vorsatz, das Unmögliche möglich zu machen, versengt meine Zweifel.

Die Wiederauferstehung meines Mutes lässt meine Eltern aufatmen. Sorgenfalten glätten sich.

Es ist, als stünde ein verstecktes Fenster offen. Ein Luftzug Lebendigkeit fährt durch alle Zimmer. Wiewohl sich draußen die Nächte verlängern, Bäume entblättern und fallende Temperaturen die Zugvögel gen Süden treiben, bricht hinter den weißen Wänden unseres Hauses der Frühling aus. Die Last der Tage schmilzt. Wir schweben durch die Stockwerke.

Mein Vater, froh über meine neue Empfänglichkeit für Beistand und Zuspruch, nutzt diesen ersten Morgen, um mir eine Nachricht neben die Müslischüssel zu legen. Ich ziehe an dem zum Lesezeichen umfunktionierten Löffel und schlage das Buch auf. Zwei mit neongelbem Textmarker hervorgehobene Zeilen springen mir entgegen:

»Klavier spielt man mit dem Kopf, nicht mit den Händen.« Glenn Gould.

Unwillkürlich schieben sich meine Mundwinkel Richtung Ohren. Sofort lege ich den Kopf in den Nacken, forme die Hände zum Trichter (eine Bewegung, welche die Linke verhältnismäßig leicht meistert) und brülle zum Arbeitszimmer hinauf: »Trotzdem kein Fehler, wenn man welche hat!!«

Und zum ersten Mal seit langer, viel zu langer Zeit bin ich mir tatsächlich sicher, dass ich meine Hände und Finger weiterhin besitzen und für das einsetzen werde, was mir das Liebste ist. Genussvoll lasse ich mich von jener wiedererlangten Gewissheit durchtränken, sauge mich voll, wie ein Cornflake mit Milch. Mut macht hungrig. Bald ist die Schüssel leer.

58.

Gottvater thront auf seinem Regiestuhl und gibt sich alttestamentarisch: Der Weg zurück zu einer voll funktionstüchtigen Hand kann ihm offenbar nicht steinig genug sein. Seinem eingeborenen Sohn verbietet er strengstens jegliches wundersame Eingreifen. Nicht eine Minute soll mir geschenkt werden. Ich fühle mich dem Volk Israel so nahe wie nie.

Nachdem mein Finger wochenlang am Gummi gezogen, sich gebeugt und gestreckt und gequält hat, wird es Zeit für die ersten klavierspezifischen Fingerübungen.

Noch vor wenigen Monaten hätte ich es für ausgeschlossen gehalten, dass man sich solch öden Übungen mit derartigem Feuereifer widmen kann. Geräuschlos imaginäre Tasten anzuschlagen erschien mir der Gipfel der Langeweile zu sein. Heute dagegen empfinde ich jede flache Unterlage – von Schenkeln, Tischplatten und Sofalehnen bis hin zu Bussitzen und Treppengeländern – auf der meine Finger ihre Trockenübungen absolvieren können, als unglaubliches Privileg.

Von Schul- und Familienleben nehme ich kaum noch etwas wahr. Morgens und nachmittags, wenn ich an Tonfall und im Anschluss eintretender Pause der Ägypterstimme eine Frage erkenne, ringe ich mir ein paar zerstreute Antworten ab. Ansonsten gilt meine ganze Aufmerksamkeit meinen Fingern, deren Kraft- und Geschicklichkeitszuwachs ich genauestens beobachte und analysiere. Drei kleine Glieder wickeln jeden Gedanken ein. Mein Dasein ist Üben.

JasminCelineJustine versuchte in jenen Wochen mehrmals, mit mir in Kontakt zu treten. Ich hatte jedoch keinerlei Bedürfnis danach, kein Interesse an einem Wiedersehen.

Das Desinteresse an ihr unterschied sich kaum von dem allumfassenden Desinteresse, jener absoluten Gleichgültigkeit, welche ich meiner Umwelt entgegenbrachte.

Meine Welt war auf die Größe einer Sehnenplatte mit fünf länglichen Auswüchsen zusammengeschrumpft. Hier, auf diesem flachen, fleischigen Planeten, in dessen Atmosphäre lediglich die verschiedenen Narbencremes vordrangen, lebte ich.

59.

Sie wartet an der Haltestelle. Vielleicht klappt es ja heute?

Ihre gefalteten Hände schwitzen ein letztes Stoßgebet aus. Dann ist es so weit: Der rote Bus biegt um die Ecke beim Getränkemarkt, bremst und schmiegt sich in die graue Asphaltbucht. Aus seinen Türen ergießt sich ein bunter, ranzentragender Kinderschwall auf den Rathausplatz. Sie sucht das Gesicht der Blutsschwester, findet es auf der anderen Straßenseite und rennt los. Hat sie genickt? War das ein Gruß?

Sie gehen nebeneinander, dicht an dicht auf dem engen Gehweg. Gut, dass sie laufen. Der Gleichschritt, eingeübt auf tausendundeinem Streifzug, macht Schweigen und Verlegenheit erträglicher.

Wenn nur der blonde Junge nicht wäre ... Dass er die Tasche der Blutsschwester tragen darf, empfindet sie als ungerecht.

Wie geht es ihr? Wie war die Schule? Hat sie heute Nachmittag Zeit?

Die Blutsschwester gönnt ihr keine Antwort, bleibt unbestimmt, gibt mal ein Geräusch, mal ein Schulterzucken von sich, mehr nicht.

Wo sind ihre Augen, wo ist ihr klarer, aufmerksamer Blick geblieben? Die honigfarbene Iris mit dem schwarzen Pupillenloch flackert unruhig in ihrer Mandelform, flieht unstet von rechts nach links. Nur selten gelingt es JasminCelineJustine, so weit ins Blickfeld der Freundin vorzudringen, dass sie sie unweigerlich ansehen muss. Wenn sie dann die Lider senkt und das Gesicht abwendet, würde sie am liebsten schreien.

Sie beobachtet die fünf unermüdlichen Finger, die links aus dem Verband der Blutsschwester hervorragen: Sie tanzen; hüpfen auf und ab, als feierten sie ihr Glück, noch einmal davongekommen zu sein.

Der Master hat sie nicht zerstört, nein. Aber es war knapp. Viel zu knapp.

Sie hätte sie nie in Gefahr bringen dürfen. Es tut ihr leid, unglaublich leid.

»Bist du sehr böse auf mich?«

Die Freundin schweigt. Gibt nichts von sich als leises Fingerklopfen. Das Klopfen springt vom dritten zum ersten, zum zweiten Finger, vom Kleinen zum Zeige-, vom Ring- zum Mittelfinger, läuft hin und her, vor und zurück, erprobt eine unendliche Vielfalt an Variationen.

»Ich hab' nicht gewollt, dass das passiert …«

Stille.

Dann dritter Finger, vierter Finger, zweiter Finger, erster Finger. Geklopfte Kombinationen. 3421 3421 4331 4231 4321 43 21 43 21 1234 3421

»Es … es ist alles seine Schuld!«

52121212 52121212 521212 52132213 51232321 51323231 313 313

»Sag doch was!!«

1234 1234 2134 5423 5432 1234 1234 5423 5423 1234 5432 5432 21

Sie hält die Blutsschwester am Ärmel fest, wird abgeschüttelt.

»Es tut mir leid!«

Sie weint jetzt.

Der blonde Junge mustert die weinende JasminCelineJustine aus kalten, krokodilgrünen Augen. »Warum lässt du sie nicht einfach in Ruhe? Siehst doch, dass sie nicht mit dir reden will!«, zischt er ihr zu.

Der Mund der Blutsschwester wird bestätigend schmal. Mit fest aufeinandergepressten Lippen, den Blick starr geradeaus gerichtet, biegt sie in die Straße mit Tiernamen ein.

Die Klopfzeichen auf ihrem Schenkel sind alles, aber keine Antwort.

JasminCelineJustine tastet nach der Nagelschere in der hinteren Hosentasche, verlangsamt den Schritt, fällt zurück. Blutsschwester und Junge entfernen sich, werden kleiner und kleiner. Dann sind sie verschwunden.

60.

Nachmittag.

Rechte Hand: 32 32 32 32 32 32 53 53 53 53 53 53

Linke Hand: 321 321 3121 3121 312 312 3121 3121 3121 531 531

Rechte Hand: 12 12 12 12 12 12 12 12 12 12 12 12 12 12 12 12

Linke Hand: 12 1325 12 1325 1212 1325 12 12 1523 12 12 1523 12

Rechte Hand: 21 21 21 21 21 21 21 21 21 21 21 21

Linke Hand: 21 2513 21 2513 21 21 2512 2512 21 2515 21 21 2315

Es klingelt an der Tür. Einmal. Zweimal. Ich weiß, wer's ist.

Rechte Hand: 35 35 35 35 35 35 35 35 35

Linke Hand: 35 3152 35 3152 35 35 3152 35 3251 35 3251 35 35

Nach dreimal Läuten gibt sie normalerweise auf …

Rechte Hand: 53 53 53 53 53 53 53 53 53 53 53 53

Linke Hand: 53 5231 53 53 5231 53 53 5132 53 5132 53 53 5132

Endlich schweigt die Klingel.

Vom Wohnzimmerfenster aus beobachte ich ihren Rückzug, begleite sie mit Blicken über Hof, Gehweg und Straße bis nach Hause. Erst als das Treppenhaus ihren Kopf verschluckt und auch die letzte Locke wie eine Spaghettinudel eingesaugt hat, verlasse ich meinen Fensterplatz und widme mich den chromatischen Tonleitern.

61.

Rechte Hand: 531531 531 531 531531531 521521 521521 521521521
Linke Hand: 531531531 531531531 531531531 521521521 521521521

Das besorgte Gesicht meiner Mutter: blasser als sonst, die Brauen nach oben verzogen. Dicht unter ihrem dunklen Pony erscheinen zwei hilflos verzweifelte Querfalten. »Hör mal Schatz …«

Sie atmet hörbar ein und aus; macht ein Geräusch, das verzagtes Seufzen und entschlossenes Schnauben zugleich ist.

»Es ist was ziemlich Schlimmes passiert …«

Linke Hand: 12342134 12342123 12342134 2314234 2341234 2341234

Sie zögert. Stockt, als hätte sich der Rest des Satzes in ihrer Kehle verfangen wie eine Fischgräte. Ein ungewohnt strenger, verärgerter Blick trifft meine Finger.

»Könntest du bitte mal fünf Minuten die Hände stillhalten und zuhören?«

Äußerst widerwillig, mit genervt rollenden Augen unterbreche ich meine Übungen, verschränke die Arme vor der Brust und parke die Finger unter den Achseln.

»Danke. Also … die JasminCelineJustine hat … Ich meine, sie ist … Sie ist im PLK.«

Meine Linke gleitet zurück auf die Tischplatte.

»… das ist das Psychiatrische Landeskrankenhaus …«

»Ich weiß, was das ist.«

»Ja, sicher … Ich dachte nur …«

Linke Hand: 1523123 1523123 1523 1523123 1525 1525 1523123 15

»Sie … Sie hat versucht, sich das Leben zu nehmen.«

Linke Hand: 2315231523 15231523 1523152315 23152315 2315231523

»Hast du verstanden, was ich eben gesagt habe?«

Linke Hand: 321 321 3121 3121 312 312 3121 3121 531 531 5131 5

Eine lange, beringte Hand stoppt meine Finger, deckelt meine Bewegung mit weicher Schwere. Ich hebe den Kopf dem verständnislosen Gesicht meiner Mutter entgegen.

»Interessiert dich das gar nicht?«

Der Vorwurf in ihrer Stimme erhitzt meinen Kopf. Wütendes, beschämtes Rot färbt mir die Wangen.

Schulterzuckend befreie ich mich aus dem mütterlichen Griff.

»... jedenfalls ist sie außer Gefahr ... Offenbar hat sie eine ganze Menge Tabletten geschluckt und anschließend den Rettungsdienst verständigt.«

Linke Hand: 54 54 54 54 54 54 54 54 54 54 45 45 45 45 45 45 45

Auch ohne Augenkontakt spüre ich ihre Gereiztheit, ihr Ringen um Beherrschung unter dem Deckmantel sachlicher Berichterstattung.

»... mussten ihr den Magen auspumpen ... gerade noch rechtzeitig ...«

Linke Hand: 2315231523 23152315 231523 231523 23152

Die Hand meiner Mutter versetzt der Tischplatte einen lauten, klatschenden Schlag, der mich erschreckt zusammenzucken lässt. Kopfschüttelnd steht sie auf.

»Ich begreif's nicht! Wirklich nicht ... Was um alles in der Welt ist denn zwischen euch vorgefallen?!«

Rechte Hand: 123 1312 13132 3121 31321

Linke Hand: 312 3132 31312 1323 13123 13

Wieder werde ich festgehalten. Die Stimme meiner Mutter zittert.

»Mein Gott, LottaLuisaLuzia! Es gibt noch andere Dinge im Leben außer Klavierspielen – Dinge, die weitaus wichtiger sind ...«

Ich springe auf. Hinter mir poltert der Stuhl auf die Fliesen. Rasende Wut verbindet verkrampfte, pochende Punkte in Kiefer und Schläfen.

»Für mich nicht!«

Mit jedem Schritt, den ich mich vom Esstisch entferne, füllt sich mein Schädel mit Unaussprechlichem. Grausame, rachsüchtige Bösartigkeiten strampeln hinter meiner Stirn wie Katzen im Sack. Ein schrilles, lautes Geschrei springt mir aus der Kehle: »UND WENN SIE DENKT, DASS WIR DAMIT QUITT SIND, HAT SIE SICH GESCHNITTEN!!«

Der krachende Donnerschlag meiner Zimmertür beendet das Gespräch.

62.

»Hallo?« Fleischfarbenes Wedeln vor meinem Gesicht. »Erde an Braun, Erde an Braun, bitte kommen!«

Mein auf den Schulhof gerichteter Salzsäulen-Sehstrahl bröckelt und bricht unter meinem Blinzeln.

»Packst du heute noch zusammen, oder was? Wir verpassen den Bus!«

Der Ägypter hat recht. Ich raffe mich auf, sammle meine Sachen ein und folge seinem blonden Hinterkopf durch Gänge und Schultor.

Ein Rest Sonne klatscht mir ins Gesicht.

Aus Nordwest rasen Wolken heran. Kühler, feuchter Wind streift meine Arme, stellt Härchen auf, rüttelt mich wach. Ich versuche, mich an das Datum zu erinnern, das ich heute oben rechts in meine Hefte eingetragen habe. Irgendeine einstellige Zahl, dann Juni, dann 1996 …

Ich starre auf meine Füße, die sich sonderbar selbstverständlich Richtung Charlottenplatz bewegen. Die Schuhe, die ich trage, hätten mir damals nicht gepasst … Nach und nach entdecke ich eine ganze Reihe von Indizien, die eindeutig dafür sprechen, dass ich die nachmittägliche Geiselhaft im Bilderbunker meines Hirns überstanden habe. Und doch – es liegt etwas in der Luft, was so gar nicht zur frühsommerlichen Jetztzeit, in die mich der Ägypter zurückgewedelt hat, passen will: Es riecht nach Schnee.

Besteht die Möglichkeit, dass mich eine Jahreszeit, allen Gesetzen und festen Phasen zum Trotz, aus der Vergangenheit bis ins Heute begleitet hat? Die Wolkenwand, der aufbrausende Wind und sein eisiges Parfum – all das ist zweifelsohne real. Die Passanten mit ihren misstrauisch himmelwärts gerichteten Blicken, den aufgestellten Kragen und den in Taschen und Ärmeln verstecken Händen beweisen es.

Wir verpassen den Bus. Müssen warten. Während ich das Wartehäuschen umkreise, in dem der Ägypter bereits mit genervtem Seufzen auf einem der unbequemen Plastikschalensitze Platz genommen hat, bemerke ich mein zweites Mitbringsel: Offensichtlich ist es nicht nur dem Winter gelungen, sich an meine Fersen zu heften. Auch im Mund klebt was …

Vorsichtig drücke ich jahrealte Wortreste und Satzfetzen gegen den Gaumen. Ein bitterer, metallischer Geschmack breitet sich aus, und ich spüre meine Zunge unter dem giftigen Belag einstmals ausgesprochener Torheiten erlahmen. Die Erkenntnis, dass sich nichts von dem, was einmal ausgesprochen wurde, je zurücknehmen lässt, hängt wie ein Mühlstein an meinem Sprechmuskel. Schweigend setze ich mich ins orangefarbene Plastik und denke bekümmert an die vielen Hundert Wörter, die mir Tag für Tag aus dem Mund fallen: achtlose Aussagen, leichtsinnige Sätze. Eine Unmenge unbedachter Buchstabenreihen. Allesamt unwiderruflich.

Die Ägypterschulter an meiner Seite zu spüren, tut gut. Noch hat ihn keins meiner Wörter verprellt. Klar. Er versteht eben nicht nur, was ich sage, sondern auch, was ich sagen will. Verstohlen mustere ich sein Profil. So sieht er also aus, der Mensch, der mich und all meine Launen kennt, der stets gelassen bleibt und mir nichts verübelt.

Vielleicht müsste man, um ganz bei der Wahrheit zu bleiben, »gelassen« durch »verdammt zäh« ersetzen. Vielleicht sind es aber auch ganz andere Charaktereigenschaften, deren spezielle Kombination es ihm ermöglicht, mein Freund zu sein? Was immer es ist: Es lässt ihn hier sitzen. Alles andere spielt keine Rolle.

Ob er wohl ahnt, wie sehr seine Schulter mir in Stunden wie diesen beim Tragen meines Kopfes hilft?

Der Bus kommt.

63.

Wir kriechen um die Ecke am Getränkemarkt und biegen auf die Zielgerade ein, wo der Busfahrer noch mal Gas gibt. Schon erreichen wir den Rathausplatz. Als der Bus stoppt und seine Türen öffnet, überkommt mich ein sonderbares Gefühl, ein Schwanken zwischen Déjà-vu und Vorahnung. Verwirrt sendet meine Hirnzentrale einen bunten Impulsmix über die Nervenbahnen. Organe und Muskeln antworten wild durcheinander. Ängstliches Zittern, erwartungsvolles Pochen, nervöses Wippen – auf der Strecke vom Scheitel bis zur Sohle scheint jedes Körperteil mit einem Ereignis zu rechnen. Bezüglich der Frage, ob dieses Ereignis nun wünschenswert wäre oder nicht, sind sich die Glieder uneins, und weder Furcht noch Freude kommen als gemeinsamer Nenner in Frage.

Ich klettere aus dem Bus, stelle den Blick scharf, spähe nach allen Seiten, drehe mich einmal um die eigene Achse und sehe – nichts. Keine Locke weit und breit. Warum auch?

Verärgert über meine, mir plötzlich lächerlich und kindisch vorkommenden, Erwartungen marschiere ich los. Wut und Kälte machen mich schnell. Der Ägypter hat Mühe, Schritt zu halten.

Der Heimweg gleicht einem Meridian auf der Akupunktur-Figur unserer Hausärztin, führt meine Füße über zahllose Punkte, die uns betreffen. Mich und JasminCelineJustine. Erinnerungen stechen zu und zu und zu. Das ganze Dorf erzählt von uns.

Da sind die Kastanien am Sportplatz, von denen wir im Sommer blattgrüne Fächer rissen – Fächer, die manchmal zu Fischen wurden, von denen nichts als die kahlgerupften, hellgrünen Gräten blieben. Da die Metallstangen, die Bande am Spielfeldrand, an der wir kopfüber hingen, die T-Shirts über Mund und Nase, bis uns schlecht wurde. Ich gehe weiter, folge der asphaltierten Spur, auf der wir unsere geheimen Kreidebotschaften hinterließen, folge ihr bis zur Wiese, auf der mein regenbogenfarbener Gummistiefel und Schneeflöckchen verloren gingen. Ein kleines Stück noch, dann werde ich den Randstein sehen, der dir damals den Schädel spaltete; ein Randstein mit vielen Hundert Brüdern, auf denen wir saßen, warteten, spielten. Ich begegne dem Wegkreuz, vor dem wir uns in der Dämmerung fürchteten, den Mülleimern, in denen ich die Master-Briefe verschwinden ließ, dem Hügel, an dessen Fuß unser gelber Wagen zerbrach … Wir sind überall.

Wir sind vergangen.

Es ist, als habe sich die Straße, die einst so leicht zu überqueren war, in einen reißenden, grauen Fluss verwandelt. Die Haltung, mit der wir uns begegnen, hat sich nicht nur verändert, sie hat sich ins Gegenteil verkehrt. Wo früher freudige Zuwendung war, ist heute beschämtes, ausweichendes Abwenden.

Mein Beschluss, ihre traurigen Blicke nicht weiter aufzufangen, fiel bereits Wochen vor dem Selbstmordversuch.

Wir kommen an. Der Ägypter verabschiedet sich. Ich bleibe im Hof und wage es zum ersten Mal seit Langem, das Fenster hinter der Laterne genauer zu betrachten. Ihr Fenster.

Die Gardinen hängen stumm und still. Ich könnte nicht sagen, wo sie jetzt ist, kenne ihre Gewohnheiten und Tagesabläufe längst nicht mehr. Es hat tatsächlich funktioniert. Wir haben uns aus den Augen verloren.

Der Wind frischt auf. Erste, eiskalte Spritzer zerplatzen auf meiner Nasenspitze. Ich gehe ins Haus.

64.

Die Zeitspanne bis zur Bettreife zu überbrücken, gestaltet sich schwieriger als gedacht, zumal es mir nicht gelingen will, mich mittels zeitloser Melodien abzulenken.

Jeder Ton, den ich anschlage, klingt nach gestern, erinnert an früher, war damals schon da. Es ist, als hätten die Tasten seit Jahren sehnsüchtig auf einen Sherpa namens Schall gewartet, der ihnen die Rucksäcke voll Erinnerungen abnimmt und bis zur Erschöpfung durch die Luft trägt.

Das deutliche Gefühl, dass all mein Fühlen, Sehen und Hören mit Vergangenem behaftet ist, deprimiert mich zutiefst.

Seit nunmehr dreizehn Jahren arbeitet die verbindende, verknüpfende und vergleichende Maschine in meinem Kopf, und schon scheint es, als wäre das absolut neue Erlebnis, das Erlebnis ohne Anbindung an Bekanntes, Gestriges, Schondagewesenes, zur Unmöglichkeit geworden.

Ich fühle mich zum ersten Mal alt. Die Empfindung lässt meine Finger für die Dauer einer doppelten Pause innehalten. Ihr anschließendes Weiterspielen ist mehr Reflex als Wille.

Spielen, Atmen, Altern – alles Dinge, denen ich mich naturgemäß ergeben muss. Zwänge, die ich als mein Leben bezeichne. Absurd.

Musik.

Kraft.

Unlösbare Rätsel, die in mir und durch mich existieren, mit denen ich auf unbestimmte Zeit beschenkt werde. Der Gedanke, meine Geschenke eines Tages zurückgeben, abgeben, loslassen zu müssen, ist schlichtweg unerträglich.

Hat JasminCelineJustine Ähnliches gedacht? Wollte sie dem grausamen Lauf der Dinge zuvorkommen und selbst entscheiden, wann sie ihr Atmen und Pulsieren aufgibt?

Mit ärgerlichem Kopfschütteln verwerfe ich diesen Gedanken, der nicht zur Wirklichkeit passen will.

Sie hat den Notruf verständigt. Wer den Zeitpunkt seines Todes wirklich selbst bestimmen will, verständigt nicht den Notruf.

Oder doch? All das ergibt keinen Sinn.

Ein Sprichwort drängt sich auf, und wieder muss ich mich ärgern – schließlich befinde ich mich längst im Nachhinein, doch von Schlauheit fehlt jede Spur. Wahrscheinlich habe ich zuviel Zeit verstreichen lassen.

Mutter und Abendbrot platzen in Grübeleien und Spiel.

Wir versammeln uns um den Esstisch. Ich beobachte die Wege der Gabeln, ihr Einstechen, Aufspießen, zum Mund Führen und das darauffolgende Kauen und Schlucken.

Das sind meine Eltern. Eltern, die essen, trinken, atmen, altern.

Ich will nicht. Wirklich nicht. Fühle mich unfähig, zusätzlichen Ballast aufzunehmen. Der Tag, der nicht vergehen will, wiegt schwer genug.

Die Masse meiner erinnerten Klänge, Bilder, Gerüche und Gedanken haben die Stundenbäuche zu doppelter Größe anschwellen lassen. Faul und träge fläzen sie im Zifferblatt, rühren sich nur, wenn's unbedingt sein muss. Von Verrinnen kann keine Rede sein. Wann und ob die nächste Minute vom Zeigefinger der Uhr angestupst werden wird, weiß keiner. Der Verdacht, dass dies das wahre Gesicht der Zeit ist, drängt sich auf.

Meine Eltern tauschen indessen verwunderte Bemerkungen über den plötzlichen Kälteeinbruch aus. Im Fenster biegen sich die Bäume. Es regnet. Spritzer schwimmen wie weiße Krönchen auf den Oberflächen dunkler Pfützen.

Ich erinnere mich an den Schneegeruch, der meinen Gedanken bis ins Jetzt gefolgt ist.

Angenommen, das Vergangene verginge niemals wirklich und jede gelebte Daseinssekunde bestünde parallel zum Jetzt, so wäre der Sprung von Zeit zu Zeit, von heute nach gestern, ein Leichtes. Die Distanzen zwischen Erlebtem und Erleben betrügen kaum noch Haaresbreiten. Unter diesen Voraussetzungen wäre es durchaus denkbar, Dinge von Zeit A nach Zeit B zu verfrachten. Dinge wie Schneegeruch.

Das Vergangene vergeht niemals wirklich. Ließe sich damit nicht auch die unendliche Größe der Zeit erklären? Wenn nichts vergeht, verbrannt, verbraucht wird, setzt alles an. Ich denke an Jahresringe wie Rettungsringe. Speckgürtel über den Hüften der Zeit, die längst keine Wespentaille und keine Stundenglasfigur mehr hat. Erstaunlich, dass sie überhaupt noch vorwärtskommt. Gut möglich, dass Gott sie anschiebt.

Gegen 23 Uhr zwinge ich mich ins Bett. Die Kälte im Zimmer macht mir Angst. Sowohl Bettdecke als auch die von meinem Hirn produzierte Bewusstseinsschicht, die mich von vergangenen Geschehnissen trennt, sind dünn. Viel zu dünn.

Wie nah sind mir JasminCelineJustines Locken, ihre Briefe, ihre Panik und ihr Weinen im Wald tatsächlich? Das feuchte Laub, meine blutige Hand, ihr tränennasses Gesicht –

Die Erinnerung ist jetzt ganz nah. Mit fest zusammengekniffenen Augen versuche ich, mich klein zu machen, keinen Finger und kein Bein abzuspreizen, bloß nichts zu streifen! Nur die Gedanken strampeln weiter.

Heimtückisch rollt das Gewesene seine Bilderketten aus, legt Schlaufen und Schlingen, baut Fallen, in denen sich mein Denken verheddert, während das Dunkel die Knoten festzurrt.

Verzweifelt bemühe ich mich um regelmäßige Atemzüge, hoffe auf Verdrängung, Vergessen und Ruhe.

Bis mir klar wird, dass ich mich vor meiner eigenen Vergangenheit nicht schlafend stellen kann, vergehen Stunden.

Eins, zwei – auf drei nehme ich all meinen Mut zusammen und stehe auf.

65.

Leises Klicken am Kopfende. Das Licht der Nachttischlampe zerschellt an der Bettkante. Im Hintergrund erscheinen die Silhouetten meiner Möbel.

Ich stelle mich vor den Kleiderschrank und denke »Nussbaum«. Seit ich weiß, dass dieses hundertjährige, kastige Ding mit seinen Kugelfüßen, Sockeln, Simsen und Säulen aus diesem Holz gemacht ist, kann ich kein Kleidungsstück mehr herausnehmen, ohne an Nüsse denken zu müssen.

Die Vorstellung, dass auch der Walnussbaum, der unten im Garten vor sich hin wächst, dereinst als Schranktür enden könnte, dass jemand sein Holz von Hand poliert und über Generationen hinweg weitervererbt, erscheint mir vollkommen absurd.

Lächerlich, wie ich da unschlüssig vor dem urgroßmütterlichen Möbel herumstehe und vorgebe, über dessen Beschaffenheit und Herkunft nachzudenken …

Was mich in Wirklichkeit davon abhält, den Schlüssel im Schloss zu drehen, ist meine Feigheit. Meine Angst vor dem, was sich unter den Kleidern versteckt; vor jenen hastig weggeschafften, jahrelang im Verborgenen ruhenden Beweisen, in denen ich zum ersten und letzten Mal nach Antworten auf meine Fragen suchen will.

Es vergehen weitere Minuten. Meine eiskalten Füße verlangen eine Entscheidung.

Um einem etwaigen Stimmungsumschwung zuvorzukommen, reiße ich voller Hast an den Schranktüren und stürze mich auf das unterste Fach, wo während der Sommermonate meine Wintersachen lagern. Unter den Stapeln aus Wolle, Gefüttertem und Gestricktem, verbirgt sich mein »Schrankkeller«, mein Tresor für alle Geheimnisse, egal, ob schön oder schändlich.

Auch der Schuhkarton mit JasminCelineJustines Briefen verstaubt dort unten.

Der Keller ist zu voll, die Nachttischlampe zu schwach. Um besser tasten zu können, klemme ich die rechte Schulter unter das Regalbrett und stemme es hoch. Winterfeste Kleidertürme rutschen über den schiefen Brettboden und stürzen ein.

Irgendwo hier muss sie sein …

Endlich spüre ich die Schachtel unter meinen Fingern, und sowie ich das Gesuchte sicher auf dem Teppich weiß, lasse ich das Brett von der Schulter plotzen. Verdammt! Der laute Knall, mit dem sich der Tresordeckel schließt, war so nicht beabsichtigt …

In der Hoffnung auf tief in Schlaf (Mutter) und Arbeit (Vater) versunkene Eltern, zerre ich den Schuhkarton ins Nachttischlampenlicht. Auf dem Weg zum Bett verrutscht und fällt der Deckel, als drängten die Briefe von selbst ins Freie.

Ich greife ins Papier, schlage auf, falte auf, lese. Absender und Poststempel beweisen, dass sie mir fast täglich aus dem PLK geschrieben hat. Alle Umschläge wurden geöffnet. Dennoch erkenne ich die Zeilen nicht wieder.

Vielleicht sind mir die Worte deshalb fremd, weil ich sie gelesen habe, wie man in die Sonne blickt: kurz, schnell, ängstlich, mit schmerzenden Augen.

Ich lese weiter. Lese Sätze, die eigentlich unvergesslich sind, während mein Gedächtnis stur darauf beharrt, nicht einen davon je gesehen zu haben.

Vielleicht, weil ich ihr nie geantwortet habe.

66.

Ich sitze am Klavier und spiele das Lied. Das alte, alte Lied …

Man hat mich gewarnt, doch meinen Fingern ist's egal. Sie bilden eine furchtlose, zehn Glieder starke Truppe, die unbeirrt über Elfenbein und Ebenholz klettert, schnurstracks der verbotenen Strophe entgegen. Ein letzter Ton, dann ist es zu spät. Glühbirnen bersten, die Galerie verdunkelt sich.

Zwei gehäutete, blutrote Pranken verschmieren die Klaviatur, verprügeln ihr Weiß. Es sind meine, zweifelsohne, doch was mir gehört, gehorcht nicht länger. Das Fleisch jenseits der Handgelenke regiert sich selbst. Im Unterarm sammelt sich ein Haufen verzweifelter Befehle, ein Cluster vergeblicher, wirkungsloser Anweisungen – ein sinnloses Bemühen um Sanftheit.

Ich begreife, dass sich meine mir einstmals gewogenen Greifwerkzeuge verschworen und mich entmündigt haben, dass ich ein Anhängsel bin, ein Paar Beine, von dem sie sich Nutzen versprechen, nichts weiter.

Die Brutalität der Anschläge nimmt zu. Tasten verpulvern unter dem Pressdruck gewalttätiger Finger. Ewigweiße Granulate rieseln Richtung Boden, wo pelzige, schwarze Teppichfasern ihre Arme wie Seeanemonen emporstrecken. 88 schneefarbene Kristallfälle regnen in hohen, glitzernden Bögen vom Klavier, berühren das Dunkel und lassen sich schlucken. Ein Windstoß befreit das Holz vom letzten Stäubchen Taste. Spielen wird zur Unmöglichkeit. Ratlos sitze ich vor einem Sarg für Saiten und Hämmerchen.

Allein die Pranken wissen, was zu tun ist. Vorsichtig falten und verkleinern sie das Teppichrechteck, in welchem ich die Tastenschar verschwinden sah. Keines der kostbaren Körnchen darf verloren gehen, sonst ist es aus, aus und vorbei. Die einzige Chance, jemals zu den Klängen zurückzukehren, besteht in der Vollzähligkeit der Stäubchen.

Die Pranken falten weiter.

Der Fasernwald schrumpft. Aus seinem Innern kracht und knackt und knirscht es, als wären dort Tausende Backenzähne am Werk. Mit dem nächsten Wimpernschlag ist es vollbracht: Die raue, rabenschwarze, auf Briefmarkengröße komprimierte Raute im feuchten Feuerrot meiner Pranke ist alles, was von Raum und Teppich geblieben ist.

Asphaltgraue Kälte verrät meinen Fußsohlen, dass ich mich im Freien befinde. Ich kann das beigefarbene Haus sehen, dessen Giebel in flirrende Bläue sticht. Das Fenster hinter der Laterne zeigt seine Scheiben. Kein Rollladen, kein Vorhang, nichts, was meine Sicht auf die gläsernen, sich langsam öffnenden Flügel versperrt.

Sie erwartet mich.

Hüftabwärts bewegen sich meine Beine. Ich muss ihnen folgen. Im Gehen füllt sich meine linke Faust mit kieseligen, ovalen Formen. Was …?

Der Druck im Innern der komprimierten Teppichschwärze tablettiert das Tastengranulat.

Nein! Das kann nicht …

Der Gedankenwust in meinem Schädel formt keine Sätze mehr. Ein schrilles, gequältes NICHT!, mehr bringe ich nicht zustande.

Kaum, dass die letzte Silbe verklungen ist, erscheint JasminCelineJustine am Fenster. Mein Rufen hat sie angelockt. Zwei Schritte noch, dann bin ich bei ihr.

Vor mir klafft es rachenrot. JasminCelineJustines Gesicht ist ein spitzes, weit aufgerissenes Schnäbelchen.

Ich tue nicht, was ich will, sondern was ich muss.

Seltsam unbeteiligt beobachte ich meine Pranken beim Füttern des lockigen, hungrig kreischenden Menschenkükens. 88 Tabletten später schließt sich das Schnäbelchen für immer.

Ihr Tod fällt wie ein Stein ins Wasser. Kreisförmige Wellen schubsen mich aus dem Weg. Das Wasser ist weit, unendlich weit.

Mein Blinzeln rafft die Zeit zusammen.

Ich strande irgendwo. Weicher Sand und rhythmisch schwappendes, sanft gewelltes Blau. Ein Halbmond aus Meer wärmt sich den Rücken am Gelb. Ich möchte bleiben. Für immer so liegen, hier, auf dieser sandigen Heizdecke. Gedankenlos. Wellenumrauscht.

Wer hebt mich auf? Warum? Wohin tragen mich meine Füße? Ich verschatte die Augen mit der Handkante, schaue mich um. Was ich sehe, kenne ich.

Bucht und Strandhaus scheinen unverändert. Ich spähe in den Garten, wo Sonnenstrahlen Geländer, Pfeiler und Palmen dazu anstoßen, ihre Schatten über immergleiche Flächen zu werfen. Zielstrebig überquere ich die Veranda, verschiebe eine gläserne Tür, weiß plötzlich, wonach ich suche.

Tatsächlich. Es hat sich nicht von der Stelle gerührt, erwartet mich seit Jahren, da, im Sonnenfleck. Ich streichle das Holz. Unser Wiedersehen braucht Melodie! Kurzentschlossen hebe ich den Deckel und erstarre.

Vor mir klafft tonlose Schwärze. Der Deckel beherbergt nichts Spielbares mehr. Ein Geruch nach Fäulnis und Verwesung wabert aus dem zahnlosen Maul. Ich nähere mein Gesicht dem Dunkel. Mittig wölbt sich was. Ich strecke die Hand aus, berühre Feines, Gefiedertes … Eine Kralle! Kreischend taumle ich rückwärts, ringe die vor Ekel kribbelnden Hände.

Der Vogel im Klavier ist tot. Tot, tot, tot.

Ich weiß wer's ist. Ich weiß es, weiß es, weiß es!

Man sagt mir, dass ich schuld bin.

Ich schreie mich wach.

67.

Zurück in der Welt, die Stirn verschwitzt. Schwer atmend registriere ich Bilder; Puzzleteile, deren Gesamtheit mein Bett, mein Zimmer, mein Zuhause ergeben müssten. Noch fehlt jeder Zusammenhang, existieren nichts als Bruchstücke; Schnipsel, die meine gebogenen Wimpernsäbel blinzelnd aus der Filmrolle schneiden, die meine Umgebung aufnimmt. Mein erster Blick – der erste Schnipsel – zeigt meine Brust, wo blau beschriebene, von meinem unruhigen Schlaf arg in Mitleidenschaft gezogene Blätter und Briefumschläge knisternd die Decke überziehen, so zerknüllt, so zerknittert, als habe man sie aus dem Papierkorb gefischt.

Ich schiele zur Nachttischlampe, deren hellgelbes Lichtrund keine Bahnen zieht und stundenlang an meiner Seite gewacht hat. Mein erschielter Lampenschnipsel fängt auch den Wecker ein, dessen Anzeige im Widerspruch zur Helligkeit steht, die bereits das Zimmer beherrscht. So früh schon so hell?

Um mehr als Bettdecke und Nachttisch zu sehen, muss sich mein Winkel verändern. Ich stütze mich auf die Ellbogen auf.

Durch die dünnen, leicht transparenten Vorhangstoffe leuchten zwei milchige Rechtecke. Fahles Licht sickert ins Zimmer, mischt sich wie Deckweiß in Möbel-, Boden- und Wandfarbe, hellt auf und kühlt ab. Bläuliche Schatten erinnern an bibbernde Lippen.

Erst jetzt erhebt sich der erste Gedanke und tritt vor: die Briefe! Die Briefe müssen weg!

Hastig stopfe ich die Blätter zurück in den Schuhkarton. Um die Reihenfolge der Seiten zu wahren und die passenden Umschläge herauszusuchen, müsste ich mehr als grabschen und stopfen. Ich müsste hinsehen.

Ich müsste lesen.

Aber das kommt nicht in Frage. Unter gar keinen Umständen. Ich will diese Zeilen nie mehr wiedersehen.

Meine Hände orientieren sich weiter am Knistern, finden die Briefe blind. Auf Zehenspitzen überquere ich das Parkett. Eiskalte Glätte beißt mir in die Fußballen. Mit so wenig Bodenkontakten wie möglich rette ich mich auf die Teppichinsel vor dem Kleiderschrank.

Das Hochhieven des Schrankbodens bereitet die üblichen Schwierigkeiten. Ich klemme eine Schulter unter das Brett, stemme mich gegen das Gewicht von Winterkleidung und Holz und schiebe den Karton zurück in den hintersten Winkel des Schrankkellers. Der Knall des zufallenden Schrankbodens besiegelt das endgültige Verschwinden der Briefe. Ruhe kehrt in meinen Körper ein.

Das Schuldgefühl, welches während der letzten 24 Stunden mit der Beharrlichkeit einer ausgehungerten Ratte an den Knochen und Knorpeln meines Brustbeins genagt hat, verzieht sich. Ich will nicht wissen, in welchen Schatten es kriecht.

Meine Aufmerksamkeit gehört nun ganz den Fenstern, welche wie zwei sauber ausradierte Flächen im Gewebe der Vorhänge sitzen. Voller Spannung, mit einer Geste, als enthüllte ich die Skulptur eines großen Meisters, entschleiere ich die Scheiben.

Draußen liegt Schnee.

68.

Für eine Rückkehr zu Bett, Schlaf und Träumen fehlt mir der Mut. Es wird ein langer Tag werden.

Ich steige Treppen und mache einen Abstecher ins Bad, wo ich mich fest in den Bademantel meines Vaters wickle. Da die Fußbodenheizung offenbar auch im Sommer zuverlässig anspringt, sind Socken unnötig.

Ich setze mich in die Küche und schalte das Radio ein. Moderatoren und Anrufer zeigen sich verblüfft über den plötzlichen Kälteeinbruch. Der Wetterfrosch spricht von »Schafskälte«. Seine Erklärung jener »meteorologischen Singularität« im Ohr, nehme ich die Schicht, welche die Steinplatten hinter der gläsernen Küchentür weiß überzuckert, genauer unter die Lupe. Der »Schnee« entpuppt sich als eine körnig-kugelige Anhäufung von Hagelkörnern in Jelly-Bean-Größe. Trotzdem: Schicht ist Schicht, und laut Radio liegt der Küchenboden, auf dem ich sitze, lediglich zweihundert Höhenmeter unter der Schneefallgrenze der vergangenen Nacht.

Je länger ich das Weiß betrachte, in dem die ersten, schrägen Sonnenstrahlen kleine, glitzernde Feuerchen entzünden, desto sicherer bin ich mir: Das da draußen, das ist MEIN Wunder.

Gott hat in meine Träume geblickt. Und wie ihm selbst in schwärzester Nacht das Krabbeln einer schwarzen Ameise auf schwarzen Felsen nicht entgeht, so ist ihm auch mein Verlust nicht entgangen. Sowie mein kostbares Tastengranulat in JasminCeline-Justines Schnabel verschwunden war, befahl er den himmlischen Chören, ihre Orgeln zu zertrümmern, auf dass die Essenz ihrer

Klaviaturen das Land bestäube. Was ich verloren habe ist, tausendfach vermehrt, zu mir zurückgekehrt.

Ich nähere mich der kalten Scheibe, bis meine Nasenspitze auf Glas trifft und ich die Spiegelung meiner Augen sehe. Meine Fenster im Fenster. Mit Iris und Pupille verzierte Glaskörper durch die man, an klaren Tagen, die Seele sieht.

Die Stimme unseres dicken Dekans und der hundertfach von mir nachgesprochene, magische Satz hallen in meinem Kopf wider. Unwillkürlich flüstert mein Mund die tröstende Formel. »… und sprich nur ein Wort, so wird meine Seele gesund.«

Ich frage mich, welches das Wort ist, mit dem er die Wolken heute Nacht zum Abregnen kleiner, bepanthenweißer Kugeln gebracht hat … Aber vielleicht genügt für derartige Kleinigkeiten auch ein Fingerzeig oder ein Nicken seines allmächtigen Hauptes. Mit dem Zeigefinger fahre ich die Konturen der Häuser und Hügel nach und verinnerliche ihr Weiß, das sich wie Balsam auf meine wunde Seele legt.

Vielleicht bin ich nicht ganz so unschuldig wie das Weiß auf den Dächern … Das Mädchen in der Scheibe zuckt mit den Schultern. Na und?

Was immer ich getan habe, heute Nacht hat Gott das Tipp-Ex ausgepackt, es zugedeckt, ausgelöscht, verschwinden lassen.

Den Blick fest auf die bereits schmelzenden Klumpen aus Eiskristallen gerichtet, wiederhole ich den zweiten Satz, an den ich glauben muss, der mein Gebet, mein Mantra, meine Zauberformel ist: »ICH BIN NICHT SCHULD.«

Der Beweis meiner Unschuld, die Manifestation meines Freispruchs, liegt auf den Straßen, den Dächern, den Blättern und Grashalmen. Das Mädchen in der Scheibe nickt bekräftigend.

Ja. Das da draußen kann nichts anderes bedeuten.

Im Radio beklagt sich der nächste Anrufer. Ein leises, weit entferntes Rauschen erzählt vom allmorgendlichen Duschgang meiner Mutter. Jenseits der Brombeerhecke gehen erste Lichter an. Die Nachbarschaft erwacht. Eine Hundertschaft gähnender Gestalten tritt an die Fenster und bestaunt ein Zeichen, das mir gehört. Nur mir.

69.

Da unser Mathematiklehrer übers Wochenende einen Schlaganfall erlitten hat, entfällt die letzte Stunde. Dank dieses Vorfalls potenziert sich die Zeit, die dem Ägypter und mir bleibt, um den Bus zu erwischen, schlagartig um ein Vielfaches, und wir leisten uns den Luxus, gemächlich Richtung Innenstadt zu schlendern.

Eine gründliche Untersuchung aller Hosen- und Jackentaschen sowie des Rucksacks und der Ledermappe ergibt, dass unser zusammengelegtes Münzgeld sowohl für das Abholen der längst entwickelten Ferienlager-Fotos des Ägypters als auch für einen Abstecher ins Il Cappuccino ausreichen sollte.

Meine Bewunderung für die Fähigkeit des Ägypters, fotografische Zeugnisse seiner Erlebnisse anzuhäufen, ist groß, denn obwohl ich seit einiger Zeit selbst eine Kamera besitze, will es mir nicht gelingen, den hindernisreichen Weg bis zum fertigen Abzug zu Ende zu gehen.

Innerhalb des vergangenen Jahres habe ich die gesamte Palette des Scheiterns in Sachen Fotografie durchexerziert, indem ich entweder die Kamera oder den Film vergessen, den vollen Film verlegt, den Film versehentlich belichtet oder das Fotografieren von vornherein unterlassen habe.

Nachdem der Umschlag mit den Fotos von den Händen der Fachangestellten in die des Ägypters gewechselt hat, berste ich förmlich vor Neugier.

Die eigenen, verinnerlichten und erinnerbaren Bilder mit den Spuren zu vergleichen, die das Licht der jeweiligen Situation auf dem unspektakulär braunen, löchrigen Streifen hinterlassen hat, fasziniert mich immer wieder.

Meine Faszination ist jedoch keineswegs unabhängig vom Bildgegenstand, und ich gestehe, dass ich mich vorwiegend für jene Fotografien interessiere, auf denen ich selbst zu sehen bin. Das merkwürdige Gefühl, der kleine Schreck, der mich überkommt, wenn ich mein Gesicht auf einem Foto entdecke, die seltsame Spannung, welche der plötzliche Perspektivwechsel und das Vertauschen von Sehen und Gesehenwerden mit sich bringen … All das übt zuweilen eine fast hypnotische Wirkung auf mich aus. Es ist erstaunlich, wie lange ich der Fremden auf dem Abzug in die Augen starren kann, ohne dabei zu glauben, dass ich das bin.

Der Ägypter ist kein besonders neugieriger Mensch. Wenn ich ihn nicht wiederholt zum sofortigen Öffnen des Umschlags drängen würde, wäre er glatt imstande, mit dem Betrachten der Bilder bis nach dem Mittagessen zu warten. Gut, dass ich meine Hälfte der einen Tasse Kaffee, die wir uns noch leisten können, bereits intus und daher beide Hände frei habe.

Nach den ersten vier, fünf Landschaftsaufnahmen erhöhe ich die Geschwindigkeit, mit der ich den Stapel durchgehe, beträchtlich, wobei meine Hoffnung, auf eine interessante Aufnahme zu stoßen, mit jedem Himmel-Berge-See-Motiv schrumpft. Offenbar hat der Ägypter es doch vorgezogen, das, was uns, Saxofonist, Cellist und Pianistin, widerfahren ist, zu erleben, anstatt es mit Hilfe eines dritten Auges zu beobachten. Eigentlich dürfte mich das nicht weiter irritieren. Schließlich taucht in keiner meiner Zelt-, Steg- und Freibaderinnerungen ein Blitzlicht auf …

Ich kann mir meine Erwartungshaltung nur so erklären, dass ich, wiewohl mir die Situation, die zu Bild Nr. 17 geführt hat, mehr Traum als Realität zu sein schien, dennoch auf die Fähigkeit des Films vertraute, etwas von dem festzuhalten, was war.

Jetzt, wo ich das Foto in den Händen halte und spüre, wie Röte in meine Wangen kriecht, sind die 16 vorausgegangenen Enttäuschungen im Nu vergessen. Die 10 × 15 cm große, farbig-glänzende Fläche rechtfertigt meine Aufregung vollkommen.

Bild Nr. 17

Der letzte Abend, die letzte Nacht. Wir sind den Sternen in den See gefolgt, schwimmen gemeinsam, unsere nassen, dunklen Schöpfe zwischen zwinkernden, hellen Augen. Von den orangefarbenen Lichtlachen, die sich am lärmenden Westufer wie Öl auf das seichte Geplätscher legen, trennt uns weite, stille Tiefe. An unserem Strand herrscht Bettruhe, ist alles ausgeknipst. Das schummrige Leuchten der Laternen, welche den Weg zum Zeltplatz säumen, erreicht weder Steg noch Wasser.

Dicht neben mir pflügen die Arme des Cellisten das Schwarz. Die Bewegungen, mit denen er das Wasser verdrängt, sind nah genug, um meinen Beinschlag vorsichtig und behutsam ausfallen zu lassen. Ich will ihn nicht treten.

Wir erreichen die Bojen, klammern uns an rundes Plastik, von dessen Rot die Nacht nichts übrig lässt. Meine Hände zwischen seinen. Unser Rastplatz ist eng und kalt und wunderbar. Zitternde Lippen sind egal. Auf dem Rückweg zum Steg hoffe ich, dass der Ägypter noch immer schläft. Heute ist kein Platz für drei.

Wir trocknen uns ab. Gänsehaut am ganzen Körper. Fröstelnde Schultern. Nasse, sandige Sohlen auf glitschigen Planken, die zu Asphalt, Laternen und dem Weg zum Zeltplatz führen.

Neben uns tauchen die Waschräume auf. Seine Hand greift mein Handgelenk: »Lass duschen gehn.«

Die Männerdusche ist ein gekachelter Würfel mit zwei Meter Kantenlänge. Wir lassen die Finger vom Lichtschalter, drehen alle

Duschen auf, werden zu Schatten im Wasserdampf, die sich an gegenüberliegenden Wänden herumdrücken, ich rechts, er links. Langsam tasten wir uns von Strahl zu Strahl bis zu den beiden nebeneinanderliegenden Duschen vor, unter denen die Distanz zwischen uns kaum eine Armlänge misst. Ich bleibe stehen. Er nicht. Meine Schulter berührt seine Brust.

»Das hier scheint mir die Beste zu sein«, sagt er, deutet mit dem Arm auf die restlichen, »schlechteren« Duschen und fährt grinsend fort: »Wir werden sie uns teilen müssen«

»Damit kann ich leben«, untertreibe ich, während mich das glatte Gleiten von Haut auf Haut und die sanfte Berührung unserer Bauchdecken vor lauter Lebendigkeit halb wahnsinnig machen.

Hunderte Liter Wasser später. Wieder trocknen wir uns ab.

Das widerliche Gefühl spröden Frotteestoffs unter faltigen, aufgeweichten Fingerkuppen.

Dann umziehen. Umständlich, zuerst das T-Shirt an-, und anschließend das Bikini-Oberteil ausziehen zu müssen. Gewurschtel.

Der Cellist kramt in seiner Stofftasche und fördert die Kamera des Ägypters zutage. »Damit er sieht, was er verpennt hat …«

Die Tatsache, dass das, was er tatsächlich verpennt und dadurch ermöglicht hat, nicht auf dem Foto zu sehen sein wird, stimmt mich froh. Es würde ihm nicht gefallen.

Der Cellist streckt den Arm mit der Kamera aus. Ich lege den Kopf auf seine Schulter. Es blitzt.

Es war also doch kein Traum. Die gekachelte Waschraumwand hinter unseren Köpfen beweist es.

Die Fragen des Ägypters nach der Entstehungsgeschichte dieses Fotos lasse ich unbeantwortet und versuche, mich auf die restlichen Bilder zu konzentrieren. Doch das verräterische Rot auf meinen Wangen bleibt. Misstrauische, krokodilgrüne Blicke mustern mich von der Seite.

Spätestens als wir im Bus sitzen und ich daran scheitere, meine Bitte um Bild Nr. 17 cool vorzutragen, weiß er, was los ist. Was er davon hält, bleibt unklar.

Für den Rest der Heimfahrt scheint es, als wechselten seine Gefühle diesbezüglich minütlich. Mal lächelt er spöttisch, mal bildet sich eine steile Falte zwischen seinen Brauen; erst hängen seine Schultern traurig, dann sitzt er kerzengerade, entschlossen, mit verkniffenem Mund. Nur seine Augen, die im Innenraum des Busses verzweifelt nach einem Fixpunkt suchen, der nicht ich bin, behalten den Ausdruck bei, den sie beim Anblick meiner Freude über das geschenkte Bild Nr. 17 angenommen haben. Es ist ein Ausdruck mit wässriger Iris. Heller als ein Krokodil. Krautig grün und bitter wie Wermut.

70.

An manchen Abenden, wenn schwerwiegende mathematische Probleme die Decke seines Arbeitszimmers zum Einsturz bringen, besucht mich mein Vater auf der Galerie. Dann sitzt er schweigend auf den Treppenstufen, welche vom Gang in meinen Klavierbereich führen und hört mir beim Spielen zu. Ich mag es, wenn er die Brille abnimmt und mit seinen kurzsichtigen Augen vor sich hinstarrt, ganz in sich selbst und die Musik versunken.

Mehr als 30 Minuten Pause gönnt er sich selten. Ist die Frist verstrichen, wird die Brille wieder aufgesetzt, und sobald er, mit auf dem Rücken verschränkten Armen, im Zimmer auf- und abgeht, weiß ich, dass er neuen Mut gefasst hat und sich für den Rest der Nacht in sein Arbeitszimmer verabschieden wird.

An meiner links vom Klavier hängenden Pinnwand legt er zumeist noch einen kurzen Stopp ein, bevor er mit einem leicht zerstreut wirkenden Winken die Galerie verlässt.

Ich frage mich oft, ob er sich für eine ganz bestimmte Stelle auf der Pinnwand oder mehr für das große, aus Zetteln, Noten, Postkarten und Fotos zusammengesetzte, Ganze interessiert. Nachgefragt habe ich nie. Dass wir gemeinsam so schön schweigen können und nur die Musik zu Wort kommt, erschien mir stets wichtiger.

Umso mehr verblüfft es mich, als er mit ausgestrecktem Zeigefinger auf Bild Nr. 17, welches erst seit gestern an der Pinnwand hängt, deutet und fragt, wer das denn sei.

»Unser Cellist«, antworte ich.

»Aha.« Der Blick meines Vaters wandert zwischen der Fotografie und meinen erglühenden Wangen hin und her. »Aha, aha …«

Amüsiert grinsend nickt er mir zu und verlässt den Raum, während ich sowohl mein ehrliches Gesicht als auch seinen Scharfsinn verfluche.

71.

Als ich am nächsten Tag aus der Schule komme, finde ich einen Stapel Bücher auf dem Boden unter der Pinnwand. Ein Zettel mit der Handschrift meines Vaters verdeckt den ersten Titel. »Vielleicht interessiert dich das. Gruß, Papa.«

Erstaunt ob der Tatsache, dass er mir freiwillig und ohne Ermahnungen einen ganzen Stapel seiner heiligen Bücher überlässt, breite ich die uralten, völlig zerlesenen Ausgaben wie Tarotkarten vor mir auf dem Teppich aus.

Die Namen »Karl Marx« und »Friedrich Engels« habe ich schon mal gehört. Keine Ahnung, wer die anderen sind, und was sie mit mir zu tun haben sollen. Auf dem Teppich liegen: »Die Dinge wie sie sind« von William Godwin, »Eroberung des Brotes« von Pjotr Alexejewitsch Kropotkin, »Erinnerungen eines Revolutionärs« von Victor Serge sowie »Das Kapital« von Karl Marx und ein Reclamheft mit dem Titel »Manifest der Kommunistischen Partei«.

Des Weiteren finde ich in »Politische Gerechtigkeit«, ebenfalls von William Godwin, die Kopie eines Artikels mit der Überschrift »Anarchistische Symbolik«, und ich muss gestehen, dass sich mir der tiefere Sinn dieser speziellen Buchauswahl erst beim Anblick der schwarzen Fahne und des eingekreisten As erschließt. Unwillkürlich hebe ich die Augen zu Pinnwand und Bild Nr. 17 auf.

Die Haare des Cellisten hängen ihm nass und dunkel in die Stirn. Am höchsten Punkt seiner linken Ohrmuschel reflektiert ein kleiner, silberner Ring das Blitzlicht der Kamera.

Mein Kopf liegt dicht über dem ausgerissenen Kragen seines schwarzen T-Shirts, auf dessen Brust, kaum größer als ein Fünfmarkstück, ein weißes, von einem Kreis umschlossenes A prangt.

72.

Der Tag, an dem meine Eltern zum ersten Mal ohne mich das Land verlassen, ist ein Donnerstag. Freitagmorgen wird mein Vater einen Vortrag an der University of Warwick halten. Freitagsvorträge waren bislang seltene, günstige Gelegenheiten für gemeinsam verbrachte Familienwochenenden gewesen. Glücksfälle, die meine Schulwoche verkürzten, die Blaumachen und Reisen und seltsame Mitbringsel ermöglichten.

Dieses Mal wird alles anders.

Als ich dem Taxi mit den Schatten meiner Eltern auf den Rücksitzen nachwinke, begreife ich, dass unser Haus nun bis Sonntagabend mir gehören wird. Mir allein.

Der Gedanke an drei Tage Alleinherrschaft, an Freiheit anstelle von Flug (Frankfurt–Birmingham), an Freibad anstelle von Warwick Castle (das ich schon dreimal besichtigt habe), an *ff* anstelle von *pp* (sowohl auf dem Piano als auch auf dem Plattenteller) und die Aussicht auf allerlei Unvorhersehbares stimmen mich euphorisch.

Das Bedürfnis, die Nachricht von meiner sturmfreien Bude in die Welt hinauszuposaunen, ist unwiderstehlich. Was ich der Welt (meinen 27 Mitschülern) verschweige, ist das Ziel, welches ich mir für dieses Wochenende gesetzt habe.

Denn in Wahrheit dienen mir die Klassenkameraden lediglich als Testpersonen, an denen ich verschiedenste Formulierungen ausprobiere, um schließlich die eleganteste dem Cellisten vorzutragen.

Seit unserer nächtlichen Bade- und Duschaktion ist, von einigen langen, mehr oder weniger vielsagenden Blicken abgesehen, nichts zwischen uns vorgefallen.

Wie auch? Da wir nicht dieselbe Schule besuchen, sehe ich ihn nur zwei- oder dreimal die Woche anlässlich der Orchesterproben, wo die ständige Dreisamkeit – der Ägypter folgt mir neuerdings wie ein Schatten – jegliche Form von Annäherung, die über ein Normalmaß an Schäkerei hinausginge, verhindert.

Das Ferienlager liegt nun bereits drei Wochen zurück, und meine Befürchtungen, dass er unser Erlebnis vergessen könnte, wachsen mit jedem Tag. Gleichzeitig kann ich mir die Frage, was ich denn wirklich von ihm will, nur äußerst unzulänglich beantworten … Die »Beziehungen«, die ich zwischen den Jungs und Mädchen meiner Klasse beobachte, erscheinen mir äußerst lächerlich, und die Vorstellung, wochenlang Hand in Hand über den Schulhof zu spazieren, um sich dann, irgendeiner Lappalie wegen, wieder zu trennen, widerstrebt mir.

Teil eines »Pärchens« zu sein, passt weder zu dem, was ich bin, noch zu dem, was ich sein will, denn was ich sein will, ist vor allem eines: unabhängig.

Umso mehr beunruhigt mich die Tatsache, dass mich die Intensität der Ereignisse in See und Dusche meine Bedenken, meine Vorsicht und mein Misstrauen, einfach über Bord werfen ließ, als hätte es JasminCelineJustine, ihren Selbstmordversuch und meine Handverletzung – allesamt Konsequenzen unberechenbar heftiger Gefühle – niemals gegeben.

Der Cellist hat eine Welle ausgelöst. Eine Welle, welche die von mir erbaute Festung zum Schutze der empfindlichen Stelle hinter meinem Brustbein, mit Leichtigkeit zerstört hat.

Er hat mich erschreckt.

Aufhalten oder verhindern kann dieser Schrecken nichts, im Gegenteil: Angst und Aufregung verstärken den Reiz.

Am Ende solcher Überlegungen, fällt mir die Antwort auf die

eingangs gestellte Frage plötzlich leicht. Sag schon, was willst du von ihm? Ich will das Gefühl, das ich unter der Dusche hatte. Sonst nichts.

73.

Freitagabend besucht mich der Ägypter. Wir fläzen auf dem von mir errichteten Matratzenlager im Wohnzimmer und lassen uns vom Plattenspieler meines Vaters beschallen, aus dessen Boxen das absolute Maximum an Lautstärke dröhnt. Was auf den Plattenteller kommt, überlassen wir mehr oder weniger dem Zufall, indem wir ausschließlich die Alben auswählen, deren Cover uns gefällt. Diese Vorgehensweise führt dazu, dass unsere Auswahl größtenteils aus Musik der späten Sechziger- und Siebzigerjahre besteht, welche im Regal meines Vaters eine eigene, als »Psychedelic Rock« betitelte, Abteilung bildet.

Gegen Mitternacht zappen wir uns, auf der Suche nach erotischem Schund, durch die Privatsender und entscheiden uns für den Streifen »Die Rache der Laura Gil« – eine Rache, die ich mir bedeutend spannender vorgestellt hätte. Noch vor Ende des Films falle ich in einen unruhigen Schlaf. Der Fernseher flimmert indessen unbeirrt weiter, und das Nachtprogramm von RTL2 manipuliert meine Träume bis in die frühen Morgenstunden.

Als ich die Augen aufschlage, zeigt die Uhr am Videorekorder 7.01 Uhr. Die graue Schlafsackwurst mit ägyptischer Füllung schnarcht selig vor sich hin.

Ich bin enttäuscht. Irgendwie hatte ich mir von meiner ersten sturmfreien Nacht mehr erwartet, und ich spüre einen gewissen Groll gegen den Ägypter in mir aufsteigen, den ich für die Langeweile der letzten Stunden verantwortlich mache.

Was ist diese Schlafsackwurst, wenn nicht die verkörperte Langeweile!? Die nervtötenden, ewig gleichen Atemgeräusche aus dem

Innern der grauen Pelle verunmöglichen mir jede weitere Sekunde auf dem Matratzenlager. Ich muss aufstehen.

Wütend gehe ich auf die Suche nach der Fernbedienung, reiße Decken und Matratzen hoch und lasse meinen Frust an den Sofakissen aus, unter denen ich nur nachsehe, um sie anschließend mit voller Wucht gegen Sitzflächen und Rückenlehnen schmettern zu können.

Aus dem Schlafsack tönt derweil protestierendes Stöhnen. Offenbar hindert mein Lärmen den Ägypter am Weiterschlafen. »Scheiß Penner«, fluche ich vor mich hin und nehme mir fest vor, den heutigen Abend komplett anders zu gestalten.

Angesichts grün-glitzernder Zahnpasta, gleichfarbigem Gras und wolkenlos hellem Himmel bessert sich jedoch meine Laune. Von Wetter und Minzfrische versöhnlich gestimmt beschließe ich, Frühstück zu machen.

Vier ausgepresste Orangen, zwei hartgekochte Eier und zwei Scheiben Toast später zwinge ich den »Scheiß Penner« zum Aufstehen.

Leider kann er meine Begeisterung für die wunderbar exakten Scheiben gleicher Stärke, in welche der Eierschneider die Hühnereier verwandelt, zu dieser frühen Stunde nicht recht teilen …

Es wird ein blauer, heißer Tag werden. Ein Tag, an dem ich nichts anderes tue, als auf den Abend zu hoffen.

74.

Samstag, 21.05 Uhr, kurz nach Ende der Orchesterprobe. Der Ägypter ist auf Toilette.

Letzte Chance.

Der Cellist: »Was machst du heute Abend?«

Die Pianistin: »Nichts.« Sie legt den Kopf schief und lächelt vielsagend.

Er bemüht sich um einen möglichst sachlichen, unaufgeregten Tonfall. »Wo wohnst du eigentlich?«

Sie nennt ihm eine Straße mit Tiernamen sowie ihre Hausnummer und bestätigt seine Bemerkung über den »Arsch der Welt«, an dem sich ihr Dorf befinde, mit einem Nicken.

Vom Ende des Gangs nähert sich der Ägypter.

Wild entschlossen, die wenigen noch verbleibenden Sekunden der Zweisamkeit bestmöglich zu nutzen, lässt sie alle Zurückhaltung fahren.

Die Pianistin: »Das Duschfoto ist übrigens ziemlich gut geworden ...«

Der Cellist (grinsend): »Das wundert mich nicht.«

Eine Viertelpause lang schauen sie sich an. Dann antwortet die Pianistin (etwas verlegen): »Mich auch nicht.«

75.

Noch immer Samstag, allerdings eine gute Stunde später. Es ist eher dämmrig als dunkel.

Wärme steigt vom Asphalt auf. Die Thermometer zeigen 22 Grad plus.

Ich verlasse den Gehweg und biege in unseren Hof ein. An der Hauswand lehnt ein klappriges Herrenrad der Marke Kirsch. Mein Herz ist eine rote Faust, die gegen Rippen boxt.

Bis zur Haustür sind es siebzehn Stufen.

Er lehnt in der Nische neben dem Briefkasten. Als er sich von der Wand löst und mir entgegenkommt, ergreift mich ein Gefühl, von dem ich nicht weiß, ob es Freude oder Panik ist.

Was jetzt? Dass man mit dem Fahrrad schneller im Dorf ist als mit dem Bus, ist nichts Neues und daher kein geeigneter Gesprächsgegenstand …

Ich schließe auf und gebe eine kleine Führung durch unser Haus, wobei ich mir das obere Stockwerk mit Galerie, Klavier und dem Trumpf Bild Nr. 17 bewusst bis zum Schluss aufspare. Am Ende ist es jedoch nicht das Foto, sondern die Plattensammlung meines Vaters, die uns von unserer Befangenheit erlöst.

Offenbar kennt der Cellist viele der Alben und muss seine Auswahl nicht anhand ihrer Cover treffen. Umso mehr freut es mich, dass ich die erste Platte, die er auflegt, schon unzählige Male gehört habe. Es ist die »Rocket to Russia« von den Ramones, und während »Cretin Hop« überlege ich kurz, ob ich ihm von meiner längst vergangenen Faszination für Wernher von Braun erzählen soll. Nein.

Ich sollte endlich was zu trinken anbieten … Nur was?

Kurzerhand fordere ich den Cellisten auf, mich in den Keller zu begleiten, damit er den Inhalt unserer Regale und Kisten selbst inspizieren kann.

Seine Suche nach der obligatorischen Bierkiste verläuft erfolglos.

Wir kramen weiter, lesen Etiketten und Jahreszahlen, zeigen einander Weinflaschen und überlegen, was sich unbemerkt entwenden ließe.

Nach einigem Stöbern entdeckt der Cellist einen klirrenden Karton unterhalb des Lichtschachtes, dessen Inhalt sich als Champagner entpuppt.

»Zwei Köpfe, zwei Flaschen?«

Ich nicke zustimmend.

Unsere Wahl fällt auf einen »Champagne Louise Pommery« und einen »Baron de Rothschild Brut«.

76.

Eine Minute vor Sonntag. Auf dem Plattenteller kreist »Disintegration« von The Cure.

Wir sitzen mit gekreuzten Beinen auf dem Wohnzimmerteppich. Die Kerze im Hals der leeren »Louise Pommery«-Flasche ist die einzige Lichtquelle. Im Blick des Cellisten glimmt der Widerschein der Flamme. Schwerelos falle ich in die flackernde Schwärze seiner Augen wie in einen Brunnen. Robert Smiths traurige Singstimme übernimmt das Reden.

Es wird Sonntag.

Erste Wachsflecken verzieren den Teppich. Plötzlich ist mir nach Luft und Laufen zumute, danach, meinen Körper zu spüren, in Besitz zu nehmen und zu gebrauchen, was sich schauend auflöst, verschmilzt und verschwindet. Ich lecke mir die Finger ab und zerquetsche die Flamme, die zischend ihr Leben aushaucht.

Diesmal bin ich es, die nach seinem Handgelenk schnappt: »Lass rausgehen …«

Zielsicher steuere ich uns durch die Nacht und geradewegs auf den Klotz zu, dessen warme, steinerne Oberfläche an die Hitze des Vortags erinnert. Gras und Gestrüpp wachsen und wuchern wild wie eh und je. Das Grundstück wird noch lange keiner kaufen.

Der Cellist entkorkt den Baron.

Wir plappern vor uns hin, lachen über alles und nichts und lassen unsere Sprechblasen wie Champagner-Perlagen Richtung Himmel aufsteigen.

Er erzählt mir, dass er ein Stadtkind ist. Also zeige ich ihm meine Felder.

Auf dem Schlittenhügel reicht mir das Gras bis an die Schenkel. Zu unseren Füßen wogt hell und silbrig ein Weizenmeer. Es riecht nach Erde.

Mit ausgebreiteten Armen lasse ich mich vornüberfallen und kugle über die grüne Kuppe. Oben und Unten vertauschen sich, bis mich die Ebene ausbremst. Alles dreht sich. Aus der Mitte eines Strudels aus Himmel und Gras taucht das Gesicht des Cellisten auf. Die leuchtendweiße Roulettekugel, die der Mond ist, kehrt auf ihren Platz zurück. Wir verbringen die Nacht in den Wiesen.

Die Vögel zwitschern früher als gedacht.

Im Osten verzieht sich das Dunkel. Hinter der Horizontkulisse wartet die Sonne auf ihren Auftritt. Bald ist es so hell, dass selbst die Grasflecken auf meinen Knien zu leuchten beginnen. Wir stehen im Hof.

Er streicht mir die Haare aus der Stirn und legt seine Lippen auf meine. Ich schließe die Augen und muss an die Beeren hinterm Haus denken, an Erdbeerrot und Himbeerweich und daran, wie mir manchmal schwarz wird, schwarz mit kleinen Funken, wenn ich mich nach dem Pflücken zu schnell aufrichte, denn so, genauso, schmeckt er.

Schwankend stehe ich auf den Steinplatten, die unter meinen Füßen nachgeben wie Gartenerde.

Zum Ende der Berührung klappen meine Lider hoch.

Ich sehe die Platten, grau und hart wie immer. Nur meine Knie bleiben weich.

Als er sein Fahrrad Richtung Gehweg schiebt, öffnet sich auf der gegenüberliegenden Straßenseite ein Rollladen. Ein zweiter Kuss nimmt mir die Sicht. Doch dann muss er los und ich winken.

Im Fenster hinter der Laterne bewegt sich ein Schatten.

Ich wende mich ab.

Lisa Kränzler

EXPORT A

In Kanada, diesem für sie fremden Land, muss sich Lisa Kerz in das Highschool-Leben mit seinen neuen Regeln und Hierarchien einfügen.
Sie ist hin- und hergerissen zwischen den Extremen: auf der einen Seite das aufregende Neue, die Stoner, verlorene Jungs, die sie kennenlernt und mit denen sie schließlich in eine Wohngemeinschaft zieht – mit Punkrock, Drogen, Alkohol, Hunger und Zärtlichkeit. Auf der anderen Seite stehen die sonntäglichen Kirchenbesuche mit der Schwester, mit Predigten, die einer ausgeklügelten Choreografie folgen und angefüllt sind von Gottesliebe, aber auch von Warnungen vor dem Teufel und dem Bösen – und die unbedingte christliche Demut und Enthaltsamkeit verlangen.
Lisa droht, zwischen der Angst vor der ewigen Verdammnis und ihrem wilden Leben zerrieben zu werden. In Rückblenden montiert Lisa Kränzler ihre Erzählung von Einsamkeit und Erwachsenwerden, von Ekstase und Schuld in einer wunderbaren Sprache vor der Folie einer in Eis und Kälte erstarrten Landschaft.
Ein packender Debütroman!

»… ein Psychodrama zusammen, das präzise in das aufgewühlte Innere einer jungen Frau blicken lässt.« *Sophie Jung / taz*

»Lisa Kränzler arbeitet auf bezwingende Weise mit dem Wechselspiel von Zeigen und Verhüllen. Sie deutet einerseits nur an und behauptet im nächsten Moment mit so einer Vehemenz das Unglaublichste, dass es bald der Leser ist, der auf schwankendem Boden steht.« *Wiebke Porombka / Deutschlandfunk – Büchermarkt*

ROMAN, 272 SEITEN, HARDCOVER, 21 EURO, ISBN: 978-3-943167-03-0, ERSCHIENEN IM

VERBRECHER VERLAG